La Mélodie des roses

TERRE DE POCHE
45, rue du Clos-Four – 63056 Clermont-Ferrand cedex 2
livres@centrefrance.com

JUDITH RAPET

LA MÉLODIE DES ROSES

deBorée

TERRE DE POCHE

À Denise et à Claude.

Ce roman est librement inspiré d’une histoire vraie.

I

18 juillet 1990.

Les battements précipités de mon cœur compriment ma poitrine et me font craindre le pire. Et s'il cessait soudain de battre ? À mon âge, un cœur, ça se ménage ! Ce serait tout de même idiot de mourir pour la simple raison, si bonne soit-elle, qu'on exulte de bonheur !

Il m'aura fallu atteindre l'âge de quatre-vingts ans pour vivre intensément et aimer enfin librement, sans obstacle. Oui ! J'ai attendu soixante ans pour retrouver l'homme que je devais épouser et auquel je n'ai jamais cessé de penser. Soixante ans ! C'est à la fois long quand on est séparés et pourtant si vite passé… Le temps d'une vie, d'un soupir, d'un regret et d'un espoir ! Et c'est seulement maintenant que je peux enfin m'abandonner tout entière entre les bras d'Édouard. Dieu que je me sens bien, ainsi blottie ! Si bien que j'en oublie tout et que j'aimerais y passer le temps qu'il me reste ici-bas !

Aujourd'hui, je viens donc, le plus sereinement du monde, de fêter mes quatre-vingts ans. Mon Dieu, que ce chiffre est effrayant, disons plutôt quatre fois vingt ans, ce sera moins angoissant ! Pour saluer l'événement, Édouard m'avait réservé quelques surprises, toutes plus agréables… Et moi, en son honneur, je m'étais faite belle, du moins autant qu'on puisse l'être à cet âge digne de respect ! Vêtue de ma robe de soie imprimée dans les tons de bleu et son écharpe assortie, chaussée de mes escarpins blancs à talon, la silhouette encore svelte et la taille mince, je dois avouer sans prétention que je ne les marquais pas, mes quatre-vingts printemps, et que je ne manquais pas de classe ! Je n'avais négligé aucun détail pour m'aider dans cette délicate entreprise, fardant légèrement mes paupières du même bleu que ma robe, soulignant de noir mon regard et mes cils, et enfin rehaussant mes lèvres d'un rouge discret. Je n'ai aucun scrupule à l'avouer. Pourquoi se priver de certains de ces artifices dont les effets sont plutôt efficaces ? Les femmes en usent depuis que Dieu les a créées aux fins de plaire aux hommes mais aussi de se plaire à elles-mêmes.

Édouard m'a tout d'abord emmenée dîner dans un restaurant sur les bords de la Charente, dans le cadre enchanteur d'un vieux moulin dont la roue à aubes occupait le fond de la salle à manger, abritée derrière un écran de verre. Elle tournait lentement en dégageant un léger clapotis que l'on devinait à travers la cloison vitrée. Le décor était romantique à souhait : lumière tamisée filtrant des abat-jour disposés sur les tables rondes élégamment juponnées. Une ambiance à la fois rustique et raffinée, à l'image de la cuisine qui nous a été servie. Édouard a alors tiré de sa poche un écrin qu'il a lui-même ouvert et, après avoir pris ma main, a glissé à mon annulaire une bague ornée d'une clé de sol en or retenue par cinq anneaux reliés entre eux par de petits diamants symbolisant des notes de musique. Édouard connaît mon attrait pour cet art. Ce bijou qui devait sceller nos retrouvailles avait un goût de bague de fiançailles… Ma patience était récompensée. Malgré la vie qui nous avait séparés, les malentendus qui nous avaient fait prendre des chemins différents, Édouard était toujours resté dans mon cœur comme j'avais gardé une place dans le sien.

Il avait ensuite réservé des places pour le Festival de musique ancienne de Saintes où nous avons poursuivi cette merveilleuse soirée en assistant à la *Passion selon saint Jean* de Jean-Sébastien Bach, qui clôturait la saison. Je vibre encore au souvenir des harmonies résonnant sous les voûtes de l'abbaye aux Dames. Sous la baguette de Philippe Herreweghe, la musique de Bach est magnifiée, sublimée, servie par la superbe interprétation des solistes et de l'ensemble instrumental qu'il dirige. Le cadre des lieux et leur fabuleuse acoustique ne pouvaient mieux convenir à cette œuvre magistrale. Nous avons ensuite flâné sur le parvis et admiré ce joyau de l'art roman saintongeais dont le clocher, au toit en forme de pomme de pin, est recouvert d'écailles de pierre. Grisée par la musique et la douceur de la nuit, je me suis attardée près du grand portail central à voussures. Il est si richement décoré que l'œil, même averti, décèle toujours un détail nouveau. J'attirai l'attention d'Édouard sur ces vieillards de l'Apocalypse qui tiennent entre leurs mains des instruments de musique. Ce n'est donc pas un hasard si ce lieu sacré est désormais consacré à cet art. D'ailleurs, cette abbaye a été sauvée de la ruine grâce à sa nouvelle vocation de salle de concerts. Puis, comme à regret, je dus m'extraire de ce lieu, accrochée au bras de mon tendre ami. Nous avons regagné sa voiture, sur le parking arboré. J'éprouve toujours autant de difficulté à repartir après une soirée musicale. Comme si je refusais de revenir à la réalité après ce voyage dans l'imaginaire où la magie des sons me propulse. Aussi, ce soir, malgré l'heure tardive, je ne puis trouver le sommeil et je ressasse les événements de cette journée inoubliable que je veux graver dans ma mémoire.

Édouard est arrivé cet après-midi les bras chargés de mes fleurs préférées : de grosses boules de pivoines roses, tout juste écloses. Venant de l'homme aimé, quelle femme ne serait pas flattée ? Seulement voilà : elles m'ont posé un vrai dilemme… Mon grand vase en cristal n'était pas disponible pour la simple raison que ce dernier était déjà occupé par un autre bouquet qu'il m'a fallu, à regret, remiser au garage. Un énorme bouquet reçu le matin même et composé de quatre-vingts roses dont pas une ne manque. Quatre-vingts roses d'un rouge éclatant qui ont ébloui mon regard médusé… J'ai caressé leur texture soyeuse et délicate, humé leur parfum subtil et épicé, presque enivrant. Le carton joint mentionnait seulement ces mots : *Merveilleux anniversaire, très chère amie,* d'une écriture fine et élégante que je ne connaissais pas. Assurément, celle d'un artiste, avais-je pensé de prime abord. Aucune autre indication quant au mystérieux expéditeur qui ne pouvait donc être remercié pour ses délicieux égards et sur l'identité duquel je n'ai toujours pas la moindre idée. Pourtant, ce quelqu'un connaissait la date de mon anniversaire… Je tourne et retourne inlassablement la liste de mes relations sans pour autant parvenir à deviner de qui ces fleurs peuvent provenir. J'ai beau être honorée, je n'en reste pas moins intriguée par ce présent aussi symbolique que singulier. Je dois également avouer que ce bouquet occupe l'essentiel de mes pensées, aucune femme ne peut rester insensible à de telles attentions ! Qu'il s'agisse d'un homme, cela ne fait aucun doute… Les questions affluent à mon esprit sans que le moindre élément de réponse vienne l'apaiser et m'aider à trouver le repos. Si j'ai un soupirant, qu'il se fasse donc connaître, qu'il ait le courage de sortir de l'ombre mais il devra savoir qu'il ne manquera pas de se faire éconduire. Le seul qui fait battre mon cœur s'appelle Édouard !

Mais comment expliquer à ce dernier la présence de ces fleurs sans aiguiser une pointe de jalousie bien légitime ? C'est donc la raison pour laquelle je préfère les soustraire à son regard et les dissimuler dans l'obscurité du garage.

À l'heure du café, c'est mon amie Denise qui est, elle aussi, venue me rendre visite, comme à son habitude. Les bras chargés d'un superbe hortensia bleu, nous nous sommes mises en devoir de le planter auprès des autres. Je sais bien que sa couleur bleue ne résistera pas à la nature du sol qui ne lui convient pas, pas assez acide. Qu'importe, le rose dont il se parera dès le printemps prochain me séduira tout autant. Denise connaît mon goût pour les hortensias, qu'on appelle aussi hydrangeas. Ces arbustes semblent ne jamais vouloir faner et leur couleur se décline au fil des semaines pour s'harmoniser avec celle de l'automne. Je n'ai jamais, de toute ma vie, reçu autant de fleurs ! Je préfère en profiter maintenant que lors de mon enterrement où elles ne seront pas nécessaires, autant le dire tout de suite ! En ce qui concerne les roses rouges, seule Denise est dans la confidence. Je n'ai jamais eu de secret pour elle. Je dois ajouter que nous sommes les meilleures amies du monde depuis soixante-quinze ans ! Peu de gens peuvent s'enorgueillir de posséder un lien d'amitié aussi ancien et aussi fort ! Malgré la vie qui nous a si souvent et si longtemps éloignées l'une de l'autre, notre amitié ne s'est jamais tarie et n'a jamais failli. Je venais à peine d'achever la disposition des quatre-vingts boutons de roses dans le seul vase suffisamment grand pour les contenir toutes quand Denise est entrée.

– Eh bien ! On peut dire qu'il ne s'est pas moqué de toi ! s'est-elle exclamée en écarquillant les yeux.

– Comment peux-tu affirmer qu'il s'agit d'un homme ?

– Le langage des fleurs ne trompe jamais et les roses rouges, chacun sait qu'elles sont les messagères de l'amour ! m'a-t-elle répondu, un sourire ironique en coin.

Pour elle aussi, il n'y avait pas de doute sur l'origine d'un tel présent mais ce n'était pas pour autant que j'étais éclairée sur le nom de cet énigmatique admirateur.

– Je t'assure que je n'ai pas d'autre soupirant qu'Édouard !

– J'espère que je serais dans la confidence si tu avais rencontré quelqu'un, mais peut-être ne s'est-il pas encore déclaré… et ne tardera-t-il pas à se faire connaître !

– Il sera déçu, la relation que je viens de renouer avec Édouard me comble de bonheur et je n'ai pas envie de la gâcher. D'ailleurs, crois-moi, j'ai passé l'âge de ce genre d'aventure !

Denise a toujours vécu là, dans sa maison familiale, à un kilomètre d'ici, où, en tant que fille unique, elle a hérité de la propriété de ses parents : un domaine viticole dont la superficie a doublé grâce aux parcelles apportées par son mari. Elle a passé sa vie à y travailler, chaque saison étant liée à des travaux bien spécifiques : les tailles l'hiver, les relevages au printemps, les sulfatages l'été et enfin les vendanges en automne, récolte de toute une année de labeur. Aujourd'hui veuve, elle a légué son exploitation à ses deux filles qui la font prospérer à leur tour avec leurs époux. Ainsi en va-t-il de la vie. De celle des autres en tout cas. Il n'y avait que moi pour transgresser ces lois, ces codes bien ancrés, pour déranger ces mécaniques si bien huilées, bref pour introduire le grain de sable dans l'engrenage. Il n'y avait que moi pour ne rien faire comme les autres !

Denise s'est inscrite à un club de généalogie nouvellement créé dans le bourg. Jusqu'à présent, seules les grandes familles à particule s'intéressaient à leurs ancêtres. Il semble que désormais ce soit devenu un loisir à la mode et à la portée de tout le monde si l'on en juge par le nombre sans cesse croissant des adhérents. J'imagine que Denise descend, tout comme moi, d'une famille de paysans charentais. Elle n'a pas réussi à me convaincre de la suivre au club dont les réunions ont lieu chaque mercredi soir. Elle y apprend les méthodes pour retrouver ses racines et construire son arbre, ainsi qu'à déchiffrer les vieilles écritures des curés et des notaires. Tout cela la passionne. Quelque chose me retient comme si j'appréhendais de découvrir des secrets de famille, des non-dits ou des rameaux caducs. À quoi bon s'accrocher à un arbre auquel il manquerait des branches ? Denise ne craint pas les mauvaises révélations, elle est si curieuse de connaître le passé de sa famille et de celle de son mari que rien ne peut la décevoir ou la freiner dans son ardeur.

– Je ne m'attends pas à trouver des ducs ou des marquis ! m'avait-elle dit comme si elle avait deviné mes pensées.

Je sais bien que chacun est en quête d'un peu de rêve et ne serait pas déçu d'exhumer des vieux grimoires une noble lignée d'ancêtres chevaliers ! Mais c'est avant tout une enquête fascinante et passionnante, un voyage dans le temps qui peut réserver bien des surprises.

– Pour savoir où l'on va, mieux vaut savoir d'où l'on vient ! conclut Denise.

Ma fidèle amie se met à philosopher sur ses vieux jours. Jusqu'à présent, toujours à travailler dans ses vignes, par n'importe quel temps, elle était peu soucieuse de ceux qui avaient vécu là avant elle. Quant à savoir où elle allait, je crains qu'elle ne se soit jamais posé la question. En tout cas, elle a bien mérité cette retraite, quoique tardive, et la généalogie sera pour elle un passe-temps aussi divertissant qu'enrichissant.

Pour ma part, je préfère me contenter d'imaginer mes aïeux, ce qui est assez aisé. Des êtres rudes comme la terre qu'ils retournaient, aux visages burinés, creusés de sillons abreuvés par leur sueur. Des femmes en noir, aux cheveux blancs tirés sous leurs mouchoirs de tête, soumises à leurs maris, voûtées sous le poids du labeur. Des femmes pour qui le mot bonheur était inconnu sinon exclu de leur langage, des femmes vieilles à trente ans ! C'est le souvenir que je garde de ma pauvre mère qui marchait dans les pas de la sienne. Je l'ai vue si souvent peiner, trimer sans jamais s'octroyer un instant de répit. Toujours ceinte de son *devanteau* noir en signe de deuil. Un deuil qui durait la vie entière. Comment imaginer ma mère ou ma grand-mère se voyant offrir un bouquet de roses rouges ? Une idée aussi saugrenue qu'incongrue ! Qui plus est à l'âge canonique qui est le mien et qu'aucune de mes aïeules n'a jamais atteint. Nul besoin de faire de la généalogie pour deviner aisément celles qui les ont précédées, vivant dans un creux de maison, éreintées par les maternités successives, cultivant sans relâche une terre qui ne leur appartenait même pas, corvéables à merci. J'ai encore en mémoire les leçons d'histoire qu'on nous enseignait à la communale.

L'école, justement, fut pour moi une échappatoire, un lieu pour m'affranchir de cette existence misérable, pour tenter de gagner la liberté et la promesse d'une vie meilleure. J'y entrai dès l'âge de cinq ans, en 1915. Une année marquante que celle de 1915, celle des deuils en série. Le jeune frère de ma mère fut le premier de la famille à mourir pour la France, ce qui signifiait une mort glorieuse, un honneur pour ceux qui restaient. Il y eut ensuite un cousin de mon père puis l'un de ses neveux dont les corps sont restés là-bas, en terre lointaine de Champagne. L'année suivante, ma mère dut accepter de voir partir son fils de dix-neuf ans non sans verser toutes les larmes de son corps. Appréhendant chaque jour la venue du maire vêtu de noir ou des gendarmes apportant la lettre fatale marquée du sceau du ministère des Armées. Ses cheveux avaient blanchi avant l'âge, heureusement dissimulés sous son éternel fichu. Gabriel eut cependant la chance de revenir.

Mon père fut également appelé mais son âge le classait parmi les territoriaux affectés à la garde des voies ou à celle des prisonniers. Certes, ses bras manquaient pour faire tourner la ferme mais au moins avait-il l'assurance de ne pas être exposé aux dangers du front. Je dois avouer que le départ de ce père si dur et si tyrannique ne me causa aucune peine. Bien au contraire. Ces années-là, bien que terrifiantes et dramatiques pour chacun, comptèrent pour moi parmi les plus heureuses de mon enfance, et l'absence de mon père n'y était pas étrangère. J'affichais la plus parfaite indifférence, me réjouissant de ne plus avoir à craindre ses colères, à subir la peur de sa voix tonitruante qui me glaçait d'effroi. J'espérais même, dois-je l'admettre, ne jamais le revoir. Il revint pourtant, définitivement, un an avant la fin de cette guerre.

L'école des filles, qui m'accueillit tout au long de ma scolarité, était située dans la Grand-Rue, à quelques dizaines de mètres de celle des garçons, inaugurée en 1911. Ces derniers bénéficiaient d'un bel édifice en pierre nouvellement construit ; les filles, elles, devaient se contenter de l'ancienne bâtisse qui pouvait encore convenir, bien que fort délabrée. Elles devaient s'estimer heureuses d'être logées dans une école, leur éducation n'étant pas une priorité. Auparavant, on ne se souciait guère de leur instruction jugée inutile. Grâce à sa mémoire prodigieuse, ma mère avait appris très rapidement à lire et à écrire, bien que n'allant en classe que quelques semaines pendant l'hiver. Le reste de l'année, on avait besoin d'elle aux champs ou pour s'occuper de ses frères et sœurs. Aussi, dès l'âge de dix ans, dut-elle, à son grand désespoir, abandonner l'idée d'y retourner. Le travail qu'elle avait désormais à accomplir ne lui en laissait plus le loisir. À quoi bon perdre son temps sur les bancs d'école ? À quoi bon instruire une fille ? C'était déjà un miracle qu'elle ait bénéficié de ces quelques rudiments dont on ne voyait même pas l'utilité !

Dès le premier jour de la rentrée des classes, je fis la connaissance de Denise avec laquelle j'allais nouer une amitié éternelle. Édouard, qui habitait le hameau voisin du Petit Bois, se joignait à nous pour faire le chemin à pied chaque matin et chaque soir ; les occasions ne manquaient pas pour nous voir. C'est ainsi qu'au fil des mois et des années Édouard et moi devînmes inséparables. Il était mon double masculin. Nous étions encore à un âge tendre et cette forte attirance qui nous poussait l'un vers l'autre n'inquiétait encore personne. Nous vivions en si parfaite harmonie que nous ne pouvions envisager qu'il en soit autrement. Je me souviens parfaitement du jour où nous avions fait le serment de nous marier. Nous avions dix ou onze ans. Nous avions même simulé la cérémonie à l'église dans la vieille abbatiale dédiée à saint Étienne. Mais ce vœu ne devait pas se réaliser comme nous l'avions imaginé dans nos cerveaux innocents d'enfants. Qui aurait pu prédire alors que nous serions séparés pendant soixante ans ?

Ce soir, Édouard m'a attirée contre lui et m'a prise dans ses bras avant de m'embrasser comme à l'époque de nos vingt ans. Nous avions tous les deux le cœur qui battait la chamade, tels deux adolescents découvrant leurs premiers émois. Je crois que je n'avais encore jamais ressenti pareille émotion malgré toute la tendresse qu'il m'accorde depuis nos retrouvailles. L'âge, sans doute, exacerbe les sentiments, les rend plus troublants et ô combien plus intenses.

Nous avons bu une dernière coupe de champagne qui a fait pétiller mes yeux de plaisir. Les bulles ont éclaté dans ma bouche avant de couler dans ma gorge en libérant une délicieuse sensation de bien-être, presque de volupté. Je soupire et je frémis encore à l'idée de cette merveilleuse soirée. J'entends encore les sons des chorals aux harmonies audacieuses et des arias bouleversantes du chœur auxquelles répondait la divine soprano. Un chef-d'œuvre éternel que cette *Passion selon saint Jean* qui, à chaque audition, m'atteint au plus profond de mon être. Puis Édouard est reparti, me laissant seule. Longtemps j'ai observé le ciel étoilé et écouté le silence de la nuit en méditant sur le thème du bonheur. Mais le temps du bonheur est insaisissable, il ne se laisse pas prendre au piège dans lequel on aimerait l'enfermer. Le sommeil continue à me fuir. Demain, il me faudra cacher mes traits tirés, mes yeux cernés, car, si mon cœur a vingt ans, je ne pourrai pas mentir sur le reste…

Mais je ne veux pas penser à demain ni à plus tard, je veux vivre intensément la minute présente. J'aimerais pourtant retenir le temps qui a filé, balayé toutes ces années comme un tas de feuilles mortes. En ce moment, c'est à ma petite-fille Mona que je pense parce qu'elle me manque. Elle représente tout ce que j'ai de plus précieux au monde, elle est issue de la chair de ma chair, mon sang coule dans ses veines. Si elle a hérité de certains de mes traits de caractère comme le courage, la volonté et la ténacité, en revanche elle possède cette beauté slave avec sa peau blanche, ses cheveux noirs et ses yeux d'acier. Mais ce talent, ce don unique qui fait ma fierté, c'est bien par moi qu'il lui a été légué. Je sais qu'elle me pardonnera quand elle saura ce que j'ai à lui dire, je sais aussi que mes confessions lui permettront de comprendre qui elle est, d'où elle vient et peut-être, puisque Denise le prétend, qu'elles l'aideront à savoir où elle va… oui, ce secret, je sais qu'il est temps de le lui confier, il devient parfois si lourd à porter.

Mon destin n'était donc pas d'épouser Édouard. Si tel avait été le cas, sans doute Mona ne serait-elle pas ce qu'elle est, ne parcourrait-elle pas le monde pour enchanter ses auditeurs. Mon destin était là où je ne l'attendais certes pas, quelque part au beau milieu des mers du Sud à bord d'un paquebot de la Compagnie des messageries maritimes…

J'ai toujours eu le goût de la musique, un goût qui au fil des ans s'est affirmé, et pour cause. En partie d'ailleurs grâce à ma chère petite-fille. Le piano est mon instrument favori mais, dans la famille où je suis née, il n'était bien sûr nullement envisageable de prendre des leçons et de le pratiquer. Combien de fois ai-je envié ceux qui, après la classe, s'arrêtaient chez la vieille demoiselle Chauvin. Ceux qui avaient ce privilège n'étaient pas des enfants de paysans comme moi. Je me souviens de la fille du médecin et de celle du pharmacien, du fils du notaire et encore des deux garçons du juge de paix. Des bourgeois dont les maisons aux façades cossues s'alignaient autour de la place centrale du bourg face à une halle médiévale. Dans la rue Basse descendant vers l'église, je collais mon oreille à la fenêtre de la maison qu'occupait Mlle Chauvin. J'entendais sa voix chevrotante entonner tout le registre des notes, de la plus basse à la plus aiguë. Mais surtout, les sonorités enchanteresses du Pleyel quart de queue, trônant au milieu du salon, charmaient mes jeunes oreilles. Elle habitait une très vieille demeure, qui dépendait jadis d'une ancienne abbaye, démolie peu après en raison de sa vétusté. Avec Édouard, nous restions de longues minutes à écouter les pianistes en herbe tapoter avec plus ou moins d'adresse sur le clavier aux touches d'ivoire jauni. Je ne repartais qu'à contrecœur quand mon ami me tirait par la main pour me signifier que l'heure de rentrer était largement dépassée. Nous nous mettions alors à courir pour rattraper le retard, le cœur gros d'un sentiment d'injustice à l'encontre de ceux qui avaient le privilège de jouer du piano, sans en avoir conscience. Tous ceux-là appartenaient à un monde dont Édouard et moi étions exclus. Je m'endormais alors, chaque soir, bercée par les mélodies que mon cerveau avait enregistrées et que mon imagination sublimait. Romances et sonatines prenaient alors possession de mon esprit. Il m'arrivait de fredonner ces airs que j'avais parfaitement mémorisés. Cette musique intérieure, qui me guidait et n'appartenait qu'à moi, m'aidait à supporter la morosité du quotidien.

Mon père travaillait en journée à faire de la maçonnerie, métier rude à son image, partant le matin à l'aurore et s'en revenant le soir, avec sa truelle et son sac en bandoulière. Toujours vêtu d'un pantalon de gros velours côtelé et d'une ceinture de flanelle, d'une chemise à carreaux et d'un mouchoir noué autour du cou. Ma mère s'occupait de la ferme, élevant volailles et lapins, vaches, chèvres et brebis. Elle cultivait la terre afin de subvenir à notre propre nourriture tout comme à celle de ses bêtes. Elle vendait au marché l'excédent de légumes ainsi que le beurre et le fromage qu'elle fabriquait. Mon père l'aidait en période de moisson, de fenaison, de labour et de semailles. Il possédait aussi quelques rangs de vigne dont il tirait le vin de sa consommation. Dans cette contrée de Charente, qui doit sa réputation au cognac, le terroir est propice à la culture de la vigne, faisant la fortune de ceux qui ont su miser sur ce produit.

Mon enfance a été marquée par la Grande Guerre comme je l'ai dit. Jamais je n'oublierai ce jour où les cloches se sont mises à sonner le tocsin une heure durant, pour annoncer la mobilisation. Je n'étais qu'une enfant de quatre ans mais je garderai toujours en moi ces moments où tout le pays fut en proie à des heures d'angoisse et de panique. Je ne comprenais pas pourquoi tous les hommes partaient en laissant des femmes éplorées, ni pourquoi les gendarmes à cheval sillonnaient les chemins porteurs de messages ou à l'affût des espions. Des images et des bruits affluent à ma mémoire à cette seule évocation et me replongent dans cette atmosphère si troublée. Puis, après ces quatre années terribles, l'existence a dû reprendre, amputée d'un grand nombre de ses forces vives. Si mon frère est revenu indemne, du moins en apparence, il n'en fut pas de même pour beaucoup d'autres jeunes du pays. Tous furent forcés de continuer à vivre en repoussant le spectre de la mort qui les avait accompagnés durant cette longue guerre. Tous se sont tus comme pour enfouir au plus profond de leur être ce qu'ils n'auraient jamais osé confesser. Tant de misères, tant d'horreurs, tant de souffrances devaient être effacées mais comment était-ce possible ? Comment pouvait-on encore espérer et faire confiance à Dieu qui les avait permises ? Je revois encore ceux qui avaient laissé un membre sur le champ de bataille, j'entends encore l'écho de la jambe de bois de notre voisin Germain frappant le pavé. J'avais eu bien du mal à reconnaître mon grand frère dont je n'oublierai jamais le regard prostré où ne brillait plus cette étincelle de malice. Gabriel, pourtant, s'empressa de regagner le temps perdu, de tirer un trait sur sa jeunesse sacrifiée en épousant Rolande en 1920. Il fallait continuer et s'affranchir de ce passé douloureux, si atroce que chacun se murait dans le silence. Il fallait s'atteler à repeupler la France et, pour cette bonne cause, chacun devait mettre du cœur à l'ouvrage. Personne n'avait le choix. Je ne suis pas sûre que certaines femmes qui, durant ces quatre années, avaient goûté à une forme d'indépendance aient été enchantées de reprendre leur ancien rôle d'épouse soumise. Des femmes sur lesquelles il fallait compter pour renflouer la natalité d'une France amputée. Quelle vie pour elles de retrouver un mari dont les traumatismes subis avaient éteint toute flamme ! Elles n'ont jamais été récompensées pour le labeur accompli, pas davantage reconnues pour leurs prouesses. Et ce droit de vote, qu'elles ont tant revendiqué et qu'elles méritaient, devait encore leur être refusé !

Il est étrange que, seulement aujourd'hui, de telles réminiscences, surgies des tréfonds de mon enfance, jaillissent en moi. Surtout après la soirée merveilleuse que je viens de passer. Est-ce la musique de Bach qui m'incite à faire ce voyage dans mes souvenirs ? Est-ce la nouvelle passion de Denise à retrouver ses origines ? Ou bien est-ce tout simplement un besoin de revenir sur ce qu'a été ma vie et d'en rendre compte ? L'heure semble être au bilan.

Édouard a resurgi dans ma vie par un beau matin ensoleillé d'avril. Le téléphone avait sonné à l'heure où ma petite-fille Mona m'appelle habituellement. À l'heure où elle fait la pause entre ses répétitions. Je décrochai, m'apprêtant à entendre le son cristallin de sa voix quand une autre s'annonça. Une voix que je n'avais pas entendue depuis soixante ans et que, pourtant, j'identifiai sans hésitation, comme si je l'attendais. Vibrante d'émotion, elle résonna à mon oreille, intacte. Il faut dire qu'il ne s'était guère écoulé de jours sans que je pense à lui. Je savais qu'un jour viendrait où je le reverrais. J'avais dû attendre soixante ans ! Quelle meilleure preuve de patience peut-on montrer ?

J'ai aussitôt prononcé son nom :

– Édouard ? !

C'était à la fois une interrogation et une exclamation !

– Tu me reconnais donc, après toutes ces années ? m'avait-il demandé d'une voix mal assurée.

– Tu en as mis du temps !

– Nous avons tant de choses à nous dire.

– Crois-tu que nous en aurons le temps, à notre âge ? lui avais-je répondu.

Ce diable de temps court de plus en plus vite et ne nous attend pas… Saura-t-il s'adapter à notre rythme ?

Non ! Édouard ne m'avait pas oubliée. Lui non plus n'avait pas fait le choix de sa vie mais il m'avait gardée dans un petit coin de son cœur. Après une carrière dans la banque, dans le midi de la France où il s'était installé après son mariage, son veuvage l'avait ramené dans sa région natale. Comme Denise, le besoin de retrouver ses racines, le parfum et le goût de son enfance l'avaient tout naturellement conduit dans sa Charente natale où il avait acheté une maison non loin de là.

Nous nous sommes donc revus, et, depuis ce jour, nous avons repris la vie comme nous l'avions laissée, comme si rien ne l'avait brisée. Comme si on avait pu effacer d'un simple coup de chiffon soixante années écrites à la craie sur un tableau noir. C'est ainsi que, depuis trois mois, Édouard et moi nous filons le plus parfait bonheur, je n'ose dire le parfait amour. Nous nous gavons de musique, courant tous les festivals : Piano en Valois, Val de Charente, les Grandes Heures de Saint-Émilion, les Jeudis musicaux des églises romanes, le Grand Théâtre de Bordeaux et celui, moins grand, de Cognac et bien d'autres encore que nous avons bien l'intention de découvrir et de fréquenter. Tous les hauts lieux de la musique de la région nous sont devenus familiers. J'avais l'habitude avec Mona de hanter les salles de concerts parisiennes, je ne pensais pas que ma vie de recluse charentaise m'en redonnerait l'occasion. Et avec Édouard, quel meilleur guide pouvais-je espérer ?

Mon seul regret est de ne jamais avoir pu poser mes doigts sur un clavier, la vie ne m'en a jamais donné l'opportunité ni laissé le temps. Et maintenant ? Ce sont mes pauvres mains qui sont trop gauches et plus assez agiles. Il faut, pour pratiquer un instrument, posséder une indépendance des mains, des doigts et de l'esprit sans parler de leur souplesse que j'ai perdue depuis belle lurette. De quoi aurais-je l'air devant Mona ? Je suis parvenue à surmonter cette frustration en étant devenue une mélomane avertie, aussi beaucoup grâce à ma petite-fille. Mais quel mérite lorsque l'on a une virtuose à demeure ? Je persiste néanmoins à croire que rien ne peut égaler le plaisir de faire jaillir sous ses propres doigts ces sons enchanteurs qui savent si bien se mêler pour charmer l'oreille et l'esprit et faire naître l'émotion. Cette jouissance qu'éprouve l'artiste face à son art est unique et n'appartient qu'à lui. Hélas ! je ne peux qu'imaginer ce bonheur absolu et envier le musicien qui fait corps avec son instrument.

Ma mission a été celle d'« une passeuse » de pouvoir… Une mission plutôt réussie…

II

MONA A VOULU TOUT SAVOIR de cette fabuleuse soirée, du menu du dîner à l'acoustique de l'abbaye, et si j'avais salué Philippe Herreweghe à l'issue du concert. Je me suis prêtée de bonne grâce à la curiosité naturelle et insatiable que ma petite-fille avait héritée de sa mère. Oui, je suis allée le féliciter pour ce moment unique de grâce qu'il venait de nous offrir. Je lui ai dit que j'étais l'heureuse grand-mère d'une précoce et talentueuse pianiste dont il a bien sûr voulu connaître l'identité. Oui, Mona peut être rassurée, il avait entendu parler d'elle. Qui, dans ce monde à part où évoluent tous ces virtuoses, ne la connaît pas ? Tous les deux servent la Musique, lui dans le répertoire baroque, elle dans celui du piano romantique. J'ai parfois du mal à imaginer que mon unique petite-fille est déjà, pourtant si jeune encore, une figure du monde de la musique. Concertiste reconnue, saluée unanimement par les critiques, invitée des plus prestigieux festivals par les plus grands chefs d'orchestre. Elle sera bientôt dans ce haut lieu du piano de La Roque-d'Anthéron et est actuellement dans le Berry pour le festival des Nuits de Nohant au château de George Sand où elle présente un programme consacré, comme il se doit, à Chopin. Mona m'a parlé du public, toujours fidèle au rendez-vous qu'elle lui fixe, de l'accueil des organisateurs et du piano, un Steinway, qui est à sa convenance. Je suis confiante parce que je crois en elle. Elle est en train de se hisser au premier rang de ce métier si difficile et si sélectif qu'elle a choisi d'exercer. Mais est-ce bien elle qui l'a choisi ou lui qui l'a élue ?

Je lui ai tout raconté de la soirée en omettant toutefois de lui parler du fameux bouquet de roses rouges et du mystère toujours entier qui plane autour de son expéditeur. J'ai donc pris la décision de le confier à Denise. Je ne voudrais pas risquer de heurter la sensibilité d'Édouard en lui laissant croire qu'il pourrait avoir un rival. À mon âge, avoir un soupirant ?! Je ne vois vraiment pas qui pourrait prétendre vouloir jouer ce rôle ! J'avoue m'être séparée de ces roses avec une pointe de regret, mais je me suis bien vite consolée en considérant le ravissement de Denise dont la maison leur convient à merveille. Dans le décor chaleureux de ses meubles anciens parfaitement encaustiqués et de ses canapés recouverts de velours rouge, mes roses, car ce sont tout de même les miennes, ont trouvé leur place. Il était temps de m'en débarrasser car Édouard est venu déjeuner avec moi ce midi.

Le temps doux nous a poussés à dresser la table sous le gros tilleul. Pris l'un et l'autre d'un soudain accès de nostalgie, nous avons évoqué notre enfance pauvre, notre jeunesse heureuse et notre amour, que nous croyions indestructible, pourtant brisé tout net. Aucun d'entre nous n'était préparé à une séparation aussi brutale que rien ne justifiait si ce n'était l'autorité et la cruauté d'un père revêche. Un père dépourvu du moindre égard envers ses enfants, si dominateur qu'il valait mieux s'abstenir de lui tenir tête. Prêt à imaginer n'importe quel mensonge.

Mon frère Gabriel souffrait de ce manque de dialogue, de cette rudesse et de toujours être considéré comme son domestique. Sa jeune épouse Rolande et lui s'étaient installés dans la maison paternelle, suffisamment grande pour les accueillir. Bien qu'elle ait dix ans de plus que moi, je m'entendais bien avec ma belle-sœur qui trouvait en moi une compagnie en l'absence de son mari. Parti en journée tailler la pierre et gâcher le mortier, il était contraint pour gagner sa vie de délaisser sa femme qui souffrait de solitude. Rolande avait amené en dot un petit cheptel qui lui procurait de l'occupation, ce qui ne l'empêchait pas de soulager notre mère d'un fardeau qui pesait chaque année davantage sur ses frêles épaules. Grande et belle fille, Rolande formait avec mon frère un couple bien assorti qui semblait heureux. Pourtant, je remarquais souvent une pointe de tristesse ternir son regard, quand ce n'était pas de la colère briller dans ses yeux noirs. Je compris que cette colère était adressée à son beau-père. Un jour, je l'ai trouvée en pleurs dans la grange, recroquevillée devant la crèche, les vêtements en désordre et les cheveux criblés de brins de paille. J'ai alors tenté de la consoler. Elle hoquetait, ne parvenant pas à reprendre sa respiration, les yeux rougis et noyés de grosses larmes. Que s'était-il passé pour qu'elle soit dans cet état ? Tout son corps était secoué de tremblements. Était-ce dû à la peur, à la colère, à la honte, au dégoût ? Jamais elle ne l'avouerait mais la blessure qui lui avait été infligée serait difficile à cicatriser. J'étais alors trop jeune et inexpérimentée pour qu'elle se confie à moi ; d'ailleurs, l'aurait-elle fait si j'avais eu l'âge de l'écouter ? Elle m'a simplement serrée dans ses bras et a séché ses larmes en m'assurant que ce n'était rien, que son chagrin allait passer, maintenant que j'étais là.

Frappée par cette scène, il m'a fallu des années pour deviner que mon père avait cherché à abuser d'elle. J'ignore si ce monstre est parvenu à assouvir sa bestialité. Elle resta muette. Dans ce temps-là, on se taisait, dans la crainte de représailles, et parce qu'on aurait eu honte d'avouer de tels faits. L'aurait-on crue ? Sa parole, une parole de femme, avait-elle une valeur ? L'obstination que mettait Rolande à se défendre des offensives de son beau-père le rendait d'autant plus furieux que nous devenions tous les proies de sa rage, nous cherchant querelle à tort, nous humiliant sans raison. Se faisant servir comme le maître qu'il entendait être et à qui tout était permis, n'acceptant aucune remarque, il régnait sans vergogne et en véritable despote sur les lieux et les êtres. Combien de fois ai-je croisé le regard de Rolande rempli d'une sourde haine contre lui ? Comment aurais-je pu éprouver ne serait-ce qu'une once de tendresse filiale pour ce père mauvais et pervers ?

La seule raison ayant pu le pousser à me séparer d'Édouard n'était dictée que par sa jalousie et son désir de me blesser. Pour le seul plaisir de me faire du mal. Pour imposer son autorité et exiger de moi en retour une obéissance sourde et aveugle.

– Comment avons-nous fait pour accepter d'être dupés aussi facilement ? soupira Édouard.

– Nous étions jeunes et soumis, comment aurions-nous pu agir autrement ?

Certes, aujourd'hui, nous réagissons différemment, mais à l'époque la question ne se posait pas. Notre éducation nous avait rendus serviles et disciplinés, dociles pour exécuter les ordres et les décisions du père que nous n'aurions jamais osé contrer.

Tout s'était déroulé si vite. Nous avions passé trois jours merveilleux à l'occasion de la fête patronale du village qui se déroulait pour le 15 Août. Rolande, remplaçant ma mère, souffrante ce jour-là, me tenait lieu de chaperon lors du bal. À cette époque, les jeunes filles devaient être escortées et ne danser que sous l'œil inquisiteur de leur mère. Aucune incartade n'aurait été tolérée. Ma belle-sœur, qui connaissait l'amitié me liant depuis ma plus tendre enfance à Édouard, fermait les yeux sur nos écarts de conduite si toutefois on peut les appeler ainsi. Notre affection se muait en un amour tendre qui n'en restait pas moins chaste. Nous nous serrions l'un contre l'autre lors de la retraite aux flambeaux précédant le feu d'artifice tiré sur les berges du Pharaon, la rivière qui traversait le bourg. Je tremblais en entendant les fusées exploser en gerbes d'étincelles, ce qui donnait à Édouard le prétexte de m'étreindre encore plus fort jusqu'à lui faire sentir mon cœur cogner dans ma poitrine. Nous nous exclamions devant le bouquet final qui éclairait le ciel de mille couleurs. Dans l'après-midi, nous avions assisté aux courses de bicyclettes et au concert donné par l'harmonie municipale. Puis, comme chaque année, nous n'aurions en aucun cas manqué la visite du musée du père Videau qui avait collecté toutes sortes d'animaux contrefaits, certains conservés dans des bocaux de formol, d'autres naturalisés. De véritables monstres qui nous tiraient des exclamations de surprise et d'effroi exposés sous une sorte de toile de tente assez sombre et peu rassurante. Seuls son inséparable et malicieux ouistiti et son perroquet gris à queue rouge, encore plus bavard que lui, étaient bien vivants et sans défaut. Nous y avions droit chaque fois avec la même curiosité et la même fascination. Puis le bal nous avait réunis sous la vieille halle dont la charpente massive et basse semblait vouloir nous écraser de tout son poids. Là, quelques musiciens de l'harmonie avaient concocté un programme de valses et de polkas pour danser. À peine quelques tours de piste effectués où je virevoltais, gracieuse et légère, entre les bras d'Édouard, que l'heure du départ avait sonné. Les douze coups de minuit se déclenchèrent lorsque nous passâmes non loin de l'église Saint-Étienne. Rolande, indulgente et discrète, marchait quelques pas devant nous, éclairant le chemin de sa lampe tempête. Je ne me suis jamais expliqué le changement de comportement qu'elle avait adopté à mon égard quelques années plus tard. Pourtant, elle seule aurait pu comprendre et pardonner…

Nous en profitions pour nous tenir par la main, pour échanger quelques mots doux murmurés à mon oreille et un baiser furtif. Lorsque je laissai Édouard au bout du chemin qui menait à sa maison du Petit Bois, j'ignorais que c'était la dernière fois, tout autant que cette soirée de bal sous la halle ne se renouvellerait pas. Nous ne devions pas nous revoir avant soixante longues années…

Dès le lendemain, mon père entra dans une furie plus terrible encore que celles que nous lui connaissions.

– Alors comme ça, tu t'affiches avec ce moins que rien ! m'avait-il vomi à la face.

Le ton acide de sa voix ne supposait bien sûr aucune réplique, pourtant une question me brûlait les lèvres : pourquoi ? Pourquoi traitait-il Édouard de la sorte ?

– À partir de maintenant, je t'interdis d'adresser la parole à ce jean-foutre !

Que dire ? Que répondre à ça ? Plus encore que le chagrin causé par cette interdiction, je n'en comprenais ni le sens ni la raison. C'était complètement absurde, il n'avait jamais rien dit allant à l'encontre de notre relation qui durait depuis quinze ans. Ma mère se taisait, se terrait, se murait dans son habituel silence. Comme sourde à ces injonctions. L'approuvait-elle dans ses décisions aussi injustes qu'injustifiées ? Jamais elle ne chercha à le contredire, à s'opposer à ses paroles. Elle souffrait intérieurement de devoir subir ses violences verbales mais, en les affrontant, n'aurait-elle pas accentué davantage sa haine ? Elle avait coutume de lui obéir aveuglément, le laissant déverser son venin, souvent occasionné par un excès de vin. Dans son métier, la boisson était un stimulant qui donnait du cœur à l'ouvrage, réchauffant les matins d'hiver et aidant à monter les lourds blocs de pierre. De plus, les gorges asséchées par la poussière de chaux avaient besoin d'être souvent abreuvées, surtout en période de chaleur. Ce vin blanc de noah, qu'il avalait dès le matin, le rendait irascible. Aujourd'hui, ce cépage est interdit en raison de son fort taux d'alcool.

Les paroles de mon père, tranchantes comme le fil d'un rasoir, sont toujours restées gravées dans ma mémoire comme dans ma chair. Ces mots résonnent encore en moi, j'entends le timbre fielleux de sa voix. Je pensais pouvoir déjouer sa surveillance et informer Édouard de cette décision, continuer à le voir en cachette. Et, s'il le fallait, j'étais prête à toutes les ruses et à tous les stratagèmes pour parvenir à mes fins. Je ne m'avouais pas vaincue pour autant. Je savais aussi qu'Édouard ne tarderait pas à partir effectuer son service militaire et que nous serions fatalement éloignés l'un de l'autre. Denise, ma chère et brave amie, aurait joué pour nous les postes restantes. Une fois ses obligations militaires accomplies, nous aurions envisagé de fuir ensemble puisque mon père ne voulait pas de lui pour gendre. Je n'aurais eu aucun scrupule à quitter la maison familiale sans son consentement, à lui désobéir quitte à ne plus jamais le revoir.

Je ne comprenais pas pourquoi, seulement maintenant, il m'imposait un tel sacrifice. Qu'avions-nous fait de si mal pour provoquer un tel acharnement et un tel châtiment ? J'osai poser la question à ma mère dès qu'il eut tourné les talons.

– Ma fille, il ne faut pas se fier aux apparences qui sont parfois trompeuses, la famille d'Édouard n'est pas aussi honnête qu'elle te le semble.

Sa réponse me stupéfia. La mère d'Édouard était une femme courageuse et brave qui avait mis dix enfants au monde, travaillant comme lavandière en journée, n'ayant d'autres ressources pour nourrir sa nombreuse progéniture. Son père louait lui aussi ses bras dans les fermes alentour. Nous les connaissions depuis toujours et jamais quiconque n'avait eu à se plaindre d'eux. Des gens pauvres mais dignes. Je confessai à ma mère qu'Édouard et moi nous nous aimions et avions l'intention de nous marier. Elle n'en fut guère surprise, l'évidence de nos sentiments n'était plus un secret pour personne. Elle ne m'en fit, d'ailleurs, aucun reproche.

– Ma pauvre fille, nous ne sommes guère riches mais sache que ton père a d'autres ambitions pour toi !

D'autres ambitions pour moi ? J'étais de plus en plus atterrée. Je n'espérais qu'une chose : épouser Édouard. Je savais que, partant de rien, sans le premier sou en poche, nous devrions travailler dur pour gagner notre vie et que nous ne serions pas épargnés par les privations. N'était-ce pas ce que nos parents avaient fait avant nous ? À force de soutirer des aveux à ma mère qui en savait finalement plus qu'elle ne voulait le laisser croire, je finis par apprendre ce qui avait poussé mon père à agir ainsi. Était-ce la seule et véritable raison ? Ma mère me révéla que la tante d'Édouard avait eu un *champi,* autrement dit un enfant illégitime, né hors mariage ! Cette faute gravissime entachait la réputation de la famille tout entière, rejaillissant sur Édouard. Il n'était que le neveu mais portait la culpabilité liée à cette malheureuse histoire. À cette époque, une fille qui fautait en devenant une fille mère était considérée comme une odieuse criminelle qu'on devait bannir. Aussi était-elle partie se perdre en ville pour tenter d'oublier son infortune et son déshonneur, son enfant ayant été confié à l'orphelinat de Bordeaux. Mon père aurait appris fortuitement l'affaire, vingt ans après qu'elle fut survenue. Je connaissais enfin l'explication de la raison pour laquelle je devais cesser toute relation avec le jeune homme que je souhaitais épouser. Mais une autre surprise m'attendait, mon père avait pensé à tout et n'avait rien laissé au hasard.

– Monte faire ta valise ; dans une heure, je t'emmène chez une cousine de Cognac qui a besoin d'une serveuse pour son restaurant !

Assommée de surprise, je n'eus que le temps d'obtempérer. Je grimpai l'escalier menant à ma petite chambre et je rassemblai l'essentiel des vêtements que je devais emporter, le cœur gros et des larmes plein les yeux. J'ignorais combien de temps je resterais chez cette soi-disant parente dont je n'avais jamais entendu parler auparavant. Je griffonnai à la hâte un mot pour Denise, le glissant discrètement à ma belle-sœur sur laquelle je savais pouvoir compter. Il me serait donc impossible de revoir Édouard avant mon départ. Je ne pus rien avaler malgré les encouragements de ma mère qui, pour une fois, semblait braver l'attitude et soutenir le regard dur et réprobateur de mon père.

Nous avions une quarantaine de kilomètres à parcourir pour atteindre Cognac. Ma mère eut du mal à retenir la larme qui perlait dans le coin de ses yeux. Je sentais bien qu'elle avait de la peine à me voir partir. C'était la première fois que je quittais la maison. Rolande m'encouragea en me promettant de remettre ma lettre à Denise le jour même. Elle aussi avait le cœur gros, je savais bien que ma présence lui manquerait. Gabriel n'était pas là et je la chargeai de l'embrasser pour moi. Je luttai de toutes mes forces pour ne pas perdre la face, retenant mes sanglots, mais mon père ne me laissa pas le temps de m'épancher, pressé de m'éloigner d'Édouard.

Édouard sirote son café, le regard perdu en direction de l'horizon comme pour mieux se rapprocher du passé, écoutant le récit de mon départ en ce mois d'août 1930. Une brise légère caresse ma peau de son souffle tiède. Le bien-être s'empare de moi et m'enlace comme un amant. Je me glisse dans ce bonheur tout neuf que m'offre la présence d'Édouard. Je sais que désormais tout cela est derrière nous et rien ni personne ne saura plus nous séparer.

– C'est peu de temps après que j'ai été appelé sous les drapeaux !

– Je savais que Denise, prévenue par Rolande, t'avait informé de mon départ précipité à Cognac.

Une fois là-bas, je compris que la cousine avait reçu des consignes strictes à mon sujet. Je serais soumise à une surveillance qui n'aurait rien à envier à celle de mon père. Le courrier que je recevrais serait ouvert et me serait remis seulement après le verdict de la censure. « Ici, je ne veux pas d'histoires ! » avait-elle répliqué, obliquant vers moi un regard chargé de suspicion. Je ne devais donc pas m'attendre à recevoir des nouvelles de celui que je considérais comme mon fiancé.

– Combien de lettres pourtant t'ai-je écrites ! soupira Édouard.

– Des lettres qui ne me sont jamais parvenues…

De mon côté, je réussis sans trop de difficultés à en faire passer à Denise. Le temps s'écoula mais n'altéra en rien l'affection que je portais à Édouard. Loin de l'oublier, je crois que la séparation eut pour effet de renforcer les sentiments qui m'attachaient à lui. Pourtant, nos destins devaient prendre des chemins contraires et bien éloignés. Mais cela, je l'ignorais encore.

Édouard, avec sa moustache à la Ferrat et sa chevelure grise et souple, dégage un charme fou de vieux poète. Lorsqu'il plante son regard brillant de malice dans le mien et qu'il me sourit, je le trouve irrésistible et je frémis comme une adolescente qui connaît ses premiers émois. Je porte la bague qu'il m'a offerte hier, dont les diamants irisent de mille feux. Tout ce temps perdu, au nom de la seule autorité paternelle ! À vivre chacun de son côté, si loin l'un de l'autre, à passer si près du bonheur. De nos jours, les jeunes n'ont que faire de l'avis de leurs aînés ! Est-ce mieux ou plus mal ? Quel intérêt y a-t-il à s'opposer au mariage de ceux qui s'aiment d'un amour aussi profond et sincère qu'était le nôtre ? On n'est pas maître de son destin, il s'impose à nous, parfois sans ménagement. Et si, finalement, le destin n'avait pas forcément toujours tort ? Avec le recul qui est aujourd'hui le mien, je suis en droit de m'interroger.

Pourquoi revenir sur ce passé révolu et sur lequel nous n'avons plus prise ? C'est le futur, si court soit-il, qu'il nous faut préparer au mieux, afin de faire de chaque jour à venir le plus beau. C'est ce que pense Édouard. Je ne le désapprouve pas, nous avons bien l'intention de ne pas gaspiller inutilement le temps qui nous reste, conscients l'un et l'autre à quel point il nous est cher.

La *Grande Messe en ut mineur* de Mozart, qui sera interprétée à l'église Saint-Léger de Cognac, est notre prochaine étape musicale. C'est une œuvre sublime qui m'enchante à chaque fois que je l'écoute. Mozart l'a conçue pour remercier le Ciel de lui avoir permis d'épouser Constance. Lors de sa première exécution publique, en 1783, sa jeune femme chanta elle-même les parties de soprano. J'ai hâte d'être à samedi. Je sais pourtant que revoir cette église me ramènera sur les traces de certains souvenirs. Sûrement les plus amers. Et, qu'Édouard le veuille ou non, mon passé m'a bel et bien rattrapée ! Et l'œuvre qui est au programme m'y ramènera encore davantage.

III

LA PETITE VALISE EN CARTON BOUILLI que ma mère m'avait donnée, posée sur le porte-bagages de ma bicyclette, je suivais mon père qui semblait bien connaître le chemin menant à Cognac. De Baignes, nous avions pris la route de Saint-Maigrin qui s'engageait à travers l'immense forêt domaniale dont la fraîcheur apaisante tempérait la chaleur accablante de cette journée d'août. J'aperçus, émergeant de la masse touffue des frondaisons, les toits d'ardoise pointus des nombreuses tours du château. Lorsque j'étais enfant, cette bâtisse édifiée au bord d'un étang par un riche marquis m'avait toujours émerveillée, protégée dans son écrin de verdure. Avec ses innombrables tourelles en encorbellement, ses lucarnes et ses ouvertures moulurées qui rythmaient un corps de logis asymétrique, on aurait dit un château de conte de fées. La route longeait le plan d'eau d'un côté et de l'autre les grands bois. Nous dépassâmes le vieux moulin pour prendre à droite la direction d'Archiac. Au terme de quelques kilomètres, nous aperçûmes ce gros bourg construit sur un promontoire dominant les plaines fertiles de la vallée du Né. Les vignobles, de plus en plus nombreux, déroulaient devant nous leurs rangs bien taillés et bien alignés sur les flancs de coteaux. Les raisins achevaient leur lente maturation sous la lumière chaude et dorée de cette terre de champagne. Les villages que nous traversions m'impressionnaient par le faste de leurs logis de pierre, témoignages de la richesse passée des négociants. Partout devant nous s'alignaient de vastes chais abritant les eaux-de-vie qui, telles des « belles au bois dormant » attendaient l'heure de réveiller les papilles.

Je pédalais, sans perdre de temps, pour suivre mon père qui ne semblait guère se soucier de moi. Je le voyais souvent essuyer son visage ruisselant de sueur de son mouchoir à carreaux bleus qu'il tirait de sa poche. Je peinais parfois pour ne pas perdre le rythme soutenu auquel il m'astreignait. Je n'avais pourtant aucune hâte à parvenir au bout de ce voyage malgré la fatigue qui me gagnait davantage à chaque coup de pédale.

Les premières maisons du faubourg de Cognac se profilèrent à l'horizon au bout d'une immense plaine nue. Nous nous engageâmes à travers un lacis de rues jusqu'au pont permettant d'atteindre le quartier Saint-Jacques, qui était l'aboutissement de notre périple.

J'étais si anxieuse à l'idée de découvrir ce qui m'attendait et si désespérée d'avoir dû quitter Édouard et Denise si précipitamment que je me sentais envahie d'une grande lassitude et d'un découragement sans bornes. C'était donc là que j'allais désormais vivre ou plutôt tenter de survivre à ma douleur. Tout me semblait vide, terne et insipide. La noirceur des murs de pierre me frappa et la ville m'apparut encore plus laide, ajoutant à mon malaise. Oppressée par la concentration des habitations accolées les unes aux autres, bousculée par les passants, agressée par des clameurs inhabituelles, je sentais sourdre en moi une angoisse qui me serrait le cœur.

Je n'avais jamais rencontré la cousine germaine de mon père chez laquelle il me conduisait. J'appréhendais son accueil et ce monde inconnu dans lequel il me précipitait pour se débarrasser de moi et avoir une bouche de moins à nourrir. Sa belle-fille se chargeait de seconder ma mère et ma présence n'était plus indispensable. Rolande serait d'autant plus vulnérable et à sa merci que je ne serais plus à ses côtés. Je pensais à elle. Comme elle allait se sentir seule désormais ! Cette idée me fit monter les larmes. Je maudissais ce père impitoyable qui m'arrachait à ceux que j'aimais.

Jusqu'à maintenant, j'avais l'habitude du travail à la ferme, m'occupant des animaux, cultivant le jardin, préparant les repas. Ici, qu'allait-on me demander ? Saurais-je m'adapter à ce nouveau mode de vie imposé par la ville sans la nature et les êtres qui la peuplaient ? J'étais certes courageuse et habile, pleine de bonne volonté et j'avais à cœur de servir au mieux cette cousine. Je devinais qu'agir dans ce sens me permettrait de me faire apprécier d'elle et de gagner sa confiance pour qu'elle m'accorde un peu de liberté. Je n'ignorais pas que mon père lui avait déjà donné les instructions nécessaires me concernant, qu'elle serait ma geôlière en plus d'être ma patronne. Je m'efforçai de faire bonne figure pour lui donner la meilleure impression de moi.

Nous mîmes pied à terre et posâmes nos bicyclettes devant un établissement dont la devanture vitrée, donnant sur la rue, me rappela celle du *Café du Commerce* de notre village. Précédée par mon père, je pénétrai dans la salle de bar où quelques clients, sirotant leur consommation, nous dévisagèrent. C'est alors que la tenancière nous vit, de son comptoir en zinc, derrière lequel elle s'activait à frotter ses verres. Dès qu'elle nous aperçut, elle posa son torchon et se dirigea vers nous d'une démarche lourde que lui imposait sa forte corpulence. Elle approchait de la cinquantaine et son port de tête prouvait la maîtresse femme qu'elle devait être. Elle embrassa mon père comme du bon pain et me dévisagea à la façon d'une bête de foire, me toisant des pieds à la tête, les mains sur ses larges hanches.

– Alors voilà donc la fille que tu m'amènes !

Après quelques secondes durant lesquelles elle sembla hésiter, elle m'embrassa à mon tour, ne sachant trop quelle attitude adopter à mon égard. N'étais-je pas moi aussi sa cousine, avant de devenir sa bonne à tout faire ? Elle nous invita à la cuisine, située à l'arrière, pour nous servir à boire. À mon père, elle versa une bonne rasade de blanc qu'il vida d'un trait, et à moi une citronnade que ma soif me fit apprécier malgré les circonstances. Mon père me rappela que je n'étais pas ici en villégiature mais placée comme domestique et que je devrais mériter mes gages. Puis, après quelques échanges de nouvelles concernant la famille, il se leva pour repartir. Il me tapota familièrement l'épaule, un geste qui ne lui était pas coutumier, sûrement pour m'encourager et faire bonne figure devant sa parente. Il me laissait seule, complètement déracinée, dans une ville inconnue, dans un milieu où j'avais tout à apprendre et où je devais faire mes preuves. Mais le plus dur serait d'être séparée de ceux que j'aimais.

– Ma fille, je te fais confiance pour honorer de ton mieux celle qui a la bonté de te prendre chez elle et de t'offrir ce travail. J'espère que tu en as conscience et sauras saisir ta chance.

Ainsi furent ses paroles après avoir accepté un second verre de blanc qu'il avala aussi sec avant de remonter sur sa bicyclette.

– Sois rassuré, on va essayer d'en faire quelqu'un de ta fille ! lui répondit-elle en me jaugeant et avec un curieux sourire en coin.

Je demeurais seule, ma valise à mes pieds, perdue dans d'amères pensées.

– Eh bien, ma fille, tu ne vas pas rester plantée là comme ça ! Tu vas commencer ton apprentissage dès maintenant. L'ouvrage ne manque pas ici, aussi il n'y a pas de temps à perdre !

Elle me conduisit jusqu'à une petite chambre du premier étage située au bout d'un couloir où je déposai mon bagage. Je n'eus pas le temps de détailler les lieux, me pressant de la suivre au rez-de-chaussée où je découvris, ouvrant sur le café, la salle du restaurant. Assez vaste, avec ses tables toutes de la même dimension, isolées ou accolées les unes aux autres, il se dégageait de cet endroit une odeur douceâtre d'anis à laquelle se mêlaient des relents de tabac froid qui me saisirent.

La cousine Adrienne servait de vingt à trente repas chaque midi. Son ancienne employée l'avait quittée pour une autre place, raison pour laquelle j'avais bénéficié de cette opportunité. Une chance, comme l'avait souligné mon père, pour une fille qui, comme moi, n'avait jamais quitté sa campagne. Mais je n'avais jamais demandé à partir !

J'obéissais à ma patronne sans réfléchir. De la cave au grenier, je m'activais entre la cuisine et le service, la vaisselle et l'entretien en charbon de la grosse cuisinière, dont les poignées en cuivre devaient toujours reluire et sur laquelle mijotaient les plats et chauffait l'eau. J'apprenais vite et elle n'avait pas lieu de me reprocher une quelconque paresse ou quelque maladresse que ce soit. Je savais ce qu'était le travail. Debout à la première heure, et couchée après avoir remis tout en ordre et lavé les planchers à grande eau, les journées s'avéraient longues et harassantes. En compensation, la nourriture, bonne et abondante, permettait de tenir le rythme imposé.

La clientèle était issue des milieux d'ouvriers travaillant pour les maisons de cognac. Une grande partie de la population vivait de la filière des eaux-de-vie. Pourtant, depuis le début du siècle, la baisse des ventes annuelles ne cessait de se confirmer ; la guerre n'avait rien arrangé et le retour de la paix ne favorisa pas la relance que la crise économique de 1920 ralentit de nouveau. Une légère remontée des cours s'était amorcée quand, en 1929, le krach boursier de New York la fit rechuter. J'étais arrivée à Cognac en août 1930, à cette époque-là beaucoup d'artisans œuvraient pour ce secteur, malgré les difficultés rencontrées par les négociants pour écouler leurs stocks d'une marchandise restant avant tout un produit de luxe. Parmi ces artisans qui fréquentaient le café-restaurant de la cousine Adrienne, on trouvait des fabricants de caisses en bois, des verriers, des fumistes et des chaudronniers ainsi que des tonneliers, sans compter les gratte-papier assurant la comptabilité et le secrétariat. Dire que j'aimais ce métier serait mentir. Le service me rebutait, sentant souvent peser sur moi certains regards licencieux, étant la cible de remarques familières à la limite de la grivoiserie. Mais la patronne savait y remédier et tout rentrait dans l'ordre malgré l'humiliation que je subissais et cette offense qui me salissait.

Jour après jour, j'appris à connaître le faubourg Saint-Jacques relié à la vieille ville, sur la rive gauche, par un pont de pierre. Je souffrais de cet exil dont le seul but était de me faire oublier Édouard. Je ne recueillais que les lettres écrites par ma mère et Rolande. En revanche, Denise recevait les miennes que je postais moi-même aussi souvent que les occasions me le permettaient. Je sortais de plus en plus régulièrement seule récupérer les commandes chez le boucher, le boulanger ou l'épicier. Alors je n'hésitais pas à faire un détour par la poste pour y glisser une missive adressée à mon amie. Dans mes rêves les plus fous, j'imaginais Édouard venant me chercher pour m'emmener avec lui et m'arracher à tout jamais à cet endroit. Un peu comme dans les romans qu'il m'arrivait de lire. Mais comment aurait-ce été possible alors qu'il venait de partir effectuer son service militaire à des centaines de kilomètres de là ? Je l'ignorais, jamais je n'aurais pu croire qu'il ait pu m'oublier.

Les mois passèrent, je n'avais pas une grande liberté mais j'effectuais toujours les courses quotidiennes et je pouvais me promener dans la ville de Cognac le dimanche qui était le jour de fermeture du restaurant. Mes pas me conduisaient inlassablement vers l'église Saint-Léger où j'aimais écouter l'organiste, dont l'instrument me fascinait par le volume sonore qu'il déployait, emplissant l'espace grâce à l'étendue de son registre. C'était un orchestre à lui seul. Quels délicieux moments je passais là, dans cet édifice remarquable par son architecture. La musique m'aidait à supporter ma solitude et me rapprochait d'Édouard. Je me laissais prendre par la musique, je vibrais sous les variations de ses harmonies, envoûtée par la magie de ses mélodies. Dans ce lieu d'apaisement, je ressentais le besoin de m'isoler, ce qui m'aidait à m'évader. Je crois qu'il m'arrivait parfois de prier le Ciel pour retrouver Édouard. Il a mis du temps mais Il m'a entendue ! Qu'Il en soit remercié !

Soixante ans plus tard, me voilà de nouveau dans cette église Saint-Léger à peu près à la même place ! La meilleure du point de vue de l'acoustique. L'orchestre régional de Poitou-Charentes s'installe, suivi de son chef et des solistes sous les applaudissements du public massé dans la nef. Après quelques secondes de silence retentit le *Kyrie,* dont le dessin angoissé des cordes semble exprimer toute la misère du monde. Mais bientôt, dans le *Gloria* s'élève la voix claire et puissante de la soprano, radieuse dans sa longue robe noire qui épouse ses formes parfaites. Alors la lumière irradie tout l'espace. Je suis, une fois encore, subjuguée par le divin Mozart et je me laisse emporter par ses élans de désespoir auxquels succèdent des instants de ferveur ou de jubilation. Je suis bouleversée et émue par ces voix pures et solennelles, comme descendues du ciel pour enchanter le monde terrestre.

Les souvenirs jaillissent, presque malgré moi, je voudrais les repousser mais je n'en ai pas la force tant ils s'imposent et me bousculent. Me voilà de nouveau happée par le passé, soixante ans auparavant. J'avais vingt ans. Je grelottais dans cette église humide et froide, pourtant emmitouflée dans mon vieux manteau de laine bleue. Absorbée par les puissantes résonances de l'orgue, je n'avais pas pris garde à l'homme qui était venu s'asseoir non loin de moi. Les regards qu'il me lançait attirèrent mon attention. Une désagréable sensation m'enveloppa et me glaça. Le charme que la musique exerçait sur moi se rompit. Je me levai et me dirigeai vers la sortie, peu désireuse de m'exposer à ses œillades que je sentais peser sur moi. Cet homme, j'étais alors à mille lieues d'imaginer qu'il serait l'un des pions de l'échiquier de mon destin.

Édouard serre ma main dans la sienne. Comme j'apprécie ses attentions ! On dirait qu'il devine mes attentes, qu'il anticipe chacun de mes désirs. L'œuvre s'achève sur un *Hosanna* virtuose et éclatant. Je ferme les yeux pour mieux communier avec la musique et profiter de toute cette douce quiétude. Après le *Benedictus,* ce sont des salves d'acclamations qui retentissent sous les voûtes. D'un même élan, chacun se lève pour mieux ovationner les solistes, les instrumentistes et le chef qui saluent comme il se doit.

Il est presque 18 heures quand nous nous retrouvons sur le parvis de Saint-Léger dont j'admire la grande rosace de style gothique flamboyant et le portail roman.

– Si nous allions flâner dans la vieille ville ? proposé-je à Édouard.

– Bien volontiers, c'est un endroit que je ne connais guère, me confesse-t-il.

J'éprouve la nécessité de revoir les lieux où j'ai vécu des moments si difficiles à oublier. Des moments où la décision que l'on m'engagea à prendre devait bouleverser le cours de ma vie.

Par la rampe du château où est né le roi François Ier, nous contournons les restes de cette ancienne forteresse si souvent remaniée au fil des siècles. Son interminable muraille longe les quais de la Charente. C'est un Écossais, le baron Otard, qui sauva le château de la destruction grâce à son acquisition peu après la Révolution. Il en fit le siège de sa maison de négoce en eaux-de-vie et stocka sa production dans les vastes chais qu'il fit aménager. Nous passons sous la porte Saint-Jacques, seul vestige de l'enceinte fortifiée. Cette partie de la ville, qui s'étend de l'église prieurale de Saint-Léger au château, est la plus pittoresque avec ses ruelles typiques et riches en reliefs du passé, en belles demeures dont certaines ont conservé leurs pans de bois de la fin du Moyen Âge. Nous empruntons de petites impasses pavées pour atteindre la rue Saint-Caprais, la rue du Plessis et la rue Grande avant d'aboutir sur celle des Cordeliers. Une promenade dans ce quartier historique incite à observer les détails que le temps a imprimés dans la pierre. Là, une gargouille, ici, une imposte remarquable, un linteau sculpté, une grille en fer forgé, une tourelle ou bien une échauguette. Je redécouvre cette ville que je ne regardais pas à l'époque de mes vingt ans avec les mêmes yeux ni avec le même intérêt qu'aujourd'hui. Je la trouvais grise et terne, peut-être à cause de cette patine qui noircit la pierre et que l'on doit à ce champignon microscopique, le *Torula compniacensis*, qui se nourrit des vapeurs d'alcool. Dans ce secteur, les chais de vieillissement d'eaux-de-vie sont nombreux. D'ailleurs, dans l'air de cette fin d'été flottent d'agréables effluves parfumés et caractéristiques qui ne sont autres que cette fameuse « part des anges ». Nous poussons jusqu'au faubourg Saint-Jacques, en franchissant le pont. Je ne reconnais pas grand-chose de l'endroit où j'ai vécu dans les années 30. Les jardins que cultivaient les maraîchers ont disparu pour laisser place à des constructions récentes, le hangar à locomotives n'est plus là et la halle non plus mais je retrouve son tracé, délimité par les platanes qui ont remplacé les piliers. Les vieilles bâtisses de la place du Solençon et ses petites rues adjacentes de l'Abreuvoir et des Minotiers ont toujours leurs mêmes façades anciennes mais elles ont été rénovées. Cette balade nous a donné faim et Édouard me propose de dîner dans une brasserie devant laquelle nous avons ralenti le pas et dont la carte aiguise ses papilles. Le *Café-Restaurant Saint-Jacques* de la cousine a sans doute été transformé depuis longtemps en un autre établissement. Je ne parviens plus à le situer au milieu des nouvelles enseignes et des édifices qui jaillissent de part et d'autre. En soixante ans, que de changements !

L'homme que j'avais vu à l'église Saint-Léger était là, le lendemain, attablé dans la salle du restaurant. Mon cœur se serra dans ma poitrine, une petite voix intérieure me soufflait de fuir cet inconnu. Je ne croyais pas au hasard. Pourquoi était-il venu déjeuner précisément dans ce restaurant ? M'avait-il suivie ? Était-il déjà venu sans que je l'aie remarqué ? Ce jour-là, j'aurais aimé rester près des fourneaux et m'abstenir du service. Bien au contraire, la cousine Adrienne m'ordonna de m'occuper de ce client-là en particulier comme s'il s'agissait d'un personnage important. À contrecœur, je m'approchai donc de la table en lui demandant ce qu'il désirait boire et en lui proposant le menu du jour. J'évitai de croiser son regard. Loin de paraître méchant, il y avait dans son visage une apparence qui me dérangeait. Il avait le cheveu rare, un large front dégarni, un visage rond et des yeux dont les coins s'affaissaient, lui conférant un air de chien battu. Il pouvait avoir atteint la quarantaine mais il était difficile de lui donner un âge. Qui était-il et d'où venait-il ? Je ne l'avais jamais vu auparavant si ce n'était à l'église Saint-Léger. Sa tenue vestimentaire montrait son appartenance à une corporation de gratte-papier ou de fonctionnaire. Sans doute était-il secrétaire ou comptable employé par l'une des nombreuses maisons de cognac ? Je m'empressai de prendre sa commande et de disparaître au plus vite, déstabilisée par cet homme. Mais il me fallut revenir, encore et encore, à cette table pour servir et desservir et m'exposer à ce regard insistant. Toujours être à l'écoute de ses désirs. Ses yeux tristes semblaient s'accrocher à moi comme pour y trouver de la compassion ou du réconfort. Je n'en avais pas à lui offrir. J'espérais en finir et qu'il disparaisse ! Ce qu'il fit pour mieux revenir le lendemain. Et le surlendemain…

La cousine Adrienne était une femme de caractère, persuasive et autoritaire. Des qualités dans la profession qu'elle exerçait pour se faire respecter de son personnel, de ses fournisseurs et de ses clients. Elle ne s'avéra pas être une mauvaise femme pour moi bien que ne me ménageant guère pour un salaire qui, une fois ma pension retenue, restait bien maigre. J'épargnais sou après sou en vue de me constituer un pécule qui pourrait m'être utile en temps voulu. Avec Adrienne, nous n'avions guère de vraies conversations, pourtant un soir elle me retint pour parler. Elle était désireuse de savoir si j'avais l'intention de servir toute ma vie ou si j'ambitionnais de « devenir quelqu'un », selon son expression. À cette période-là, le travail n'était pas difficile à trouver à condition de faire preuve de courage, on embauchait partout. Faire de la mise en bouteilles pour le compte d'un négociant était-il plus rentable ou moins fatigant que servir dans son restaurant ? J'en doutais. Quant à vivre dans une maison à moi et avoir des domestiques, je ne comprenais pas pourquoi elle me posait ce genre de questions. À vrai dire, je n'y avais jamais pensé. Elle devait bien savoir que je n'étais pas issue d'une famille qui pouvait ambitionner ce train de vie.

– Vois-tu, ma fille, comme elle aimait m'appeler, tu ne t'élèveras dans la société que par le mariage et, jolie comme tu es, ce ne devrait pas être difficile, bien que tu n'aies rien d'autre que ta chemise à mettre dans la corbeille ! n'oublia-t-elle pas de préciser.

Je ne voyais toujours pas où elle voulait en venir. Cherchait-elle à m'humilier ou à se moquer de moi ? Je pensais au mariage, bien sûr, comme toutes les jeunes filles de vingt ans et d'autant plus que j'avais élu Édouard pour mari. Lui et aucun autre. Mais je ne pouvais pas faire cette confidence à Adrienne. Il y avait bientôt un an que j'étais arrivée chez elle et toujours sans aucune nouvelle, excepté de ma famille qui ne me parlait jamais ni de Denise ni d'Édouard, à plus forte raison. Je campais néanmoins sur mes positions, déterminée à attendre son retour de l'armée et persuadée qu'il me donnerait signe de vie un jour ou l'autre. Denise qui savait où me trouver n'avait pas manqué de lui communiquer le lieu de ma retraite forcée. Je répondais à Adrienne que je n'étais pas pressée de me marier. Je n'aimais pas qu'elle m'entretienne de ces choses-là ; d'ailleurs ce n'était pas à elle de s'en préoccuper ni d'en décider pour moi. Elle n'avait pas le pouvoir de prendre part à mon futur mariage. C'était du moins ce que je croyais…

– Ce que je t'en dis, c'est pour ton bien ! À ton âge, il ne faut pas trop attendre !

C'était donc, d'après elle, un mari dont j'avais besoin et sans tarder. Ne voulait-elle plus me garder et se débarrasser de moi, comme l'avait fait mon père ? Je me sentais si seule et si désemparée sans personne auprès de qui épancher ma douleur d'être séparée de ceux que j'aimais. Je n'avais pas revu mes parents, je savais que Rolande était devenue mère d'une petite Raymonde. Comme j'aurais aimé être près d'elles. À la lettre annonçant l'heureux événement était jointe une photo du nouveau-né. La cousine m'avait alors vanté les joies de la maternité, elle qui n'avait jamais eu d'enfant, comment pouvait-elle se permettre d'en parler si aisément ?

– Il faut que tu y songes toi aussi, tu es en âge de fonder un foyer !

Depuis quelque temps, elle ne cessait de m'entretenir du mariage comme si elle me pressait d'y recourir. Elle prenait un ton presque maternel que je n'aurais jamais soupçonné chez cette femme. Elle me citait certaines de ses connaissances qui avaient épousé de bons partis et qui pouvaient s'offrir une domestique pour tenir leur maison. Des femmes qui n'avaient qu'à se soucier de leur personne et de leur plaisir.

– Tiens, l'idéal serait d'épouser un gradé, un gendarme ou un militaire…

Je dois avouer que, l'espace d'un instant, j'avais laissé mon imagination divaguer jusqu'à me glisser dans la peau de l'une de ces femmes insouciantes et frivoles. Disposer d'argent sans être obligée de le gagner, le dépenser sans avoir à compter, en user comme bon me semblerait, le programme était alléchant. L'oisiveté ne me séduisait pas particulièrement, n'étant pas de celles qui se complaisent dans cet état.

– Si je n'avais pas à travailler et si j'avais les moyens, j'apprendrais à jouer du piano !

– Tu apprendrais le… piano ? Quelle idée saugrenue ! Mais quand on a le temps et l'argent pour satisfaire ses envies, pourquoi pas ?

La cousine Adrienne m'engagea donc à ne pas laisser échapper l'occasion qui ferait de moi l'une de ces femmes aisées comme on en voyait beaucoup à Cognac se pavaner dans les rues et exhiber leurs tenues à la dernière mode. Mais il fallait bien sûr qu'une telle occasion se présentât… et Adrienne se fit fort de m'en offrir une.

IV

D'UN COMMUN ACCORD, Édouard et moi avons décidé de continuer à vivre chacun de notre côté. Je ne sais pas si j'ai réellement envie de vivre en couple, surtout à nos âges ! Nous tenons à cultiver notre jardin secret et à ne pas émousser notre relation avec les vicissitudes de la vie quotidienne. Nous avons tous deux besoin de cette indépendance qui contribue à rendre nos retrouvailles plus intenses. J'entretiens aussi l'amitié que je partage depuis toujours avec Denise et que je ne veux en aucun cas sacrifier, tout comme mon goût de la solitude, ce face-à-face avec moi-même qui m'est nécessaire.

Mais ce soir, c'est auprès de ma petite-fille que j'aimerais être, dans ce beau parc de La Roque-d'Anthéron où elle interprète, parmi les œuvres de son programme, les quatre *Ballades* et les quatre *Scherzos* de Chopin. Elle m'a raconté au téléphone, pas plus tard que ce matin, que les pianos de concert étaient transportés sur des remorques par des tracteurs. C'est de cette façon singulière que sont véhiculés les instruments d'un lieu à l'autre du parc ou près de l'étang où se déroulent, à toutes les heures du jour et même de la nuit, les récitals à La Roque-d'Anthéron. Quelle atmosphère féerique et magique doit se dégager de ce cadre naturel ! Je regrette presque de ne pas avoir accepté sa proposition de l'y accompagner. Je dois avouer que je ne voulais pas laisser Édouard seul alors que nous venons tout juste de nous retrouver ! Si je me suis retirée ici, dans ma petite maison au beau milieu de la campagne charentaise, c'est parce que je n'ai plus l'âge de la suivre dans tous ses déplacements. Je dois me faire une raison. Elle a désormais un agent qui règle tous les détails de ses voyages. Je ne me fais pas de soucis de ce côté-là. Cependant, la nostalgie se rappelle parfois à moi !

Le magnifique thème principal de la première *Ballade* soupire en moi et je me surprends à le fredonner. Je l'ai tant de fois entendu sous ses doigts virtuoses ! Des phrases d'une pureté et d'une richesse harmonique que j'écoute à chaque fois avec autant d'émotion. On dit que, de toute son œuvre, c'était la pièce préférée de Chopin. Empreinte de passion et débordante de lyrisme, il émane de ces pages une douleur qui ravive celle que je ressentis en ce jour de décembre 1931. Plus encore que les bienfaits de la musique qui me pénètrent longtemps après l'écho du dernier accord, mes souvenirs m'agressent avec une violence surprenante. Ce soir, restée de nouveau seule après le départ d'Édouard, je repense à ces heures douloureuses.

Comment ai-je pu accepter ? Comment ai-je pu me résoudre à épouser l'homme au regard de chien battu ? La cousine Adrienne n'y était pas allée par quatre chemins pour me présenter son « occasion », la fameuse occasion que je devais saisir, devant faire de moi une femme de la bonne société, une femme qui n'aurait plus besoin de travailler ! Le désespoir : c'est à lui que je dois imputer ma décision, lui qui m'a poussée vers cet inconnu.

D'abord, la cousine m'avait tendu la lettre de Rolande. J'étais toujours heureuse de recevoir des nouvelles de ma famille, parfois accompagnées de minuscules photographies de ma nièce. Mais ce que m'annonça ma belle-sœur ce jour-là, jamais dans mes pires cauchemars je n'aurais pu l'imaginer. C'était la nouvelle la plus terrifiante et la plus inattendue, la plus improbable et la moins acceptable. Elle m'apprenait avoir lu sur le tableau d'affichage de la mairie l'annonce des bans de mariage d'Édouard avec une fille de Cassis où il s'était établi après son service. La cérémonie devait d'ailleurs avoir lieu là-bas. *J'espère que tu ne seras pas trop triste et que le temps t'aura aidée à oublier cet amour de jeunesse comme nous en avons tous connu...* m'écrivait-elle. Je cherchais l'air pour respirer, comme asphyxiée par les mots que je lisais, le regard embrumé de larmes, le cœur prêt à éclater. Le néant m'aspirait. Tout s'écroulait autour de moi. Je dus concentrer mes efforts pour faire bonne figure devant la cousine qui scrutait chacune de mes réactions en attendant la fin de ma lecture en jubilant intérieurement.

– Alors, les nouvelles sont bonnes ? La petite Raymonde a-t-elle fait sa première dent ?

Je n'entendis pas la question d'Adrienne, absorbée dans mes réflexions, assaillie par un flot d'interrogations. J'étais au bord de la syncope. Comment Édouard avait-il pu me trahir de la sorte ? M'oublier si vite ? Tout cela n'était-il pas une farce de mauvais goût ? Je devais pourtant me résigner et l'accepter comme une vérité. La seule possible. Qui aurait pu m'apporter la preuve qu'il s'agissait d'une odieuse machination destinée à nous séparer, Édouard et moi ?

Tout avait été orchestré à merveille. Tout d'abord, j'apprenais la nouvelle du mariage d'Édouard, il ne restait plus à Adrienne qu'à me présenter son « occasion ». La bonne, l'unique, la vraie, celle qui ne se rencontre qu'une fois dans une vie et qu'il faut savoir saisir. Elle était sûre d'elle et pouvait mettre à profit ce moment de vulnérabilité qui faisait de moi une proie facile à ferrer. Après cette information, je ne pouvais pas être en de meilleures dispositions pour me laisser prendre à son piège.

– Tu sais, Jean est un homme promis à un avenir brillant, il est dans la gendarmerie et vient de recevoir une belle promotion, m'avait-elle alors dit.

Natif de Cognac d'où ses parents, récemment décédés, étaient originaires, il venait d'hériter de leur maison. Son père avait été le secrétaire particulier d'un négociant de renom dont les chais s'étiraient le long des quais de la Charente. Adrienne les avait bien connus ; leur fils, trop timide, n'avait jamais pris le temps de se marier pour se consacrer à sa carrière. Muté à Bordeaux, il venait rarement dans sa ville natale. Elle m'en parla tant et si bien qu'elle me soutira sans difficulté la promesse d'accepter de le rencontrer. J'avais perdu Édouard, que me restait-il d'autre que des désillusions, des regrets amers, et plus aucun espoir ? Je me voyais contrainte d'épouser par dépit le premier homme qui se présenterait, n'ayant plus rien d'autre à attendre de la vie. Il devait venir déjeuner au restaurant le lendemain.

Un gendarme vêtu de son uniforme devait avoir une certaine allure, une classe qui ne manquerait pas de se remarquer. J'essayais de m'accrocher à cette idée tant j'avais à cœur de me venger de la trahison d'Édouard qui resterait toujours, malgré tout, le grand amour de ma vie. Je lui en voulais, tout en sachant que je ne l'oublierais jamais et que personne ne pourrait ni le remplacer ni rivaliser avec lui. L'idée de devenir une femme qu'on respecte, qui n'a plus besoin de travailler pour vivre, qui s'élève dans l'échelle sociale n'était pas pour me déplaire. C'eût été mentir que d'affirmer le contraire. Ce serait ma revanche, la compensation que je pouvais tirer de mon malheur. J'étais si anéantie qu'il était facile de me guider dans un chemin que je n'aurais jamais voulu prendre.

La cousine Adrienne était satisfaite, elle n'avait pas eu de peine à me convaincre que le mariage était ma meilleure chance, ma planche de salut à condition de faire le bon choix. Plus je l'écoutais, plus ses arguments trouvaient écho en moi. Hier encore, avant de recevoir cette maudite lettre, j'étais prête à tous les sacrifices, à attendre Édouard la vie entière s'il le fallait. Maintenant, le vent avait tourné et, n'étant pas d'une nature à sombrer dans la déprime, je me ressaisis bien que meurtrie dans ma chair et profondément humiliée.

Je passai une bien mauvaise nuit, consciente du changement de cap que prenait ma vie. Tout basculait de nouveau si soudainement. Au matin, ma décision était prise. J'épouserais, sur le portrait que m'en avait dressé Adrienne, ce gendarme qu'elle allait me présenter quelques heures plus tard. J'ajustai ma robe, je vérifiai ma coiffure aux cheveux courts naturellement crantés selon la mode de l'époque. Je m'observai dans le miroir convaincue de mon charme naturel, sans fioritures. Je me sentais sûre de moi. Comment cet homme pourrait-il rester indifférent devant moi ? J'allais lui plaire, c'était incontestable, mais y aurait-il une réciproque ? Je tentais de deviner sa stature et ses traits mais je dus me rendre à l'évidence que c'était le corps et le visage d'Édouard qui, chaque fois, s'imposaient à mon esprit. Se pouvait-il qu'ils aient une ressemblance ? Mais il y avait cette différence d'âge qui me paraissait importante, n'avait-il pas seize ans de plus que moi ? Un détail qui pesait dans la balance et qu'Adrienne n'avait pas pu me dissimuler.

À l'heure où les tables commençaient à se garnir, je sentais l'anxiété me gagner en observant tous les clients qui poussaient la porte du café. Nerveuse et curieuse à la fois, je m'activais au milieu des couverts. Heureusement, mon service m'obligeait à des allées et venues qui calmaient un peu mon impatience. En cuisine, Adrienne me complimenta sur ma tenue et m'encouragea à prendre confiance. Elle revint quelques minutes plus tard m'annoncer qu'il était là et que je le reconnaîtrais aisément grâce à son uniforme puisqu'il était le seul gradé attablé. J'inspirai pour faire entrer l'air dans mes poumons, maîtriser mes gestes un peu tremblants et masquer mon angoisse. Je pénétrai dans la vaste salle égayée par des éclats de voix qui se noyaient dans le brouhaha des discussions.

Au fond, dans l'angle où il avait choisi de s'installer, je le remarquai tout de suite, de dos, retirant son képi et ses gants blancs. Il portait la vareuse de drap bleu foncé aux brides d'épaules en galon argenté et le pantalon assorti que rehaussait sa bande noire. Je ne me voilais pas la face, j'avais à quelques mètres de moi celui qui allait devenir mon mari. Je me sentis soudainement envahie par une sourde appréhension. Il venait de s'asseoir et me tournait toujours le dos. Je tentai de me redonner un peu d'assurance avant d'affronter le moment décisif où je lui ferais face. Je me dirigeai d'un pas presque décidé vers la petite table disposée près de la fenêtre.

Mon cœur cessa de battre lorsqu'il leva son visage vers moi et que nos regards se croisèrent. Je compris l'origine de mes craintes. Ce visage imberbe, rond et joufflu comme celui d'un enfant, ces yeux aux paupières tombantes, ce regard de chien battu, je les reconnus immédiatement ! J'étais sidérée et surtout infiniment déçue. Tous les espoirs auxquels j'essayais de m'accrocher s'effondraient d'un seul coup. Implorant et sollicitant un signe ou une réaction de ma part, se tenait devant moi l'homme rencontré à l'église Saint-Léger et que j'avais déjà servi au restaurant quelques mois auparavant. Sans doute savait-il qu'il avait sa future femme devant lui. Adrienne l'avait convaincu mais la différence, c'est que lui savait à qui s'attendre ! Je ne pouvais me résoudre à lever les yeux vers lui. Je fixai les boutons nickelés et luisants de sa vareuse sur lesquels était gravée une grenade, l'insigne de la gendarmerie qu'on retrouvait également brodé en fil argenté à chaque angle de son collet. Tout chez lui me déplaisait, non qu'il soit laid ou repoussant, mais je ne voyais qu'Édouard. Je ne pouvais pas envisager une seule seconde de devenir la femme de cet homme-là, jamais je ne pourrais aimer quelqu'un dont les traits physiques étaient en contradiction totale avec mon idéal. Comment expliquer ce sentiment qui nous attire vers quelqu'un ou qui, au contraire, nous en éloigne avec la même ardeur ?

J'étais toujours là, affligée et plantée devant lui, qui m'enveloppait d'une si désagréable façon que j'en étais mortifiée. Je pris sa commande en m'infligeant un effort considérable pour ravaler tous mes ressentiments. Quelle terrible épreuve subissais-je ! Je sentis son sourire insistant qui cherchait le réconfort du mien, je restai de marbre et tournai les talons dès que je le pus. J'avais bien conscience de ne pas lui avoir donné les espoirs qu'il attendait, qu'il était venu chercher et auxquels il était en droit de prétendre. Tant pis pour cette « occasion » qui ne se représenterait plus pour moi. Je ne la regretterais pas. Tant pis si je devais toute ma vie trimer au service des autres ! Je ne pouvais pas endurer plus longtemps la vue de cet homme.

Adrienne m'attendait en cuisine, impatiente de recueillir mes impressions. Elle comprit avant de m'avoir entendue lui livrer mon opinion de vive voix.

– Alors, comment le trouves-tu ?

Ma réponse ne se fit pas attendre :

– Jamais je n'épouserai un homme qui me déplaît !

Je ne lui épargnai pas ma façon de penser. Mais, bientôt, elle me força à revoir un jugement qu'elle considérait par trop hâtif. La cousine fronça les sourcils et fit sa tête des mauvais jours. Je saisis qu'elle était encore plus amère que moi et que, entre nous, la hache de guerre était déterrée. Elle m'ordonna sèchement de continuer mon service, d'être aimable avec tout le monde et avec lui en particulier. Son attitude qui, avec le temps, s'était adoucie à mon égard redevint celle des premiers jours. Une geôlière et une patronne à qui je devais obéir au doigt et à l'œil. Je n'avais rien à gagner en provoquant sa colère, je l'avais bien senti dès mon arrivée chez elle. M'opposer à ses plans, me rebeller contre ses volontés étaient à ce prix-là. Mais comment devenir son alliée dans de telles conditions ?

Contrairement à mon amie Denise, je suis une noctambule et une lève-tard. Je profite de certaines bonnes émissions de télévision dont les horaires de diffusion sont dissuasifs pour le plus grand nombre. C'est le cas des programmations musicales. Comme je regrette l'interruption du « Grand Échiquier » qui était l'une des meilleures émissions et de loin ma préférée ! Les temps changent et la culture est à la traîne ! Qu'attend-on pour l'encourager et pour l'inculquer, la mettre au service du plus grand nombre ? J'écoute la retransmission d'un concert donné à Genève. Un concerto pour piano de Rachmaninov, le deuxième. C'est une œuvre qui retrace l'existence du compositeur. Tout comme dans la mienne, c'est une alternance de moments douloureux et de phases d'espoir d'où le ton grave et pathétique du premier mouvement. Le cauchemar laisse enfin place au bonheur. Je suis complètement absorbée par la force du thème mélodique et de l'âme slave qui s'en dégage. Le finale jubilatoire exprime la guérison du maître qui sortait d'une grave crise dépressive. L'œuvre est superbement interprétée par un jeune pianiste russe au visage d'archange et aux doigts prodigieusement longs dont la renommée n'est plus à faire.

À cette heure, la musique me rassure, le silence de la nuit m'effraie quand le sommeil, une nouvelle fois, m'abandonne. Pourtant, j'ai besoin de cette solitude, de ce face-à-face avec ma vie passée.

Édouard a répondu aujourd'hui à la question qui me taraude depuis soixante ans. Pourquoi s'est-il marié sans avoir cherché à me revoir ? Sans s'être manifesté auprès de moi ? Sans un mot, sans une explication, sans un adieu ! M'avait-il donc réellement oubliée ? Ce qu'il m'avoua me rassura, bien que ses révélations n'aient que trop tardé... Lui aussi avait reçu une lettre de sa famille lui annonçant mon mariage avant même qu'il n'ait été programmé. Nous avons tous les deux été victimes de propos diffamants visant à nous détourner définitivement l'un de l'autre. La cousine Adrienne avait depuis longtemps envisagé de me faire épouser son gendarme et avait informé mon père de ses intentions auxquelles, bien entendu, il adhérait. C'était même un honneur pour lui de voir sa fille s'élever dans l'échelle sociale et devenir une dame ! Il n'en était pas peu fier, c'était la preuve de l'honnêteté de la famille dont il était l'illustre représentant, le digne patriarche. Il ne s'était alors pas gêné pour le clamer suffisamment haut et fort de sorte que les parents d'Édouard l'apprirent et en avertirent leur fils. Humilié à son tour en apprenant mon choix d'épouser un homme ayant les moyens de me faire vivre, il avait réagi en épousant la fille d'un banquier qui en pinçait pour lui. Ce mariage lui avait également permis d'assurer son avenir professionnel. Tous les deux, nous avions été odieusement trompés. Chacun de nous, grâce au mariage que nous venions de contracter, se hissa dans la société.

J'ouvre le tiroir de la commode et j'en retire un carton dans lequel sont conservées de vieilles photos que je n'ai pas regardées depuis des siècles ! Je me demande d'ailleurs si j'ai un jour éprouvé le besoin de les sortir de l'oubli où je les avais enfermées. Je saisis la première de la pile et l'approche de la lumière du lampadaire. Au centre du groupe, une femme en longue robe blanche, qui ne sourit pas, dont la tristesse émanant de son regard me frappe et me glace. C'est la mariée, et la mariée, c'est moi ! Derrière, légèrement en surplomb, mon père jubile. Près de lui, ma mère, trop occupée à poser pour dégager une quelconque expression. Un peu plus haut, mon frère, fier et déterminé, et, à côté de lui, Rolande berçant entre ses bras la petite Raymonde. Tout en haut, la cousine Adrienne, imposante et bravache, domine toute l'assemblée. De tous, c'est elle qui semble manifester le plus de satisfaction. Près de moi, Denise esquisse un sourire un peu figé. J'avais imploré sa présence pour m'aider à porter ma croix, à mieux supporter mon calvaire. Elle était ma demoiselle d'honneur, la seule. Je suis vêtue d'une élégante robe de crêpe de Chine à volants et, entre mes bras, une longe tige de fleurs dégringole jusqu'au bas de la jupe. Mon voile de tulle m'enveloppe comme si j'avais voulu disparaître derrière, qu'il m'engloutisse tout entière. Je crois que c'est la première fois que je regarde cette photo avec autant d'attention. Ce jour, qu'on a coutume d'appeler le plus beau de la vie, fut pour moi un affreux cauchemar dont je ne devais pas me réveiller. J'étais contrainte de sacrifier ma vie pour me soumettre à mon père et à sa cousine. Le groupe a été immortalisé devant le café-restaurant d'Adrienne qui avait offert le repas dans son établissement exceptionnellement fermé à la clientèle ce jour-là. À mes côtés, Jean, ainsi se prénommait-il, souriait benoîtement, exprimant son contentement. Il savait pourtant que je ne l'aimais pas. Je ne l'avais pas détrompé sur la teneur de mes sentiments. Avait-il compris que ma décision était irrévocable malgré les efforts auxquels il était prêt à consentir pour m'y aider, les concessions et la patience dont il avait déjà fait preuve ?

– L'amour vient après, m'avait affirmé la cousine, la beauté, ça se mange pas en salade !

D'après elle, je devais m'habituer à cet homme bon et généreux qui éprouvait pour moi une grande affection remontant à la première fois où il m'avait entrevue à l'église. Rencontre qui ne devait pas être fortuite. Je soupçonne fortement la cousine Adrienne de lui avoir dit que j'allais écouter l'orgue le dimanche après-midi à Saint-Léger.

– On n'épouse pas un homme parce qu'il a les yeux bleus ou marron, le nez crochu ou retroussé, le menton court ou long, les cheveux bruns ou blonds, raides ou frisés ! C'est une absurdité de considérer cet aspect-là. Le choix d'un mari s'opère sur d'autres critères que ceux des apparences et de la physionomie !

La cousine Adrienne n'était jamais à court d'arguments et était revenue à la charge pour me contraindre à accepter cet homme qui, d'après elle, avait bien d'autres qualités que j'ignorais. Des qualités qui me feraient bien vite oublier ses traits physiques auxquels je finirais d'ailleurs par m'accoutumer. Quant à partager cette fameuse intimité conjugale, elle avait rapidement conclu, disant que « ces choses-là se passent dans l'obscurité, la lumière éteinte, ainsi ne se rend-on compte de rien ! ». À l'entendre parler, j'en aurais oublié tous mes ressentiments. Il me fallait connaître sans tarder les joies du mariage et celles de la maternité qui s'ensuivraient immanquablement. Adrienne savait un peu de quoi elle parlait pour avoir été mariée, bien que veuve à l'âge de quarante ans. Mais en matière de sentiment, peut-on vraiment se mettre à la place d'autrui et lui dicter sa conduite ?

La maison de Jean était modeste, coincée entre deux autres qui semblaient l'étouffer ; située dans une ruelle transversale à la rue d'Angoulême et débouchant sur un square arboré non loin de la célèbre place François-Ier. Il m'avait emmenée la visiter un dimanche après-midi de l'hiver 1932. Un long couloir distribuait à gauche trois pièces en enfilade : un salon, une salle à manger et une petite cuisine ouvrant sur une minuscule cour intérieure encadrée par de hauts murs où végétaient quelques arbustes chétifs. Un escalier au fond du vestibule permettait d'accéder aux trois chambres de moyenne dimension ainsi qu'à un cabinet de toilette. Une porte d'entrée en bois et deux fenêtres donnaient sur la ruelle sombre. Le soleil ne parvenait jamais à y pénétrer. Quelques draps avaient été jetés sur certains sièges pour les protéger de la poussière durant la période où la maison demeurait inoccupée. Jean avait décidé de la louer puisqu'il vivait désormais à Bordeaux où je devais bien sûr le suivre. L'homme que j'épousais était discret et je dois avouer qu'il ne me força jamais comme il aurait été en droit de l'exiger de celle qui allait devenir sa femme. Je m'efforçais de ne pas paraître hostile tout en restant de marbre, mais je faisais tout pour le décourager. Comme il était d'une nature timide et réservée, je n'avais pas de difficultés à le tenir éloigné des éventuelles entreprises qu'il tenterait d'engager. Je gagnais ainsi un temps précieux.

Je requérais sa tolérance et toute son indulgence. Qu'il veuille bien m'accorder le temps de me faire à cette nouvelle idée. Je ne le détrompais pas quant à la nature de mon affection à son égard, lui avouant que j'avais vécu une histoire dont j'étais sortie meurtrie et anéantie. Il respecta mon secret et fit preuve de patience mais jusqu'où irait-elle ? Il se résigna puisque je ne lui donnai pas d'autre choix. Je commençais à m'habituer à sa présence, bien que redoutant chaque dimanche pendant le temps dévolu aux fiançailles et précédant le mariage projeté au printemps 1932. Arrivant à Cognac par le train du dimanche matin pour déjeuner avec nous, il reprenait l'omnibus en fin d'après-midi après une promenade au jardin public si le temps le permettait. Je priais pour que la pluie soit au rendez-vous et nous prive de cette sortie, le seul moment où nous étions, lui et moi, en tête à tête. Je décourageai chacune de ses initiatives visant à le rapprocher de moi. À la seule pensée de sentir ses mains sur ma taille, entourer mes épaules ou prendre mon bras, j'étais tétanisée. Toutes les fibres de mon corps se contractaient, refusant tout contact de sa part, ne tolérant aucun geste. Je n'ai jamais su s'il avait eu des expériences sentimentales mais sa maladresse me prouvait qu'il était encore plus novice que moi. Bien que mes relations avec Édouard soient toujours restées chastes, nos effusions ne se résumant qu'à de tendres baisers. C'était là mon unique apprentissage de l'amour.

J'appréhendais le jour qui scellerait notre union. Pourrais-je continuer à espérer un tel renoncement de la part de celui qui serait alors devenu mon époux ? Une telle abnégation était-elle concevable ? Serais-je encore libre d'agir à ma guise ? Une femme mariée n'appartenait-elle pas corps et âme à son mari ? Certes, ce dernier devait subvenir à ses besoins, la protéger et lui venir en aide mais, en contrepartie, l'épouse que je serais alors ne devrait-elle pas accepter de se soumettre à certains devoirs ? Comment les réfuter ? Comment échapper à ce que je redoutais le plus ? Mon cœur se soulevait de dégoût à imaginer les conséquences de l'acte que j'allais contracter bientôt.

Chaque seconde qui passait me rapprochait inexorablement de ce jour de printemps tant craint. En y repensant, les échos de la *Marche funèbre* de Chopin résonnent encore en moi de ce même glas funeste. J'avais l'impression d'assister à mes propres funérailles.

V

JE RECONNAIS LE RONRONNEMENT DU MOTEUR de la 205 bleue de Denise qui monte l'allée. Elle m'apporte quelques légumes de son jardin tout frais cueillis du matin : tomates, aubergines, courgettes et poivrons que j'accommoderai en ratatouille dont nous nous régalerons cet hiver. Elle a toujours conservé l'habitude de cultiver son potager. Une habitude qui remonte à l'enfance et qui ne l'a jamais quittée. J'admire sa ténacité et son courage, cette activité n'est pas de tout repos. Elle sème, plante, sarcle, arrose et attend, toujours avec cette même impatience de voir mûrir le fruit de son travail, ce dont elle s'avère très fière. En cette saison, elle s'y adonne chaque matin, dès l'aube, alors que la nuit a déposé sur les feuilles ses perles de rosée comme pour les parer d'un collier de cristal. Je ne suis pas assez matinale pour la seconder dans cette tâche, aussi je ne lui propose mon aide qu'en fin de journée. Les haricots verts qui grimpent le long d'un treillage sont très faciles à cueillir, larges et tendres, ils augurent le délicieux repas dont nous nous délecterons. Dès que Denise s'installe sur le canapé où nous avons l'habitude de nous retrouver pour prendre un café et faire notre brin de causette quotidien, elle avise la boîte encore ouverte qui dévoile la pile de photos jaunies.

– Tiens donc, tu te plonges dans les souvenirs maintenant ? Tu vois que l'appel du passé finit toujours par nous rattraper !

Je souris devant la pertinence de sa remarque. Elle sait qu'elle a raison et ne désespère pas de me convertir à sa passion pour la généalogie. Il est vrai que je consens, de temps à autre, à l'accompagner visiter un vieux cimetière à la recherche d'un nom gravé sur une tombe. Parfois, je lui accorde mon concours pour consulter les gros registres de l'état civil et tenter d'y dénicher le patronyme qu'elle traque comme un détective. Je dois avouer qu'on se prend vite au jeu et que le virus n'est pas loin de m'atteindre. Ce jeu de piste a quelque chose d'envoûtant. Cependant, je me garde de le lui faire savoir.

Denise s'empare alors de la photo posée sur la table du salon tandis que je prépare deux tasses de café.

– Eh bien, tout ça ne nous rajeunit guère ! Comme le temps a passé, mon Dieu, soixante ans déjà...

Je m'empresse de lui faire remarquer qu'il n'y en a que cinquante-huit et que c'est déjà suffisant !

– Cinquante-huit ans ! Oui, tu as raison, que ça passe vite, une vie !

C'était un jour d'avril, en 1932. Denise avait fait le voyage jusqu'à Cognac avec mes parents et Rolande, dans l'automobile que mon frère Gabriel avait acquise depuis peu et qu'il conduisait fièrement. La noce se déroulait traditionnellement dans le village natal de la mariée mais nous avons fait exception à la règle. À la proposition de la cousine de mettre son restaurant à notre disposition pour le repas, mon père avait aussitôt accepté, bien heureux de ne pas avoir à se soucier des préparatifs ni à débourser ses deniers. La célébration devait avoir lieu à la mairie de Cognac et à l'église Saint-Léger ; ainsi en avait-il été décidé, sans mon consentement. Du reste, qu'en avais-je à faire, ici ou ailleurs ? N'était-il pas préférable que tout se passe finalement loin de mon village natal, m'épargnant ainsi la honte de rencontrer les parents d'Édouard ? Je laissais Adrienne s'occuper de tout, du menu du banquet au choix de la robe que je devrais porter, me rangeant à ses décisions, indifférente à tout. Résignée comme une condamnée qui doit subir son sort.

Une photo rassembla le petit groupe que nous formions puis, sur la demande du photographe, je posai seule. Avait-il remarqué l'absence de flamme qui émanait de moi pour ne pas m'imposer la présence de ce mari au regard énamouré ? Jean ne sembla pas s'en offusquer. Derrière son objectif, l'opérateur m'engageait à sourire, je ne pouvais y parvenir et c'est l'expression de tout mon désespoir que trahit toujours ce cliché.

Parmi le tas de documents éparpillés, Denise vient de dénicher le menu du repas qui avait réuni une trentaine de convives. Un menu interminable, comme on en avait l'habitude dans ces années-là, et qui avait retenu tout le monde à table jusqu'à 18 heures. Elle se lance alors dans le long énoncé des plats.

– Consommé mignonnette, hors-d'œuvre variés, pâté de tête, merlu mayonnaise, paupiettes de veau, gigot de pré-salé, flageolets au jus, dindons truffés, salade de saison, croquembouches et savarins à la crème. De quoi vous donner aujourd'hui une indigestion ! Comment avons-nous pu avaler tout ça ?

Il est vrai que de nos jours les banquets, tout en étant copieux, n'ont plus rien de comparable à ceux de cette époque-là. Pourtant, malgré l'abondance et la qualité des mets concoctés par Adrienne, je n'avais presque rien avalé. La présence de Denise, assise à ma gauche, me rassurait. La famille proche et les amis de la cousine étaient installés autour des tables disposées en fer à cheval au centre duquel on nous avait placés, selon la tradition. Jean n'avait plus aucune attache à Cognac, ses connaissances étaient désormais à Bordeaux sur son lieu de travail. Adrienne avait demandé l'aide de deux serveuses pour profiter un peu de la « fête », comme elle disait. Il était vrai que cette fête était plutôt la sienne, heureuse de recevoir des cousins qu'elle ne voyait pas souvent et qui, pour certains, lui étaient inconnus jusqu'à ce jour. Plus le repas tirait à sa fin, plus j'étais attristée en pensant devoir me séparer de mon amie et de ma belle-sœur, les seules à m'apporter un peu de réconfort et de soutien. Il n'y avait ni souper ni musique, pour permettre à chacun de ne pas rentrer trop tard et sûrement aussi par mesure d'économie. Heureusement d'ailleurs, car je n'aurais guère eu le cœur à danser. Un mariage de raison n'incitait pas aux réjouissances.

J'appréhendais l'instant où je me retrouverais seule avec celui qui était désormais mon mari, à qui j'étais enchaînée par ces liens du mariage Cette idée m'obsédait au point de ne laisser aucun répit à mon cerveau torturé. L'anneau d'or qu'il m'avait glissé le matin même lors de la cérémonie religieuse me brûlait les doigts, je n'avais cessé de le triturer, me retenant pour ne pas le jeter. Ma nouvelle condition d'épouse me paraissait une épreuve au-dessus de mes forces. Le départ des miens, et de Denise en particulier, me tira quelques larmes. Mon amie, me voyant si désemparée, ne put retenir les siennes et nous tombâmes dans les bras l'une de l'autre, inconsolables. Il fallut la voix rêche et sévère de mon père pour nous ramener à la raison. Je n'acceptai pas pour autant cette séparation qui me brisait le cœur. Adrienne manifesta son impatience en considérant mon attachement à cette amie et mon indifférence trop flagrante à ce mari qu'elle m'avait choisi et imposé. Elle insista pour nous garder à dîner, souhaitant prolonger encore un peu « cette belle journée » et d'autant que « les restes » étaient abondants. En réalité, ayant rempli ses fonctions d'entremetteuse, elle ne se souciait plus guère de mes états d'âme et ce que je ressentais lui était bien égal. J'acceptai volontiers son invitation pour retarder le moment fatal.

Nous rejoindrions ensuite la maison de Jean, dans le quartier Saint-Léger, pour y passer la nuit, cette fameuse nuit de noces, tant attendue de la plupart des nouveaux mariés. Puis, le lendemain après-midi, nous prendrions le train pour Bordeaux où son appartement nous attendait. Je me souviens être montée dans ce qui avait été ma petite chambre chez la cousine Adrienne pour troquer ma robe de mariée contre une autre plus simple et plus pratique. Ma valise qui, deux ans auparavant, m'avait accompagnée était prête. Je n'avais pas d'autre bagage, seulement mes gages auxquels s'ajoutaient quelques cadeaux de mariage que nous passerions prendre plus tard.

La nuit, qui commençait à teinter le ciel de ses ombres charbonneuses, me hantait, me terrorisait. Cette première nuit de femme mariée. Après un rapide souper, nous étions partis à pied jusqu'à la maison de Jean, accompagnés par cette obscurité qui s'infiltrait entre les bâtiments pour mieux nous rattraper et nous engloutir dans toute sa noirceur. J'aurais voulu marcher seule, fuir, en finir une fois pour toutes. J'avais conscience de communiquer à cet époux le malaise qui m'envahissait chaque minute davantage. Il tentait pourtant, par des paroles rassurantes, d'apaiser mes tourments. Sa main frôla la mienne, j'ignorais si ce geste était fortuit ou volontaire. Il me glaça au point de m'écarter de lui afin de mettre une distance notable entre nos deux corps.

Au terme d'une demi-heure de marche, nous atteignîmes la ruelle. Il ouvrit la porte d'entrée au-dessus de laquelle on pouvait lire sur une petite plaque émaillée à fond bleu le numéro douze, et il s'effaça pour me livrer le passage. Je pénétrai dans le long et étroit corridor au carrelage ancien usé par endroits. J'avais bien réfléchi à la conduite que j'adopterais tout en ignorant les conséquences qu'elle entraînerait. Je lui signifiai donc que j'étais lasse et que j'avais la migraine, que je désirais rester seule. Il fut forcé de comprendre que je le rejetais, il savait que je ne l'aimais pas. Je détournais les yeux pour ne pas croiser son regard qui cherchait à sonder le mien. Espérait-il y trouver de la culpabilité ou un quelconque indice sur l'état de mes sentiments ? Je savais la peine et la déception, peut-être aussi la douleur, que je lui infligeais en lui exprimant mon désir d'isolement. J'avais déjà choisi quelle serait la chambre où je me retirerais. C'était la plus petite et la plus éloignée de celle qui aurait dû être la nôtre. Je n'avais aucune idée de la réaction qui serait la sienne. Comment allait-il se comporter face à de telles exigences de ma part ? Je ne le connaissais pas assez pour le deviner. Il aurait pu me contraindre à devenir sa femme, d'une façon ou d'une autre, de gré ou de force. Si tel avait été le cas, j'aurais résisté et lutté jusqu'au bout, déterminée à ne pas céder un pouce de terrain. Je crois qu'il espérait que le temps deviendrait son allié et favoriserait ses espérances. Ce qu'il pensait de moi à cet instant précis m'était bien égal. C'était lui qui avait voulu de moi et non le contraire. Il n'avait qu'à demander le divorce si la situation ne lui convenait pas. Je l'aurais volontiers accepté.

Nous avions gravi lentement l'escalier de bois et, devant la porte de la chambre que je m'étais attribuée à son insu, il me souhaita une bonne nuit sans insister. Le ton de sa voix n'était pas hostile, seulement teinté d'une amertume qu'il tentait de dissimuler au mieux. Il s'approcha simplement pour me donner un baiser sur la joue, sa main sur mon épaule. Je ne pouvais pas décliner ce gage de l'affection sincère qu'il me témoignait mais je me rétractai aussi vite. Je craignais que ses mains s'accrochent à moi, que ses lèvres cherchent les miennes, qu'il revendique les droits qu'il avait acquis sur moi. Cette idée m'était intolérable. Je voulais couper court à toute tentative de sa part. L'indifférence que j'éprouvais envers lui l'humiliait, la blessure se lisait sur son visage. Je ne pouvais l'ignorer. Sa timidité quasi maladive et sa pudeur tempéraient ses élans, de sorte qu'il n'insista pas, me laissant face à ma conscience. Il me dit simplement qu'il aimerait gagner au moins mon affection. Je lui promis de tout tenter dans ce sens tout en sachant que je n'y parviendrais jamais.

Durant les années où je fus sa femme, jamais je n'ai pu le haïr. Il n'y avait aucune méchanceté en lui, aucune agressivité, aucune malveillance et il ne semblait vouloir que mon bonheur. Mais moi, de ce bonheur-là, je n'en voulais pas. Je n'avais que faire de ses attentions, de ses marques de dévouement, des efforts qu'il réitérait sans relâche pour m'être agréable en jouant son rôle de mari. Je me considérais comme une intruse dans ce jeu-là.

Certes, il allait assumer mon existence, je ne serais plus obligée de gagner ma vie mais je n'étais plus si sûre que cette situation soit aussi enviable qu'elle m'était apparue. Je devrais désormais passer toutes mes soirées et tous mes dimanches en sa compagnie. Une perspective qui ne me satisfaisait guère. Je m'effondrai sur le lit sans même le défaire ni me dévêtir et fondis en larmes. J'avais conscience de mon ingratitude, du mal que je lui faisais et qu'il ne méritait pas mais je ne pouvais agir autrement. Moi aussi je souffrais toujours d'avoir perdu le seul homme que j'aimais.

Ainsi se passa ma nuit de noces, en songeant désespérément à Édouard. Comment la sienne s'était-elle déroulée ? De ma vie je ne m'étais sentie aussi abandonnée ni aussi désespérée. Le lendemain, je quitterais Cognac pour Bordeaux où la nouvelle vie qui m'attendait m'effrayait, loin de ceux qui m'étaient chers. J'ignorais encore que je n'étais pas au bout de mes surprises et que mon exploration de l'inconnu ne faisait que commencer… Mon sort était scellé à celui d'un étranger pour lequel je n'éprouvais ni n'éprouverais jamais aucun amour.

Je fus pour lui la femme qu'il était fier de présenter, la femme que ses collègues lui enviaient, celle qui était là le soir, qui l'attendait avec de bons petits plats. Je me sentais le devoir de les lui préparer pour me racheter de ce que je lui refusais. J'avais toujours le statut de « bonne à tout faire », logée, nourrie et blanchie en échange de cette besogne domestique, du moins les premiers temps de notre existence commune.

Ma présence à ses côtés le transfigurait lorsque les regards se posaient sur moi. Il se savait envié. Pourtant d'autres que lui auraient pu s'en inquiéter. Cette idée même le confortait et le consolait de ma froideur. Quant à moi, je n'eus qu'à me louer de sa générosité et de sa confiance. Malgré la vie que je lui imposais, il respecta ma façon d'être envers lui. En société, je faisais bonne figure, masquant l'indifférence de mes sentiments en jouant l'épouse comblée et parfaite. C'était ma manière d'honorer fidèlement et scrupuleusement le contrat passé entre nous. De plus, il pouvait être assuré de ma loyauté, je n'avais pas l'intention de le tromper et je le lui avais juré. Il n'aurait pas à avoir honte de moi. Ainsi devions-nous vivre notre cohabitation car notre mariage ne fut jamais consommé.

Fut-ce en raison de cette frustration charnelle à laquelle je le soumettais qu'il se mit à fumer de façon intempestive ? Une cigarette n'attendait pas l'autre. Comme tout ancien militaire, cette propension au tabac datait de la guerre où l'on incitait le poilu à fumer et à boire pour mieux oublier sa misère quotidienne. De plus, le gaz ypérite, qui avait ravagé tant de poumons, ne l'avait pas davantage épargné. Bien que moins touché que d'autres, il conservait des séquelles qui se manifestaient par une toux chronique et une fragilité bronchique. Avait-il des idées suicidaires, sachant que ses sentiments ne seraient pas partagés ? Qu'il n'obtiendrait rien de moi ? Il se consolait ainsi. La fumée m'était désagréable, tout comme l'odeur dont ses vêtements étaient imprégnés, mais je ne lui fis jamais la moindre remarque à ce sujet, respectant son goût. En ce temps-là, on sous-estimait les méfaits du tabac sur la santé.

À Bordeaux, j'avais le loisir et la liberté de me promener en ville pour faire les achats dont j'avais envie. Je n'avais pas l'habitude de dépenser sans besoin et j'étais économe de nature. Je connaissais la valeur du travail et, par conséquent, celle de l'argent. J'avais sympathisé avec quelques épouses de gendarmes chez lesquelles j'étais régulièrement invitée à prendre le thé. Le thé était une boisson à laquelle je n'étais pas accoutumée mais à laquelle je pris vite goût. Nous échangions entre deux tasses nos goûts sur la mode, nos lectures ou nos recettes de cuisine. Hélas, aucune d'entre elles ne partageait mon penchant pour la musique dite « classique ». Aussi me rendais-je parfois seule au Grand Théâtre où avaient lieu des concerts en matinée. Dans les ors et les rouges de la grande salle, le temps s'arrêtait et j'oubliais ma peine, subjuguée par les sons enchanteurs qui m'enveloppaient de leurs effets salutaires. Les journées passaient trop vite avec la sombre perspective des soirées qui nous réunissaient, Jean et moi, dans notre petit appartement. C'était chaque jour le même rituel : il me demandait de lui raconter comment j'avais employé mon temps. Je m'exécutais docilement mais lui, en revanche, ne s'étendait pas sur les faits qui avaient marqué sa journée. Secret professionnel oblige. De plus, il était d'un naturel discret et peu bavard, aussi nos conversations tournaient-elles parfois court. Il se plongeait dans la lecture de journaux et revues, me commentant parfois les faits les plus marquants. Il trouvait toujours le moyen de me complimenter sur ma cuisine ou sur mes tenues vestimentaires. Jamais il ne donnait prétexte à la moindre querelle entre nous, sachant habilement déjouer les tensions qui auraient pu naître. Il me proposa de m'emmener au concert, ayant remarqué mon goût pour la « grande musique », comme il disait, goût qu'il ne partageait pas vraiment. Il consentit à cet effort pour m'être agréable, feignant d'y montrer de l'intérêt. Nous sommes allés à plusieurs reprises écouter quelques artistes de renom. Il n'y entendait rien et luttait contre l'assoupissement. De plus, obligé de se priver de cigarette jusqu'à l'entracte, le sacrifice n'en était que plus éprouvant. Je le compris bien vite et n'insistai pas pour qu'il continue à m'y accompagner. Je crois qu'il retirait un certain orgueil à m'escorter, surtout lorsqu'il croisait quelques connaissances auxquelles il ne manquait jamais de me présenter. Les regards de convoitise dont j'étais gratifiée suffisaient à le combler. J'acceptais alors son bras pour regagner la loge et je le sentais heureux. Il m'invitait ensuite dans une des nombreuses brasseries proches du Grand Théâtre où nous dégustions des huîtres ou un foie gras arrosé de sauternes. Je pris goût à ces mets qui compensaient un peu la fadeur de ma vie et m'apportaient un semblant de saveur. Les journées s'écoulaient sans but sauf celui de me mettre en quête d'un concert à aller écouter.

J'avais eu le bonheur de revoir Denise, avec laquelle je correspondais désormais librement et régulièrement sans subir de censure. Elle vint passer quelques jours à Bordeaux avant son mariage. Nous avions couru les boutiques de la rue Sainte-Catherine et fait des emplettes en prévision de ses prochaines noces. Je revois encore son émerveillement lorsque nous arpentions les interminables rayons des Nouvelles Galeries, les magasins du cours Victor-Hugo et les boutiques luxueuses de l'Intendance qui exposaient les marques des grands couturiers comme Chanel, Patou, Schiaparelli ou Vionnet. Je lui avais conseillé une robe de lendemain en pongé de soie verte, imprimée de motifs assez discrets. Elle ne portait pas la griffe d'un grand couturier et son prix restait abordable. Je tenais à la lui offrir en guise de cadeau de mariage. Quant à sa robe de mariée, elle avait été réalisée par sa couturière attitrée, comme le voulait encore la tradition. L'achat de vêtements tout faits n'était pas une habitude à la campagne où l'on ne faisait pas beaucoup démonstration de toilette. On retaillait dans les vieux habits pour en faire des neufs et les adapter à la nouvelle mode. Je commençais à m'affranchir de ces anciennes coutumes depuis que je vivais à Bordeaux où toutes les femmes rivalisaient d'élégance. Il suffisait de sortir dans les rues pour assister à un véritable défilé de mode. Je ne faisais plus coudre mes robes, je les achetais dans les boutiques qui abondaient et présentaient de larges choix destinés à toutes les bourses. On pouvait se vêtir pour un prix parfaitement raisonnable. Je portais bien la toilette grâce à ma silhouette élancée et à ma taille mince, en harmonie avec la mode qui s'était considérablement modifiée depuis la fin de la guerre. Fini les longues jupes et les bustiers ajustés ! Les formes amples délivraient les corps qui ne supportaient plus l'emprise des corsets. Les couleurs éclataient, on osait enfin se libérer de ces carcans ! La femme s'était masculinisée en coupant ses cheveux qu'elle portait à la garçonne. Elle avait si bien assumé le rôle de l'homme en travaillant aussi dur que lui, le remplaçant dans tous les corps de métier, qu'elle entendait prouver de quoi elle était capable. Elle refusait de se laisser enfermer dans ce rôle de subalterne qui, trop longtemps, avait été le sien. Pourtant, on ne voulait pas lui accorder ce droit de vote qu'elle réclamait à cor et à cri. Il aura fallu une seconde guerre et combien d'autres preuves de son courage et de ses sacrifices pour l'obtenir enfin !

Denise écarquillait les yeux de surprise en voyant toutes ces nouvelles étoffes vaporeuses, imprimées et multicolores ; ces ensembles aux larges échancrures, ces jupes-culottes et ces robes qui se raccourcissaient, toutes plus seyantes et ravissantes les unes que les autres. On ne soulignait plus la taille, ce qui donnait l'impression de flotter dans les nouvelles lignes que portait la Bordelaise et qui venaient de Paris, capitale mondiale de la haute couture. Il y avait dans ces coupes fluides un côté nonchalant qui prouvait cette insoumission à laquelle la femme des années 30 semblait s'attacher. Pourtant, malgré toute cette volonté à vouloir exister par elle-même, elle dépendait toujours spirituellement et économiquement de l'homme ! Comme si rien n'avait changé ! Pourquoi donc son salut devait-il impérativement se décliner au masculin ? En adoptant ce nouveau style dans sa façon de se vêtir, les femmes espéraient sans doute devenir les égales de leur mari. Il faut reconnaître le confort et l'aisance de mouvement que ces tenues procuraient mais cette liberté était illusoire et il est bien connu que l'habit ne fait le moine.

Malgré le tramway qui raccourcissait les distances, nous avions les jambes fourbues en rentrant de notre tournée des boutiques, les bras chargés de cartons. Nous étions aussi allées au cinéma voir *Marius*, le film d'Alexander Korda tiré de la pièce de Marcel Pagnol avec Raimu, Orane Demazis et Pierre Fresnay. Ces journées avaient été un rayon de soleil dans la grisaille de ma vie.

Denise, quant à elle, était heureuse à l'idée d'épouser le jeune homme de son choix malgré la perspective du rude labeur qui l'attendait à la ferme. Le futur mari de Denise était l'héritier d'une belle *benasse*, comme on appelait les riches propriétés chez nous en Charente. Des terres bien situées, classées en Petite Champagne, garantissant au cognac un cru de qualité. Elle aimait ce travail, se mettre les mains dans la glaise, respirer le parfum humide de la terre fécondée par la pluie, regarder pousser ses légumes. La ville, avec ses odeurs viciées et ses clameurs, lui faisait tourner la tête. Elle sursautait au moindre coup de Klaxon des automobiles dont le trafic encombrait déjà les avenues. Le tramway l'impressionnait et je ne la sentais pas rassurée lorsqu'elle l'empruntait ou traversait les rues à la circulation dense. Le dernier soir avant son départ, Jean avait insisté pour nous emmener dîner aux allées de Tourny, dans l'une des meilleures brasseries.

D'Édouard, Denise n'avait pas d'autre nouvelle que celle de son mariage qui avait été célébré quelques semaines avant le mien. Je ne lui cachais pas qu'il était toujours dans mon cœur et que ma vie conjugale était un échec bien que l'image reflétant notre couple incitât à penser le contraire. Jean était attentif et prévenant, généreux et aimable, bien des femmes auraient pu m'envier un tel mari. Pourtant, j'étais désespérée tout en restant convaincue qu'Édouard ne pouvait pas m'avoir oubliée.

Je raccompagnai Denise à la gare Saint-Jean, tristes l'une et l'autre de nous séparer, mais sachant que nous nous reverrions le mois suivant pour assister à son mariage.

Aujourd'hui, je n'ai pas vu Édouard, mais il vient de m'appeler comme il en a l'habitude chaque jour. Dans quelques heures, nous serons réunis pour aller écouter un oratorio au Grand Théâtre de Bordeaux. Pour calmer mon impatience et ma hâte d'être à demain, je me lance dans la préparation des légumes que Denise m'a apportés. J'ai toujours aimé cuisiner et j'ai passé beaucoup de temps derrière les fourneaux. J'allume la radio, toujours sur les ondes de France Musique. C'est alors que j'ai l'immense surprise d'entendre la voix de ma chère petite Mona ! Elle est interviewée en direct du festival de La Roque-d'Anthéron qui fête le dixième anniversaire de sa création. Quel délice de l'entendre parler de son art ! Mon cœur se serre malgré moi en entendant les questions du journaliste qui lui demande d'où viennent le don et la passion qui l'animent. Elle lui certifie qu'il n'y a aucun musicien dans sa famille. Il s'en étonne. Il est en droit de douter… Puis le son du piano s'élève, je reconnais toute la délicatesse du toucher, la sensibilité du jeu, la couleur, le timbre si particulier que je le détecterais entre mille, la dextérité dans les arpèges lorsqu'elle attaque le deuxième *Scherzo* de Chopin. Elle le jouera ce soir à l'abbaye de Silvacane à La Roque-d'Anthéron qui a accueilli sous ses voûtes antiques tous les plus illustres interprètes du piano depuis dix ans, ainsi que le précise le présentateur de radio. Elle ne saura jamais combien je suis heureuse et fière de l'avoir, bien que parfois elle soit si loin de moi. Toujours entre deux avions, elle s'envole d'une capitale à l'autre, traverse les mers, heureusement le fil du téléphone nous relie, effaçant pour quelques minutes les distances qui nous séparent.

Le Grand Théâtre de Bordeaux n'a pas changé depuis toutes ces années. La pollution de la ville habille la pierre de l'édifice d'un voile gris, encore plus sombre que dans mon souvenir. La dernière fois que j'y suis entrée, c'était en janvier 1933. La veille de notre embarquement pour l'Indochine. Jean avait insisté pour m'accompagner à ce récital de piano qui me tenait à cœur et auquel j'avais failli renoncer en raison de l'imminence de notre départ. Il voulait m'offrir ce bonheur ultime, ne sachant quand il se renouvellerait.

Mais ce soir, c'est au bras d'Édouard que je m'accroche pour gravir les marches et accéder au parvis, sous les arcades. Les douze colonnes corinthiennes surmontées de statues de muses et de déesses donnent au péristyle du Grand Théâtre des airs de temple grec. De la place de la Comédie où son architecte, Victor Louis, l'a érigé en 1780, il domine les cours de l'Intendance et du Chapeau-Rouge, la rue Sainte-Catherine et les allées de Tourny tout en tournant le dos à la Garonne. Nous avisons des panneaux sur lesquels nous lisons l'avis de travaux auxquels le Grand Théâtre va bientôt être soumis. Une grande campagne de rénovation est lancée pendant laquelle le bâtiment sera fermé au public durant dix-huit mois afin de restaurer la scène, le vestibule et la salle de spectacle. Tout est resté tel quel depuis le XIXe siècle. Il avait bien besoin d'un rafraîchissement. Nous y pénétrons et nous grimpons l'escalier monumental à trois volées recouvert d'un tapis rouge, encadré par ses deux statues symbolisant d'un côté la Tragédie et de l'autre la Comédie. Au-dessus, la surprenante coupole percée d'un puits de jour filtre les derniers rais d'un soleil couchant. Nous entrons dans la salle étincelant de ses ors scintillant de mille feux sous la lumière artificielle et qui s'accorde avec le rouge des sièges. Nous nous installons dans ces magnifiques fauteuils cramoisis qui seront remplacés par d'autres de couleur bleue, conformément au choix de Victor Louis. Je ferme les yeux et me retrouve quelques décennies en arrière, en ce lieu et quasi à la même place.

Je revois le pianiste entrer en scène, prendre place devant son clavier et inspirer longuement avant d'attaquer son programme par le deuxième *Scherzo* de Chopin. Cette œuvre requiert de l'interprète une totale maîtrise de son art lorsqu'il aborde cette succession de périlleux arpèges répondant à une série d'accords interrogatifs. Il doit également démontrer toute la délicatesse et la précision de son toucher dans la mélodie dont le lyrisme est saisissant. Je repense à Mona, hier soir, sur les ondes de France Musique. À Mona et à ce récital sur cette même scène il y a cinquante-huit ans. Elle a traduit cette douloureuse et tragique exaltation de l'âme avec la même sensibilité, la même force, la même verve…

Quelques heures avant de quitter la France pour cette lointaine terre d'Extrême-Orient, j'étais animée par de sombres questionnements. J'avais abandonné ma campagne charentaise pour la ville de Cognac, puis pour celle de Bordeaux, beaucoup plus grande et plus éloignée. Maintenant, Jean était nommé à la tête d'une brigade de gendarmerie coloniale, dépendant du détachement de Cochinchine et du Cambodge. Je n'avais pas le choix, contrainte de le suivre cette fois encore, ne sachant si je reverrais le sol de mon pays. Comme si le pianiste avait lu dans mes pensées, il avait achevé son récital par la *Valse de l'adieu* aux accents d'une déchirante nostalgie. Chopin l'avait composée en quittant sa Pologne natale et en y laissant son premier grand amour. C'était pour moi aussi un adieu à ma jeunesse, à ceux qui m'étaient chers, à mon village, à mon amour perdu, un exil vers cette Indochine inconnue et inquiétante dont j'ignorais tout. Jean m'avait assuré que des artistes de renom se produisaient au théâtre de Saigon et que j'aurais tout le loisir de m'y rendre, aussi souvent que j'en aurais le désir. Il laissait libre cours à mes envies et pourtant je restais une femme enchaînée. Le pianiste, une main sur sa poitrine, avait salué le parterre qui lui faisait une ovation. J'étais parmi cette foule en liesse, celle sur laquelle il accrocha son regard le temps d'un éclair. Sa tournure, son port de tête avec sa chevelure abondante m'éblouirent. Oui, j'avoue avoir été saisie par le charme et l'élégance qu'il dégageait. Des pensées, indignes de l'épouse que j'étais, inondèrent mon esprit en proie à un trouble singulier. Cet homme si beau dans son smoking noir à queue de pie, si talentueux et si inaccessible, qui aurait pu croire que son destin croiserait un jour le mien et le bouleverserait à jamais ?

Je rouvre les yeux, afin de m'assurer que je suis bien auprès d'Édouard qui m'observe, un brin amusé. Il sait que des résurgences du passé viennent bousculer mon quotidien depuis quelque temps, qu'elles s'imposent à moi sans crier gare et que je ne les rejette pas. Ces souvenirs sont mes hôtes journaliers et je vis désormais avec eux. Dans l'air confiné de la grande salle, les enivrantes fragrances des parfums de luxe m'entêtent. Puis, enfin, le silence s'installe, le noir engloutit tout autour de nous et plus rien n'a d'importance que la musique. Sublime, envoûtante, qui s'élève, me pénètre et me comble de sa grâce.

VI

MON BOUQUET DE ROSES, disons plutôt celui que j'avais confié à Denise, est fané. Complètement fané ! Elle m'apprend, d'un air désolé, avoir jeté les dernières qui avaient résisté jusqu'à maintenant. Le rêve entouré de mystère qu'il incarnait demeure néanmoins entier et intact. Quinze jours déjà se sont écoulés depuis ce mémorable anniversaire de mes quatre-vingts ans. Pourquoi ce souvenir, encore un ! se rappelle-t-il soudain à moi ? Je repense à ce concert au Grand Théâtre, le dernier auquel j'avais assisté en compagnie de Jean avant notre départ pour l'Extrême-Orient. Je revois dans un angle de la scène cet énorme vase d'où jaillissaient quantité de roses rouges. Mon cerveau est semblable à un écran sur lequel défilent des extraits du film de ma vie. Des images toujours plus précises, plus nettes et plus obsédantes… Ce cadeau d'un inconnu ne m'a pas laissée de marbre et réveille en moi des visions enfouies dans les méandres de mon inconscient.

Denise est toujours à l'affût d'anciennes photos de famille sur lesquelles elle pourrait reconnaître quelques aïeux. Je lui tends ma boîte qui n'a toujours pas repris place dans la commode. Celles qu'elle en retire ne sont pas celles qu'elle escomptait. Ce sont des senteurs de jasmin, d'épices, de citronnelle, autant d'effluves orientaux qui s'en exhalent et ravivent ma mémoire olfactive. La Cochinchine… Treize ans de ma vie dans ce pays qui m'impressionnait, me terrorisait et, sans oser l'avouer, me fascinait bien un peu, moi aussi. Peut-être en raison de l'exotisme et des secrets qui l'entouraient… Ce que j'en ai rapporté illumine aujourd'hui ma vie et dissipe tous mes regrets.

Jean avait sûrement pris l'initiative de partir pour satisfaire son goût des voyages et du changement, mais aussi pour l'intérêt économique que représentaient les colonies. Les salaires y étaient plus élevés en raison du cours de la piastre et ce pays, en pleine expansion, était au premier rang des producteurs de riz et de caoutchouc. En France, en revanche, la situation n'était guère brillante au sortir de la guerre ; le chômage atteignait un taux record, on parlait de quatre cent mille demandeurs d'emploi, un chiffre qui était sûrement en dessous de la réalité. La crise, l'inflation et tous les désordres politiques et sociaux qui en découlaient présageaient quelques lendemains encore difficiles et inquiétants. Jean craignait pour l'avenir de notre pays et cherchait à en fuir la morosité. Depuis quelques années, avant même notre mariage, il avait à cœur de concrétiser son projet. Il avait pris sa décision après avoir visité l'Exposition coloniale de Vincennes, en 1931. De nombreuses revues vantaient les atouts des colonies, la qualité de vie, le paradis climatique et les nombreux avantages qu'elles offraient à ceux qui osaient s'y aventurer. Jean entretenait une correspondance régulière avec un Charentais, connaissance de jeunesse, ayant fait fortune dans la culture de l'hévéa. *Nulle part ailleurs,* écrivait ce dernier, *on ne peut trouver autant de confort, d'exotisme et de possibilités d'y faire fortune.* Des arguments qui avaient achevé de convaincre Jean, bien que n'ayant pas l'intention de s'improviser planteur ou de se lancer dans l'import-export. Son poste dans la gendarmerie lui offrait l'opportunité d'une promotion qu'il avait bien l'intention de ne pas laisser passer, le tout sans prendre le moindre risque financier. Il redoutait davantage mon refus de le suivre. Je m'y engageai par respect pour notre contrat. J'étais sa femme et lui mon mari, et, bien que nous continuions notre vie séparée, je considérais qu'il était de mon devoir de partager cette expérience.

Les territoires du Tonkin, du Laos, de l'Annam, du Cambodge et de la Cochinchine formaient l'Indochine française dont la conquête avait démarré au milieu du XIXe siècle. La Cochinchine, premier territoire conquis en 1859, était le seul à se prévaloir du titre de « belle colonie ». C'est à Saigon, la perle de l'Extrême-Orient, que nous avons débarqué un jour de février 1933 après un interminable voyage à bord d'un paquebot de la Compagnie des messageries maritimes. Nous avons séjourné quelques jours à l'*Hôtel Continental*, rue Catinat, avant de poursuivre notre voyage plus au sud vers la ville de Bac Lieu, l'endroit de son affectation. À Saigon, on aurait pu se croire dans n'importe quelle station balnéaire française. Les monuments étaient inspirés pour les uns d'un style Art déco et pour les autres de l'Antiquité avec leurs architraves, leurs piliers et leurs colonnades ioniques. C'était le cas du théâtre orné de cariatides et de joueuses de lyre, qui était également la réplique du Petit Palais, mais aussi de l'hôtel de ville, du palais de justice, des grands magasins ou de l'*Hôtel Majestic* qui rappelaient l'Occident. Les noms des rues résonnaient familièrement à nos oreilles avec le boulevard de la Somme, le boulevard Gallieni ou la rue Chasseloup-Laubat. Avec ses deux clochers en flèche culminant à soixante mètres et ses briques rouges importées de Toulouse, la cathédrale Notre-Dame, de style néogothique, rappelait nos provinces françaises. La charpente métallique de l'*Hôtel des Postes* était l'œuvre de Gustave Eiffel, le palais du gouverneur, fermant le boulevard Norodom, affichait un style néobaroque très en vogue sous Napoléon III.

Seule la chaleur accablante et l'humidité pénétrante nous rappelaient que nous étions bien en Indochine. On aurait dit un temps d'orage mais en beaucoup plus lourd. Le ciel là-bas était rarement bleu, le plus souvent voilé de nuages blanchâtres qui accentuaient d'autant plus cette sensation de confinement.

Dès que nous franchissions les limites de la ville, le dépaysement était garanti. Dans la brousse, on voyait les paillotes construites en bambou, roseaux et feuilles de palmier entourées de palissades acérées destinées à se protéger des tigres. Plus au sud, dans les plaines du delta du Mékong, s'étendaient de vastes rizières à perte de vue. À l'ouest, pays des terres rouges, les plantations d'hévéas, les arbres à caoutchouc, formaient d'immenses forêts verdoyantes. Le port de la capitale était aussi très typique avec ses sampans et ses jonques qui croisaient sur la rivière de Saigon en se frayant un passage entre les griffes noirâtres des palétuviers. Les bateliers, en loques, coiffés de leurs larges chapeaux coniques de latanier, offraient à l'arrivant la note exotique qu'il attendait. Le bleu turquoise de la mer de Chine avait peu à peu laissé place aux eaux limoneuses teintées d'ocre gris du fleuve entre lesquelles le paquebot glissait jusqu'aux appontements de la Compagnie des messageries maritimes. La nuée de *coolies* qui s'animait aux abords du port pour prendre en charge bagages et passagers prouvait que le colon était dans la bonne caste. Mais son rang de privilégié était déjà menacé sans qu'il en ait encore pris véritablement conscience.

Et moi, dans ce monde nouveau, ignorante des problèmes de ce peuple que je ne connaissais pas, je me laissais conduire dans l'un de ces véhicules qui n'était pas sans me rappeler les chaises à porteurs du XVIIIe siècle. Le pousse-pousse sur lequel on me voit, confortablement installée, sur l'une de ces photos est monté sur des grandes roues semblables à celles d'une bicyclette qu'un coolie tire par les brancards. Comment ces pauvres indigènes, authentiques esclaves au service des colons, dont les corps si frêles flottaient dans leur tunique noire, pouvaient-ils supporter les charges qu'ils acheminaient à longueur de journée et toujours au pas de course ? Certes, ils étaient accoutumés au climat, ce qui n'était pas notre cas. Cette température avoisinant les trente-cinq degrés, sans un souffle d'air et avec un taux d'humidité frôlant les cent pour cent sont des facteurs particulièrement pénibles pour un Occidental qui vient à peine de débarquer. Les membres sont anesthésiés par cette chape qui saisit le corps et en ralentit chacun des mouvements. La peau est si humide qu'elle colle aux vêtements, autant de sensations inconfortables auxquelles il faut pourtant faire face. On a beau user de ventilateurs, l'air est encore plus suffocant, la moiteur plus pénétrante ; quant à se désaltérer, rien ne semble vouloir apaiser cette désagréable impression d'étouffement et de soif inextinguible qui assèche la gorge. Avec le temps, on s'habitue à tout. Il faut surtout éviter de s'exposer au soleil aux heures les plus chaudes, se couvrir de l'indispensable casque de liège, sans lequel on est vite menacé par une insolation. Bien sûr, on nous avait instruits des précautions les plus élémentaires à prendre et j'avais lu avec attention le petit manuel du Dr Spire ainsi que les brochures à l'usage des futurs résidents qu'on remettait à tous les passagers s'embarquant vers ces destinations. Autant de conseils d'hygiène qu'il était bon de connaître en arrivant dans ce pays.

Jean avait été nommé à Bac Lieu, une petite ville située à deux cent quatre-vingts kilomètres au sud de Saigon, à la pointe de la Cochinchine, dans le delta du Mékong, parmi des milliers d'hectares de rizières. À seulement huit kilomètres de la mer de Chine, Bac Lieu était le pays de la crevette que nous avons appris à déguster, accommodée à toutes les sauces. Nous avons gagné ce territoire au terme d'un interminable voyage en automobile, sur des pistes empierrées. Passant par

Tan An et My Tho, la seule route praticable nous obligeait à prendre un bac pour atteindre Vinh Long puis un second à Can Tho, célèbre pour ses marchés flottants. Là, le delta du Mékong, telle une gigantesque pieuvre, déployait ses neuf bras à travers ses plaines fertiles. Tout un peuple coiffé de chapeaux coniques repiquait du riz, le dos courbé, indifférent aux buffles qui avançaient avec nonchalance en secouant leur grosse tête cornue. L'auto filait sur cette voie étroite, croisant ou doublant parfois un autocar bondé de paysans indigènes avec leurs chargements de volailles et de légumes à vendre. Parfois, une pagode, vestige de l'époque khmère, émergeait de ces océans de verdure où proliféraient les cocotiers. Nous n'étions guère rassurés de devoir emprunter nombre de ponts cahoteux faits de traverses de bois disjointes. L'automobile s'y engageait prudemment avant de rejoindre la piste pour nous acheminer vers notre destination finale de Bac Lieu. C'était d'ailleurs là que la vraie route prenait fin, celle continuant jusqu'à l'extrême pointe était un chemin de terre praticable seulement durant la saison sèche.

À la tête d'une brigade coloniale de gendarmes à pied, Jean bénéficiait d'un statut semblable à celui du commissaire de police avec lequel il partageait la caserne et faisait équipe. Ils incarnaient la France dont les méthodes de formation en faisaient les meilleurs agents de répression et dont la présence rassurait la population. À Bac Lieu, trente-deux indigènes étaient sous la responsabilité de Jean et du commissaire, Paul Tripot. Là-bas, un gendarme assurait aussi bien les fonctions d'un sous-préfet, d'un maire ou d'un juge de paix que celles d'un douanier, d'un huissier ou d'un percepteur. À ce titre, son rôle était primordial et il jouissait de la confiance et de l'estime des locaux. Pour contrôler l'ensemble des provinces du delta du Mékong, la gendarmerie était secondée par une garde civile indigène, une brigade fluviale et une police judiciaire et municipale. En 1923 furent créés les brigades mobiles de sûreté et en 1930 le corps de police spéciale de sûreté chargé plus spécifiquement des affaires politiques et de surveillance des frontières. On assistait depuis quelque temps à des troubles auxquels la Sûreté devait mettre bon ordre. La crise passée, la colonie retrouvait son faste d'antan, sa quiétude et son insouciance. Chacun voulait croire que rien ne pouvait enrayer le cours de son existence dorée. Cependant, le feu couvait, entretenu par de jeunes intellectuels, dont certains avaient fait leurs études en France. Ces derniers exprimaient des idées politiques et culturelles qui prenaient leurs origines dans le trotskisme et le communisme. Au cours de l'année 1939, ces provinces du delta furent soumises à de violentes inondations qui endommagèrent fortement les récoltes et provoquèrent des révoltes paysannes. Ces déluges avaient succédé à des années de sécheresse qui avaient endetté les petits propriétaires. On assista en 1938, dans la région de Bac Lieu, à des pillages de greniers à riz et à des jacqueries dont les revendications portaient sur des allégements d'impôts. Mais le pire était à venir…

La grande photo que me tend Denise montre l'ensemble de la brigade avec le commissaire, Paul Tripot, dont la femme, Suzanne, devint l'une de mes amies. Sur cet autre cliché, c'est elle qui pose avec moi devant notre maison dans le quartier des colons. Suzanne était une jeune femme assez réservée, si discrète qu'on ne la remarquait pas. Son mari, quant à lui, en imposait par sa prestance et la dominait de toute son autorité.

La rue, qui longeait la rive d'un bras du delta, était bordée de villas d'architecture coloniale dissimulées derrière des haies et endormies à l'abri de leurs persiennes à claire-voie. La verdure envahissait tout au point de se croire dans quelque jardin botanique. Mais ici la nature se chargeait d'ordonner ce savant mélange d'essences parmi lesquelles on trouvait le teck, le manguier, le badamier, le faux camphrier ou le tamarinier dont les couleurs charmaient le regard et les senteurs flattaient l'odorat.

La ville de Bac Lieu avait émergé des anciens marécages sur lesquels elle avait été construite un peu plus de un siècle auparavant et était devenue chef-lieu de la province du même nom en 1899. Traversée par une multitude de canaux aux tracés rectilignes, elle affectait la forme d'un rectangle quadrillé de rues, comme beaucoup de cités coloniales. Elle offrait les services d'un hôpital, dirigé par des sœurs de la Providence, d'un vaste marché regorgeant de fruits et de légumes, d'une caserne, d'une église, d'un hôtel et d'un bureau de poste, ainsi que de tous les commerces dont nous avions besoin. Le long des rives, de belles demeures, certaines fermées de hautes grilles en fer forgé, appartenaient à de puissantes familles locales. Le sud de la Cochinchine, particulièrement Bac Lieu, abritait de nombreux riches dont la fortune provenait du riz. Ils impressionnaient par le faste et le luxe qu'ils déployaient sur leur passage, dépensant des fortunes dans leurs automobiles et leurs vêtements à la dernière mode parisienne. Leur goût immodéré pour les femmes les entraînait dans nombre de scandales. Ceux qu'on appelait les *dandys* ne connaissaient aucune limite à leurs extravagances. L'un d'eux possédait, entre autres, cent dix mille hectares de rizières, un autre avait bâti la plus grande usine d'Indochine de décorticage de riz. Ils s'accordaient tous les passe-droits, y compris celui d'acheter les femmes qui leur plaisaient. Ils menaient une *dolce vita* que rien ne semblait pouvoir perturber. L'un d'eux a été immortalisé dans un roman qui a obtenu le prix Goncourt en 1984, *L'Amant* de Marguerite Duras. J'étais à Paris lors de la sortie de ce livre que l'auteur m'avait personnellement dédicacé et j'ai encore en mémoire les paroles que nous avions échangées sur la Cochinchine où nous avions toutes les deux vécu nos plus belles années.

Notre maison, de style colonial, confortable et spacieuse avec ses larges ouvertures en arcades, était entourée de vérandas blanches formant une galerie destinée à la protéger en période de mousson. Elle était décorée de petits meubles en bambou ouvragés et d'une multitude de bibelots de porcelaine aux décors bleus. À l'arrière, le jardin regorgeait de bougainvillées, de buissons d'hibiscus, de flamboyants dont le feuillage rougeoie à certaines périodes, de grandes amaryllis et de frangipaniers aux fleurs blanc et jaune exhalant un parfum capiteux. Je me prélassais dans une oisiveté dont j'aurais eu honte quelques années auparavant et que je n'aurais jamais soupçonnée. À Bordeaux, je m'occupais de la cuisine et de l'entretien de l'appartement, ce qui me laissait du temps libre, mais ici je n'avais rien à faire ! Une armée de *boys* prenait en charge toutes les corvées ménagères : cuisine, lessive, jardinage, courses. Je n'avais qu'à demander, je n'ose pas dire commander tant je répugne à prononcer ce mot. J'étais soudain passée dans la bonne caste, dans une sorte de bourgeoisie qui s'autorise tous les abus, y compris celui d'exploiter d'autres êtres dans leur propre pays sous le prétexte qu'ils ont la peau jaune ! Dire que je profitais de ce statut est faux, j'ai toujours eu du respect pour ceux qu'on appelait les coolies ou les boys. Ces indigènes, qu'on appelait aussi des *niacoués,* étaient très bien traités et considérés chez nous et c'est peut-être pour cette raison que nous n'avons jamais eu à nous plaindre d'eux au moment où ils se rebellèrent pour l'indépendance de leur pays en formant la ligue du Viêt Minh. Ils étaient assimilés à des membres d'une race inférieure et beaucoup étaient battus par leurs maîtres. Le coût de cette domesticité était si modique que s'en priver aurait été ridicule d'autant que nous faisions une bonne action, assurant leur confort en même temps que le nôtre. Je repensais à la cousine Adrienne, qui m'avait encouragée à devenir une femme de la société, et aussi à Denise, à Rolande et à ma pauvre mère ; toutes les trois s'échinaient comme les coolies d'ici. Il faut avoir vécu l'existence laborieuse qui fut la mienne et avoir reçu cette éducation rigoureuse pour ne pas avoir sombré dans les excès qu'engendre la vie coloniale. L'oisiveté mène à bien des dérives dont j'ai été témoin et qui m'ont confortée dans ma façon d'être, de penser et d'agir. Ma clairvoyance et ma lucidité m'ont évité certains pièges dans lesquels j'aurais pu tomber. J'avais formulé le vœu d'être fidèle, à défaut d'être simplement une épouse. Je restais sur mes gardes, refusant de me laisser entraîner dans certains lieux, fort nombreux, où l'on faisait des rencontres et où l'alcool coulait à flots. La facilité de la vie peut avoir son revers. J'étais certes vouée à un désœuvrement que cette chaleur accablante m'aidait à accepter mais je n'étais pas pour autant prête à me jeter dans le vice et à fumer l'opium. Ma principale occupation consistait à écrire à ma famille de métropole et également à lire. J'avais toujours aimé la lecture mais je n'en avais guère eu le temps et l'opportunité. Pendant les heures les plus torrides de la journée, allongée sur l'une des chaises longues de rotin dont était meublée la terrasse ou sous le ventilateur du salon, je me délectais de tous ces ouvrages que je dévorais. Je profitais de nos déplacements à Saigon pour faire des emplettes à la librairie Portail, tenue comme beaucoup de commerces de cette ville par des Français, et qui offrait un large choix éditorial. Je découvris les œuvres d'André Gide, du Bordelais François Mauriac mais aussi des Charentais Jacques Chardonne et Henri Fauconnier dont les aventures de planteur étaient racontées dans son roman *Malaisie,* couronné par le Goncourt en 1930. Je prenais plaisir à m'évader avec Jean Giono et Maurice Genevoix qui retenaient mon attention et nourrissaient ma pensée. Surtout, ces auteurs me ramenaient à mon pays. Jules Romains et ses *Hommes de bonne volonté,* Roger Martin du Gard avec *Les Thibault* m'aidaient à faire passer le temps et à me bercer de chimères. Je dévorais la littérature romantique et c'est ainsi que je m'identifiais à

Madame Bovary ou à *La Dame aux camélias.* Que pouvais-je faire d'autre ? Je m'assimilais aux héroïnes et imaginais Édouard dans le rôle du prince charmant. Mon inaction et la langueur du climat étaient propices à nourrir mes rêves et parfois à favoriser mes fantasmes. J'avais commencé une histoire d'amour qui n'était pas achevée. Je gardais secrètement en moi l'espoir qu'elle revive un jour prochain… Comment pouvais-je croire en un tel mirage alors que des milliers de kilomètres nous séparaient et que j'ignorais tout de sa propre vie ?

Il m'arrivait parfois d'éprouver une grande lassitude accompagnée de sueurs et de palpitations qu'il fallait imputer au climat et que je conjurais en avalant un cachet de quinine. C'était le fameux palu qui, malgré les traitements, se manifestait quelquefois en cherchant à nous anéantir. Nous avons échappé à la malaria et à la dysenterie grâce à la vaccination désormais obligatoire. Chaque année, dès le mois de mai, on assistait au renversement des saisons. Les vents tropicaux conduisaient leurs lourds nuages éclatant d'abord en averses intermittentes avant de laisser place à des pluies torrentielles dont la violence surprenait l'Européen. La saison sèche s'installait à partir du mois de novembre et se poursuivait jusqu'en avril. Les nuits étaient alors si lourdes qu'on ne pouvait rien supporter sur la peau. Protégée sous ma moustiquaire de tulle blanc, je luttais contre les insectes de toutes espèces représentant autant d'ennemis qu'il fallait combattre. J'avais adopté la tenue coloniale blanche consistant en un short au-dessus du genou et une chemise, sans oublier le casque de liège, accessoire indissociable de tous mes déplacements.

Les nouvelles nous parvenaient assez régulièrement. Grâce à la liaison aérienne, le courrier ne mettait plus que huit jours pour arriver à Marseille. Grâce aux lettres que j'échangeais avec Denise, Rolande et la petite Raymonde, je me sentais moins coupée du monde. Seule la cousine Adrienne avait cessé ses correspondances. Si Jean s'en inquiéta, j'avoue ne pas avoir cherché à savoir ce qu'elle était devenue. Je conservais à son endroit une rancune irréversible. J'appris beaucoup plus tard, lors de mon retour en métropole, qu'elle était morte subitement dans son restaurant au milieu de ses clients.

J'appréciais la cuisine exotique très aromatisée et relevée, à base de poisson séché et de riz. Les crustacés et les crevettes en particulier abondaient dans cette province. J'aimais me rendre au marché, véritable spectacle vivant au décor coloré et pittoresque avec ses fleurs aux parfums capiteux et ses fruits typiques. Je me régalais de mangues dorées et juteuses au goût si épicé, de mangoustans dans leurs coques violettes, de litchis aux longs poils rouges et à l'exquise chair acidulée, de noix de coco dont le jus était si rafraîchissant. L'un de mes plats préférés était le crabe farci que notre *bep* préparait à merveille, servi à même sa carapace après avoir été gratiné au four.

Nous sortions parfois le soir au restaurant ou chez des amis colons, c'était l'occasion d'évoquer la France dont nous avions tous gardé la nostalgie. Les fêtes étaient nombreuses, accompagnées d'un phonographe qui égrenait des airs de valse, de charleston et de fox-trot très en vogue à l'époque. Les couples se formaient dans l'odeur de la fumée et des effluves d'alcool. Ce fut lors d'une de ces soirées que je remarquai l'insistance du regard que me portait le chef de la Sûreté. J'avais accepté son invitation à danser alors que sa femme valsait avec Jean, mais je regrettai bien vite mon initiative qu'il prit pour de la hardiesse. Le chef de la Sûreté avait la quarantaine élégante, grand et mince, le regard perçant comme celui d'un rapace. Sa réputation de don Juan le précédait. On prétendait qu'aucune des femmes sur lesquelles il avait jeté son dévolu ne s'était refusée à lui ; toutes ayant cédé à son charme envoûtant. Je le toisai, sûre de moi, en résistant à la pression qu'il cherchait à exercer sur moi. Je repoussai son corps qu'il plaqua contre le mien en lui montrant clairement que je n'étais pas de celles qui s'allongent facilement sur un canapé. Bien qu'il me déshabillât du regard, je ne me laissai pas déstabiliser par son aplomb et affrontai ses prunelles étincelantes d'un désir non dissimulé. Il brava ma résistance qui l'encouragea à explorer d'autres stratégies de séduction auxquelles je demeurai insensible. Je sentais les yeux de Jean dans mon dos ; malgré lui, il nous épiait. Je n'étais pas prête à me laisser emprisonner entre les ergots du premier coq venu, fût-il le chef de la Sûreté ! Mon mari n'eut jamais à rougir de moi, je tins la promesse de lui être fidèle. Il le savait et sa confiance m'honorait.

Les discussions alimentaient ces soirées, nous commentions les événements politiques, tous plus inquiétants avec cette montée du nazisme et la crainte d'une nouvelle guerre qui pesait sur l'Europe entière. Cela n'empêchait pas le champagne, seul vin qui supportait le voyage de la France, de pétiller dans les coupes. Nous savions, pour notre part, que la colonie n'était qu'une étape d'une dizaine d'années dans notre vie. Pour moi, elle dura treize ans mais Jean ne devait jamais revoir sa terre natale de Charente. Les événements politiques qui agitèrent le monde en 1939 modifièrent le cours de nos projets et décidèrent de notre sort.

VII

Nous fûmes contraints d'annuler les deux semaines de vacances en métropole que nous avions programmées de longue date en cet été 1938. L'état de santé de Jean s'était soudainement dégradé. Une affection des bronches le tint alité et nécessita une hospitalisation de près de un mois. Le médecin de l'hôpital Grall lui avait conseillé un séjour à Da Lat sur le plateau de Lang Bian, au nord-est de Saigon. Situé à mille cinq cents mètres d'altitude, le lieu était recherché pour sa fraîcheur et l'air balsamique de ses forêts de pins et de cèdres, ses lacs et ses cascades qui offraient un paysage enchanteur, reposant et curatif pour les malades. Nous y passâmes trois semaines avec des amis planteurs originaires de Charente, logés dans le luxueux *Grand Hôtel* de Da Lat construit en 1922. Édifié au cœur d'un parc descendant en pente douce vers la rive, l'édifice était niché dans son écrin de verdure d'où jaillissaient les capucines, les hortensias et les agapanthes. Da Lat passait pour une ville mondaine, avec ses riches villas qui n'étaient pas sans rappeler celles de Normandie ou du Pays basque. Nous empruntâmes un chemin de fer à crémaillère qui grimpait vers une gare, réplique exacte de celle de Deauville.

Nous n'étions pas dépaysés, tout en ces colonies évoquait la France.

Le gibier pullulait dans les forêts du plateau de Lang Bian, les bœufs sauvages qu'on appelle là-bas des *gaurs*, les sangliers, les cerfs, les éléphants mais surtout « monsieur le Tigre » étaient les proies favorites des amateurs de chasse. Celle-ci se pratiquait avec un guide et un traqueur qui préparaient l'appât destiné à attirer la prise. J'avais manifesté mon désir de prendre part à l'une d'elles malgré les réticences de Jean qui pensait que cette activité, plutôt réservée aux hommes, pouvait s'avérer dangereuse. En présence de nos pisteurs armés de fusils, nous fûmes partants pour cette expérience unique qui me permit d'approcher ce félin mythique de très près. Quelques années plus tard, ces safaris furent interdits et sont de nos jours considérés comme un délit passible de lourdes peines.

Dans une brousse épaisse et inquiétante, nous marchions sans faire de bruit depuis deux heures quand nous vîmes l'empreinte qui avait imprimé sur le sol son énorme fleur à quatre pétales. Tendant l'oreille, nous nous sommes arrêtés non loin de l'appât dont l'odeur avait attiré une nuée de vautours. Quelques instants plus tard, une énorme tête surgissant des fourrés nous fit face. Tétanisés par la beauté du tigre mais encore plus par la puissance de ses muscles saillants sous son pelage rayé, nous retenions tous notre souffle tandis qu'il sautait sur la charogne. La gueule entrouverte d'impatience devant ce festin inopiné, il découvrit une rangée de crocs féroces prêts à déchiqueter la viande autour de laquelle volaient des quantités de mouches. Agacé, il secoua la tête pour les disperser tout en se pourléchant les babines tel un énorme chat de trois cents kilos. Ébahis par le spectacle que nous avions sous nos yeux, nous n'étions guère rassurés malgré les fusils braqués fermement dans sa direction. Le bruissement d'une herbe sèche crissant sous nos pas alerta le grand fauve aux aguets. Sur ses gardes, il scruta l'espace à la recherche d'une éventuelle proie. Le guide tira le premier, conscient que l'animal avait détecté notre présence et qu'une seconde de plus pouvait nous mettre en danger. Cette aventure reste un souvenir marquant pour les sensations fortes qu'elle me procura.

Jean nous attendait à l'hôtel, son addiction au tabac l'ayant privé de cette équipée. Il était encore trop faible, s'essoufflait vite et ne maîtrisait pas sa toux chronique. Je ne possède que trois petits clichés de cette journée mémorable sur lesquels on voit l'embarcation que nous avons empruntée, une paillote dans la brousse autour de laquelle nous posions avec les indigènes et le tigre, neutralisé par plusieurs balles, qui gisait, son énorme tête reposant entre ses pattes. Ces trois semaines de vacances dans un cadre idyllique et au climat rêvé nous firent un peu oublier la pesanteur de la chaleur, la dégradation du régime colonial et l'éloignement de notre pays où nous aurions dû être si la santé de Jean l'avait permis. Nous quittâmes à regret les fastes du *Grand Hôtel*, ses colonnes de marbre, ses lourdes tentures de velours, ses dorures, ses lustres de cristal et ses ventilateurs de cuivre jaune. Nous fîmes escale à Saigon avant de rejoindre la pointe de la Cochinchine.

J'avais appris à me tenir sur mes gardes, à me méfier des hommes qui cherchaient l'aventure et qui, en ce pays, restaient fort nombreux. Je n'avais jamais cédé aux avances du chef de la Sûreté qui, à plusieurs reprises, les avait réitérées et que j'avais toujours habilement déjouées. J'étais certainement la première à ne pas avoir succombé mais, malgré son charme incontestable, je ne ressentais aucune attirance particulière à son endroit. Je n'eus pas à me forcer, je n'avais guère envie de faire les frais des gorges chaudes qu'une telle aventure n'aurait pas manqué de provoquer à Bac Lieu. Je tenais à préserver ma réputation d'honnête femme. Cet homme avait plusieurs fois franchi la porte de la maison sans y avoir été invité, toujours en l'absence de mon mari. Il était souvent sur mon chemin au point de me laisser penser qu'il épiait chacun de mes déplacements. Je n'ai jamais été intimidée par ses audaces, je savais qu'il n'irait pas jusqu'à me forcer. Il était suffisamment gentleman pour ne pas se compromettre et disposait de beaucoup d'autres proies plus faciles à ferrer que moi. Il fallut, pour m'en débarrasser une bonne fois pour toutes, que je lui mente, lui avouant que j'aimais mon mari et que je ne le tromperais jamais. Ce n'était qu'un demi-mensonge puisque je devais en effet rester fidèle à Jean, conformément à ma promesse. Malgré la vie de nonne que je menais auprès de mon époux, je ne ressentis jamais le besoin ou l'envie de chercher l'aventure auprès d'un autre homme pour combler le manque qui aurait pu être le mien. Aucun n'avait encore su émouvoir mon cœur qui était tout entier rempli du souvenir d'Édouard. Qui aurait pu le supplanter ? Celui que je croyais ne pas être encore né devait pourtant bientôt croiser mon chemin…

Jean fut contraint de consulter à nouveau l'un des plus éminents spécialistes de l'hôpital Grall de Saigon qui diagnostiqua une tumeur de la gorge et une autre au poumon. À aucun moment il ne lui conseilla de cesser de fumer, prouesse qu'il aurait sans doute été incapable d'accomplir. Le tabac était pourtant la cause principale de ses affections et de la maladie qui l'emporta. Sa voix s'altérait chaque jour un peu plus, ses forces s'amenuisaient et son appétit disparut. Son teint avait pris une couleur cireuse et sa toux l'étouffait. Je sais que beaucoup de colons se livraient au charme de la fumée brune. L'opium était vendu librement par la régie des douanes et se consommait dans les fumeries ou chez les particuliers. D'ailleurs, la manufacture était située en plein centre-ville de Saigon, à quelques pas seulement du théâtre et de l'*Hôtel Continental.* Fumer quelques pipes était presque un rituel de passage auquel on se sentait obligé de se soumettre en arrivant dans ce pays. Selon ceux qui s'y adonnent, les sensations uniques et singulières qu'il procure font oublier tous les maux du corps et de l'esprit. Je sais que Jean y eut recours à plusieurs reprises, étant déjà un consommateur invétéré. C'était parfaitement légal et considéré comme une pratique aussi naturelle que la prise de simple tabac. Il connaissait aussi bien que moi les risques liés à la dépendance et menant à une lente mais accablante dégradation physique et intellectuelle. Pour ma part, jamais je n'ai été attirée par ses prétendus charmes. Pourtant, nombreuses étaient les épouses de colons qui noyaient leur mal du pays en « tirant sur le bambou ». Elles ne passaient pas inaperçues, allongées sur des nattes, dans les fumeries d'opium où l'on entrait comme dans un café. Si, à plusieurs reprises, il m'arriva de franchir l'entrée de ces sanctuaires, ce fut davantage par curiosité que pour me livrer à ces rituels. Il me suffisait de voir les visages ravagés aux regards éteints et les corps rongés et squelettiques de la plupart des autochtones pour me dégoûter de cette drogue extraite de la fleur de pavot.

Il n'y avait pas que l'opium, l'absinthe ou le champagne pour faire oublier le fameux ennui colonial, la mélancolie et la moiteur des nuits. Beaucoup de Blancs entretenaient des liaisons avec une *congaï,* jeune fille indigène qui se prêtait à leurs bons plaisirs en échange de quelques piastres. Certains vivaient même en couple et donnaient naissance à des enfants qu'on appelait des Eurasiens dont certains étaient dotés d'une beauté singulière. J'ignore si Jean eut recours à l'une d'elles pour apaiser sa dépression morale, sa déception conjugale ou l'excitation qu'engendrait sur les hommes le climat tropical. Quelques signes, au début de notre séjour, m'incitèrent à le penser, ce qui d'ailleurs me laissait totalement indifférente. Beaucoup d'autres hommes mariés se livraient à ce type de relation qui était entré dans les mœurs. En revanche, l'inverse n'était pas toléré et une femme fréquentant un Indochinois était montrée du doigt. Pourtant, certains possédaient une grâce incontestable. Je n'avais pas à juger mon mari, il était libre de vivre comme bon lui semblait. Il n'ignorait pas que sa vie était en sursis et qu'il était désormais condamné. Peut-être le sut-il avant moi, ce fut le médecin qui me l'annonça dès le printemps 1939.

Alors que sa santé le permettait encore, nous dûmes de nouveau renoncer à rentrer en France en raison de la guerre déclarée en septembre de cette même année. Tout contact avec la métropole était désormais impossible, les paquebots étant réquisitionnés pour le transport des troupes alliées. Les nouvelles nous parvenaient par les journaux mais le courrier était interrompu. Je m'étais inquiétée pour ma famille et pour Denise qui, de leur côté, l'étaient tout autant pour moi. Nous, les Français, n'étions plus en sécurité en Indochine, c'était certain. Les gaullistes, dont faisaient partie la plupart des colons, furent bientôt menacés. Pourtant, lors de l'appel du général de Gaulle, le 18 juin 1940, ces derniers allèrent acclamer le drapeau anglais pavoisant devant le consulat de Grande-Bretagne de Saigon. Le gouverneur général appliquait les principes autoritaires de Vichy et avait fait apposer à l'arrière de la cathédrale de Saigon un portrait géant de six mètres sur huit du maréchal Pétain. D'autre part, les provinces du delta, après les violentes intempéries, avaient été le théâtre de révoltes paysannes que la Sûreté maîtrisa sévèrement. Le petit peuple, endetté, acculé, dépossédé de ses terres, eut à cœur de se venger des Blancs, responsables de leur misère. À la fin de l'année 1940, l'Indochine avait dû faire face à l'invasion japonaise, aux Thaïlandais qui avaient attaqué la frontière occidentale pour revendiquer certains territoires et, dans l'Ouest, à une insurrection communiste qui fut énergiquement réprimée. La tragédie qui se jouait en France avec l'occupation allemande n'était guère différente de celle de l'Indochine, sous la botte nippone bien que l'administration coloniale restât en place, après avoir traité avec les Japonais. Ces petits soldats et leurs camions Nissan kaki arpentaient le pays de leur pas rapide, traquant sans répit les nationalistes et les communistes du Viêt Minh qu'Hô Chi Minh avait fondé en 1941 pour lutter contre les impérialismes français et japonais. Le chef de la Sûreté, qui avait renoncé à me poursuivre de ses assiduités, s'en prenait aux colons gaullistes et à la propagande anticolonialiste. Le sort de nos compatriotes, dont certains furent emprisonnés, semblait en effet bien précaire avec toute l'agitation sociale et la guerre qu'ils n'avaient pas encore gagnée malgré l'appel du général de Gaulle. Les nationalistes agissaient dans l'ombre malgré les représailles de la Sûreté et, en 1941, le dirigeant Phu So, qui proféra des menaces antifrançaises, fut placé en résidence surveillée à Bac Lieu. Nous vivions dans un climat d'insécurité permanent et notre position n'évoluait pas sous les meilleurs auspices. Nous ne sortions plus aussi souvent qu'avant, d'autant que Jean souffrait de plus en plus de ses tumeurs.

Ces années furent particulièrement difficiles, nous étions soumis aux restrictions, nous aussi avons connu les tickets de rationnement. 1945 a été la pire des treize années que nous avons passées en Cochinchine. Après l'invasion des Nippons, les Américains bombardèrent l'Indochine qu'ils considéraient comme leur base. C'est ainsi que le magnifique théâtre de Saigon fut la cible d'une bombe en janvier. Le 9 mars, les Japonais attaquèrent les garnisons françaises basées à Saigon, faisant des milliers de morts, des civils furent arrêtés et torturés. Un lourd tribut fut à déplorer du côté français. L'empereur d'Annam dénonça le protectorat français et se rallia à la grande Asie préconisée par le Japon. Puis, en avril, les Français furent contraints de résider au centre de la ville dans un périmètre limité et surveillé. Un vrai ghetto. Craignant les menaces de mort proférées par le Viêt Minh contre les boys et les coolies, ces derniers avaient quitté leurs maîtres, non sans avoir pillé et saccagé leurs villas. Nous restions sans nouvelles de certaines de nos connaissances demeurant à Saigon.

Enfin, lorsque la France fut libérée et les Japonais repoussés, Hô Chi Minh proclama le 2 septembre la République démocratique du Viêt Nam sous le contrôle du Viêt Minh équipé de mitraillettes. Afin de rétablir la souveraineté française, le général de Gaulle avait nommé le 16 août l'amiral d'Argenlieu en qualité de haut-commissaire pour l'Indochine. Les Français reprirent Saigon le 23 septembre. Des soulèvements du Viêt Minh eurent lieu à Hanoi. Les négociations qui se tinrent l'année suivante entre le président Hô Chi Minh et les Français devaient échouer. On connaît le désastre qui allait s'ensuivre.

De Bac Lieu, nous observions les événements avec une certaine angoisse. Beaucoup de Français avaient été massacrés dans la capitale. Nous ne bougions pas, attendant la suite des opérations dans la crainte de représailles. La répression était moins intense dans notre petite cité mais nous étions forcés de ne pas en sortir. Il était hors de question de repartir en métropole tant que la situation ne se serait pas clarifiée et les liaisons rétablies.

La santé de Jean se dégradait de jour en jour et le spécialiste qui le soignait était à Saigon où l'hôpital venait d'être bombardé. Il fut donc impossible de reprendre contact avec lui et il fallut se contenter d'un médecin moins compétent à l'hôpital de Bac Lieu. Son état s'aggrava subitement en novembre, au moment où l'on apprit qu'à Saigon les statues des grands hommes français avaient été renversées et le monument aux morts de la Première Guerre profané. Tout était sous le contrôle du Viêt Minh qui avait pris le pouvoir, armé jusqu'aux dents. Ce fut précisément à cette époque critique pour l'avenir des colons français que Jean s'éteignit en cette mi-décembre. Ses tumeurs avaient eu raison de lui. Il ne parlait presque plus mais il avait réuni ses ultimes forces pour me dire qu'il ne craignait pas la mort, qu'il s'en voulait de m'abandonner dans ce pays à feu et à sang d'où je devais repartir dès que possible. Ses dernières paroles, quasi inaudibles, me firent comprendre qu'il m'avait toujours aimée. Je le rassurai de mon mieux, balbutiant des mots qui se voulaient sincères. Je savais pourtant qu'au fond de moi ces mots sonnaient faux. Puis il ferma les yeux pour ne plus les rouvrir. J'étais émue et vraiment désolée de ne jamais avoir pu lui rendre ne serait-ce qu'un soupçon de l'amour qu'il me portait. Je ne lui en voulais pas de m'avoir amenée ici, je n'étais pas la seule ressortissante dans ce pays et j'avais espoir d'en repartir d'une façon ou d'une autre dès que la situation politique m'en donnerait l'opportunité. J'avais encore une *boyesse* à mon service, tous les autres domestiques étaient partis rejoindre le Viêt Minh, mais j'avais des amis sur lesquels je savais pouvoir compter pendant cette période difficile et troublée. Toute la brigade dont Jean était le chef m'entoura et me témoigna soutien et protection. Je ne me sentais pas abandonnée mais j'avais hâte de rentrer, de revoir ma famille et mon amie Denise. Tous se faisaient un sang d'encre en raison des informations irrégulières qui filtraient de temps à autre.

Je n'avais jamais aimé Jean, comme je l'ai dit, mais j'avais de l'estime et du respect pour lui. Cet homme bon et généreux avait souffert de mon ingratitude, j'en avais parfaitement conscience. Les sentiments ne se commandent pas. Je ne parvenais pas à exprimer une douleur que je ne ressentais pas. Ceux qui m'entouraient ne s'y trompèrent pas, malgré le deuil que je m'obligeais à porter. Pour moi, il resterait toujours un inconnu, un associé avec lequel j'étais liée par un contrat. Ce n'est pas pour autant que je me suis réjouie, on ne se réjouit pas de la mort d'autrui, serait-ce celle de son pire ennemi. Je demeurais stoïque et suscitais la compassion de Paul Tripot et de sa femme Suzanne qui insistèrent pour me loger chez eux, pour des raisons de sécurité. Cédant à leur instance, j'acceptai leur proposition jusqu'à mon prochain départ. Eux aussi d'ailleurs avaient hâte de ce retour en métropole.

Je réfléchissais au cours qu'allait prendre ma vie maintenant. Je n'aspirais qu'à une chose : quitter au plus vite ce pays qu'on appelait depuis peu le Viêt Nam avec à sa tête le communiste-nationaliste Hô Chi Minh. Un pays qui, après avoir subi le joug colonial et l'invasion japonaise, venait de proclamer son indépendance. Ce que je trouvais légitime, bien que gardant ces considérations anticolonialistes pour moi. Je ne devais pas oublier que j'avais été l'épouse de l'un des chefs de la répression. Ce pays avait bien des points communs avec moi. Je n'étais plus sous le joug d'un homme et je venais moi aussi d'obtenir en quelque sorte mon indépendance ! Cette liberté retrouvée, j'ose dire aujourd'hui qu'elle me donna l'impression d'une renaissance. J'étais redevenue celle que j'avais été avant ce mariage arrangé et forcé. Enfin, il me semblait que la vie s'offrait à moi. Mais qu'allais-je en faire, de cette existence nouvelle, désormais seule, avec ma modeste pension de veuve ?

Il a fallu attendre la fin décembre 1945 pour retrouver un semblant de calme après toute cette agitation. Mais ce n'est qu'en avril de l'année 1946, quatre mois après la mort de Jean, que je fus en mesure de repartir. Je devais gagner Saigon pour embarquer sur un paquebot de la Compagnie des messageries maritimes à destination de Marseille. Paul Tripot s'était chargé de me réserver une place en première classe sur le *Maréchal-Joffre*. Suzanne et lui furent contraints de reporter leur départ de quelques semaines pour des raisons administratives, nous ne pûmes voyager ensemble comme nous l'escomptions. Peut-être en fut-il mieux ainsi... Paul avait tenu à honorer la mémoire de son ami dont le corps reposait désormais sur cette terre étrangère, à dix-huit mille kilomètres de son pays. Par respect pour cet homme qui fut mon mari, j'allai me recueillir sur sa tombe pour la dernière fois et lui demander pardon de ne pas avoir pu l'aimer, de ne jamais avoir fait l'effort d'essayer. Ma conscience était en paix, je n'avais rien à me reprocher. Je n'avais jamais été sa femme mais je lui étais restée fidèle, ainsi que je lui en avais fait le serment.

J'avais entassé dans une grande malle tout ce que je souhaitais emporter. Je dus à regret me séparer d'un grand nombre de livres trop lourds et encombrants. Je rassemblai quelques objets représentant le peu de souvenirs que j'emporterais d'un pays où je ne laisserais aucun regret. Je m'emparai d'un petit bouddha de jade, de quelques vases de porcelaine bleue et d'un service à thé au décor de dragon, de quelques coupons de soieries à l'intention de Rolande qui aimait coudre. Mais treize ans d'une vie ne s'effacent pas si facilement de la mémoire. Tous ces bibelots seraient plus tard des souvenirs exotiques auxquels je n'attacherais sûrement guère d'importance.

VIII

Aujourd'hui, Denise me propose de l'accompagner dans un petit village, non loin d'ici, où elle a quelques recherches généalogiques à effectuer. Un bourg du Montmorélien[1], niché entre des collines, à une vingtaine de kilomètres de là. Le soleil et la douceur de l'été incitent à la balade que j'accepte volontiers. J'ai besoin d'oublier un peu cette Indochine dont l'évocation, à la demande de mon amie, a réveillé tout un pan de ma vie. Je m'installe à ses côtés dans sa 205. Au bout d'une demi-heure d'une conduite lente et prudente, nous y sommes. La mairie est, avec l'église, la seule construction de ce bourg peuplé de seulement quatre-vingt-dix habitants. Un peu plus loin, dominant la vallée, un superbe petit logis Renaissance dresse ses tours coiffées de hautes poivrières qui se découpent dans l'azur du ciel. Denise avait eu la précaution de se renseigner sur les horaires d'ouverture et était attendue par une jeune secrétaire. Et nous voilà bientôt toutes les deux le nez plongé dans ces vieux registres dégageant des relents de poussière mêlée d'encens sous le regard médusé de l'employée de mairie. La généalogie étant un loisir encore peu pratiqué, sans

1. *Canton de Montmoreau, en Charente.*

doute se demande-t-elle ce que nous cherchons avec autant d'avidité.

Mon amie Denise avait-elle une idée derrière la tête ? Je n'en sais rien. Alors peut-être est-ce le hasard qui se mêle de la partie ? Toujours est-il que, parmi la longue liste de noms répertoriés par ordre alphabétique des tables décennales, apparaît soudain celui de ma grand-mère dont je garde une vague image. Je ne m'attendais certes pas à le découvrir ici ! Elle était donc native de ce village et je n'en avais jamais rien su. Elle ne parlait guère d'elle et on n'avait jamais évoqué son souvenir après sa mort. Il serait peut-être temps de le faire aujourd'hui ! Denise a raison, grâce à l'intérêt qu'elle porte au culte des ancêtres, elle les fait revivre et réhabilite leur mémoire, nous leur devons bien cette marque de respect. Je retrouve très vite son acte de naissance à la date du 28 août 1841. Je suis soudain prise d'une curiosité frénétique, serais-je atteinte, moi aussi, du virus de la généalogie ? Je m'empresse de chercher de qui elle est issue. Qui étaient ses parents, que faisaient-ils ? C'est alors que je lis avec stupeur qu'elle est une fille naturelle, elle est née d'un père inconnu ! J'en ai le souffle coupé et je pousse une exclamation de surprise qui force Denise à lever les yeux de son document et à m'interroger du regard sur ma trouvaille.

Ainsi donc ma propre grand-mère était une bâtarde et nul n'en avait jamais rien su ! Cette histoire fait écho à la mienne, me poursuit, m'obsède, me hante. Je retrouve aisément l'acte de naissance de sa mère, et là, une autre surprise m'attend en apprenant qu'elle a la même date anniversaire que moi : 18 juillet 1810 ! Est-ce vraiment un hasard ? Un siècle jour pour jour nous sépare mais un secret nous rassemble ! Ce sont les facéties de l'histoire qui se répètent. Cent ans, c'est un cycle, écrivait une célèbre psychogénéalogiste dont je lisais récemment un article dans une revue.

Je ne saurai jamais les circonstances dans lesquelles mon arrière-grand-mère a mis au monde un enfant alors qu'elle était célibataire, qui était ce père que l'on qualifiait d'inconnu et l'était-il vraiment ? Quelle était sa vie ? Était-ce un homme marié, un notable, peut-être celui chez lequel elle était servante ? Cet enfant avait-il été conçu dans l'amour, la haine ou la violence ? Mais assurément il avait été mis au monde dans la honte. S'était-elle donnée à celui qu'elle aimait sachant qu'elle ne pourrait jamais l'épouser ? Fut-elle forcée par un maître auquel une domestique ne devait rien refuser ? Qui saura jamais ? Elle a dû porter sa croix et, en quelque sorte, m'a appelée à l'aide pour la soulager de son fardeau. Nous étions deux, à un siècle d'intervalle, dépositaires d'un semblable secret. Elle a emporté le sien avec elle mais je viens de comprendre que je ne devais pas garder le mien. N'était-ce pas ce que je craignais en refusant de suivre Denise dans ses enquêtes généalogiques ? Je vérifie son acte de décès et je constate que mon arrière-grand-mère a eu l'élégance de mourir à trente ans. Cette dépravée qui a fait porter l'opprobre sur sa famille, chacun devait s'empresser de l'oublier. Pourtant, c'est grâce à elle que je suis là, elle a été l'un des maillons, certes faible, de cette chaîne qui me lie à elle. Une bouffée de compassion à son égard m'étreint le cœur. Je lui rends un vibrant hommage en la tirant de l'anonymat. J'ai l'impression de faire une bonne action en même temps qu'une belle découverte. C'est la reconnaissance à laquelle elle n'a jamais eu droit. L'esprit chamboulé, nous reprenons la route après avoir remercié la secrétaire de mairie d'avoir mis les registres d'état civil à notre disposition.

Après une nuit passée à l'*Hôtel Continental* de Saigon, j'embarquai un matin de ce mois d'avril 1946 sur le paquebot qui allait me ramener en France. Saigon avait beaucoup changé depuis ma dernière visite. Les événements de 1945, avec les Japonais et les bombardements, avaient saccagé nombre de quartiers qui n'avaient pas encore retrouvé leur éclat d'antan. La toiture du théâtre offrait toujours une brèche béante. Ce théâtre qui m'avait fait rêver de concerts et dans lequel je n'étais même jamais entrée ! Les belles maisons de colons du plateau, vidées de leurs occupants et pillées, livraient un triste spectacle de désolation et d'abandon. Le faste des années d'avant-guerre semblait loin.

Paul et Suzanne Tripot m'accompagnèrent et s'engagèrent avec moi sur le pont métallique qui enjambe l'arroyo chinois. Nous franchîmes les grilles des Messageries maritimes pour atteindre le long quai déjà envahi de passagers. Avaient-ils, comme moi, hâte de quitter un pays qui ne voulait plus d'eux ? Un bourdonnement incessant conjugué au va-et-vient des voyageurs et de leurs porteurs me donnait le tournis. Je serrai Suzanne dans mes bras et la main de Paul étreignit longuement la mienne. Les séparations sur les quais ont toujours un côté tragique qui fait remonter les sanglots dans la gorge. Nous reverrions-nous ? Je n'en étais pas sûre, ils souhaitaient regagner le midi de la France où étaient restés leur famille et leurs biens. Je laissai derrière moi les hangars, les amoncellements de caisses et de marchandises, les cheminées et les grues et m'empressai de grimper la passerelle de l'immense paquebot. Je fis un dernier geste de la main à mes amis et disparus dans l'antre flottant de ce géant des mers. Des remorqueurs l'aidèrent à gagner le centre du fleuve pour l'apprêter à descendre la rivière de Saigon avant de s'acheminer vers les eaux bleues de l'océan. La sirène lança trois longs et puissants mugissements en guise d'adieu à cette terre où je ne reviendrais plus jamais. Puis il glissa doucement en soulignant son sillage d'une épaisse traînée de fumée noire qui n'en finissait pas de se dissiper dans le ciel laiteux. Accoudée au bastingage, je regardai s'éloigner ces collines sombres et cette terre humide de rizières, en même temps que les silhouettes de mes amis qui continuaient d'agiter leurs bras. Au bout de cinq heures de cette lente coulée le long des méandres du fleuve à une allure ne dépassant pas deux à trois nœuds, les flots que fendait l'étrave se firent de plus en plus limpides en débouchant sur le cap Saint-Jacques. La rivière de Saigon aux eaux troubles et limoneuses, aux berges enserrées entre les racines noires des palétuviers était loin désormais. La mer de Chine déployait pour moi toute sa palette de bleu turquoise. Dans trois jours et demi, nous atteindrions Singapour.

Je pris possession de ma cabine, confortable et suffisamment spacieuse pour me permettre de passer ces trois semaines de traversée dans les meilleures conditions. Équipée d'une salle de bains avec une baignoire, elle disposait même de l'eau chaude. Un vrai luxe. Je savais que je vivais là mes derniers privilèges, aussi entendais-je en profiter. Je retrouvai mes bagages qu'on avait déposés dans ce qui était un petit appartement douillet et meublé avec goût où luisaient les cuivres et les bois vernis. Enfin, je prenais conscience de ma nouvelle indépendance. J'explosais de cette envie de vivre trop longtemps contenue tout en ignorant encore de quelle façon j'allais l'aborder ou l'affronter. Je venais de passer toutes ces années dans l'oisiveté et l'insouciance, avec comme uniques préoccupations mes lectures, mes emplettes et mes toilettes. Une telle vie en métropole n'était pas envisageable d'un point de vue pécuniaire. Ma modeste pension de veuve ne suffirait pas à m'assurer le train de vie avec lequel ces treize ans dans les colonies m'avaient familiarisée. J'avais, il faut bien l'avouer, perdu l'habitude de manier casseroles et plumeau ! Il faudrait pourtant m'y remettre. Auparavant, je disposais durant ce voyage de vingt-huit jours de répit que j'entendais mettre à profit pour la réflexion. Encore un mois à me faire servir comme une princesse pouvant encore prétendre passer pour telle. J'eus soudain une pensée pour Adrienne. Il était vrai que si les rôles étaient aujourd'hui inversés, si la soubrette était devenue une dame, c'était un peu grâce à elle. Devais-je regretter d'avoir accepté d'épouser Jean ? Qu'aurait été ma vie durant ces années si j'avais renoncé à ce mariage ? Sans doute serais-je aujourd'hui employée ou ouvrière à Cognac ou ailleurs ? Non, je n'avais aucun repentir d'avoir vécu ces années malgré le désert sentimental dans lequel j'avais erré.

Malgré l'incertitude qui planait sur mon avenir, j'étais en proie à une vive impatience et à un bonheur tout neuf à l'idée de revoir mon pays et les miens. En attendant, je m'endormis, ivre de cette liberté retrouvée et épuisée par ces derniers mois de tension. Je disposais encore, le temps de cet ultime voyage, de certaines prérogatives, sachant trop bien qu'elles prendraient fin en posant le pied sur le quai de Marseille.

La faim me tira de ma sieste. Avant de rejoindre le restaurant, je décidai de m'habiller et de me faire belle. Je m'empressai de faire disparaître ce noir de deuil que je m'astreignais à porter par décence. Personne sur le bateau ne savait qui j'étais et, par conséquent, ignorait ma récente condition de veuve. J'optai pour une longue robe de soie fleurie achetée à Saigon que je n'avais encore jamais eu l'occasion de revêtir. J'avisai soudain l'alliance qui enserrait mon annulaire et me hâtai de la retirer. J'avais à cœur de m'affranchir de cette marque d'appartenance qui fait de la femme l'esclave de son mari. Je me recoiffai, me fardai légèrement, chaussai des escarpins et, après avoir jugé de l'effet que me renvoya le miroir, je quittai ma cabine, confiante et sereine.

Bien des regards convergèrent vers moi, tant féminins que masculins. J'en conçus un certain plaisir, presque une fierté. Jamais je ne m'étais sentie autant femme que sur le pont de ce paquebot, la soie vaporeuse de ma longue jupe flottant au gré du vent. Jamais je n'avais cherché à exercer le moindre pouvoir de séduction sur les hommes que je croisais. Fidèle à un mari que je n'aimais pas, je n'avais jamais prêté la moindre attention à ceux qui avaient tenté de me faire la cour, ainsi que s'y était impunément aventuré le chef de la Sûreté. Ma position, ajoutée à l'indifférence que j'affichais, achevait de dissuader ceux qui s'y étaient risqués. Nombreux étaient ceux qui, en Indochine, trompaient leur ennui en même temps que leur conjoint. L'adultère était banalité dans un pays où le colonialisme balayait tous les tabous, où l'excitation du climat tropical échauffait les esprits et favorisait certains rapprochements des corps. Jamais je n'avais pris part à ces jeux. Mais depuis que j'avais posé le pied sur ce bateau, je sentais mon sang battre à mes tempes et mon corps se languir. La renaissance qui s'opérait en moi commençait son œuvre. J'inspirai profondément quelques bouffées d'air iodé qui me firent l'effet d'un coup de fouet. Une terrible soif de vivre me saisit à la gorge, s'insinua en moi en provoquant une chaleur inconnue au creux de mon ventre. Tout mon être tendu était à la recherche de sensations qui m'étaient jusqu'alors interdites.

Le soir tombait sur la mer qui scintillait sous les derniers rayons d'un soleil couchant. Les lumières électriques plongeaient le paquebot dans une douce clarté qui incitait à s'attarder à l'extérieur. Je m'installai sur une chaise longue de rotin, l'esprit enclin à l'évasion et au rêve. Je venais de comprendre que j'avais recouvré mes sens, ma féminité, mon envie de séduire. J'étais redevenue une femme qui n'aspirait qu'à aimer et être aimée, qui ne restait plus insensible aux regards dont elle était la cible. J'avais trente-six ans, il était temps pour moi de m'éveiller et d'exister enfin !

À bord de la première classe, on pouvait croiser des hauts fonctionnaires, des officiers, des hommes d'affaires, des journalistes, parfois des artistes, tout un panel de personnalités fortunées, la plupart accompagnés de leurs épouses. Grâce à ce billet de première classe que l'on m'avait alloué et dont j'ignorais le prix, je pouvais me hisser au rang de tous ces notables. Nous avions fait l'aller en deuxième classe, laquelle nous donnait accès au pont supérieur, ce qui n'était pas le cas pour ceux de troisième. Pour déjouer l'ennui de ce long cours, les uns tentaient leur chance au casino, se désaltéraient au bar ou disputaient au fumoir d'interminables parties de bridge, tandis que d'autres, dont je faisais partie, préféraient se promener et respirer l'air du grand large. Des soirées dansantes étaient organisées chaque soir pour le bon plaisir des passagers, en attendant les escales qui permettaient de mettre le pied sur la terre ferme. Le *Maréchal-Joffre*, sur lequel j'avais embarqué, disposait d'une centaine de places pour chacune des trois classes et six cents en entrepont. Une vraie ville flottante où toutes les couches de la société étaient présentes mais ne voyageaient pas dans les mêmes conditions et surtout ne se côtoyaient pas.

Devant moi, l'océan, heureusement paisible, déroulait ses immensités qui ondulaient à perte de vue. Ce paysage serait le même pendant des jours et des jours ; pour ma part, je le trouvai vite lassant. Tout était si calme que je finis par m'assoupir, bercée par le roulis à peine audible et le discret ronronnement des machines. De cette partie du bateau, on ne percevait que peu de tangage. Je m'éveillai soudain, comme tirée d'un demi-sommeil par des sonorités agréables. On était en plein cœur de la nuit, de faibles lumières éclairaient le pont, évitant de le plonger dans l'obscurité totale. Dans le silence nocturne s'élevait une mélodie provenant d'un piano invisible, que j'entendais suffisamment distinctement pour ne pas être le fruit de mon imagination. L'émotion me noua la gorge. Je reconnus le thème d'une valse de Chopin, aux accents d'une pénétrante nostalgie. Il y avait si longtemps que je n'avais pas entendu de la musique si divinement interprétée que je fermai les yeux pour mieux me laisser envahir par ses intonations si déchirantes et si envoûtantes. Les morceaux s'enchaînèrent, entrecoupés de mouvements au rythme endiablé ou au lyrisme saisissant. Ma culture musicale n'en était encore qu'à ses balbutiements, aussi me laissai-je emporter par ces airs, nouveaux pour moi, qui me ravissaient et me captivaient. Puis les sons se turent laissant place à un silence pesant. Je n'avais pas bougé, espérant qu'ils continuassent encore et encore jusqu'à la fin de la nuit. Je me résolus, à regret, à regagner ma cabine en me promettant de reprendre cette même place dès le lendemain soir et en espérant que ce pianiste insomniaque fût au rendez-vous.

Au deuxième jour de la traversée, le bateau avait atteint la haute mer et voguait à sa vitesse de croisière de quinze nœuds. Le léger balancement provoqué par la houle était supportable et nous eûmes la chance de ne jamais essuyer de gros temps ou avoir à endurer une mer agitée. La chaleur était assez forte et j'attendais impatiemment le crépuscule pour profiter de la fraîcheur du pont tout en espérant aussi écouter cette musique merveilleuse. Je nouai quelques contacts avec certains voyageurs, acceptant de l'un une coupe de champagne sous l'œil courroucé d'une épouse, échangeant avec un autre quelques mots. Quand je remarquai un homme dont le regard accrocha le mien le temps d'un éclair. Il disparut sans que j'eusse le temps de m'en rendre compte. Sa silhouette et sa personnalité ne m'étaient pas étrangères, elles me rappelaient quelqu'un sans savoir qui il était, ni où ni quand j'avais pu le rencontrer. Mais il s'agissait de quelqu'un qui m'avait frappée. Inconsciemment, le visage de cet inconnu resta gravé dans ma mémoire et me poursuivit tout au long de la journée.

Je tuai le temps en visitant le bateau, à la recherche de ce piano mystérieux qui se cachait bien quelque part. Je ne mis pas trop longtemps à m'orienter et à le découvrir niché dans un angle du salon à musique. Un demi-queue solidement fixé au sol semblait se désoler face à sa banquette vide, entouré de fauteuils rouges à capiton tout aussi abandonnés. À cette heure de la journée, l'endroit était désert, les passagers préférant les promenades sur le pont. Je m'installai quelques minutes devant l'instrument muet, osant seulement caresser du bout des doigts l'ivoire des touches dont la douceur me saisit. Il fallait être magicien pour en tirer des sons si harmonieux.

Le spectacle du ciel et de la mer à perte de vue me déprimait, leur couleur bleue se confondait en une seule et même immensité qui absorbait l'horizon. Quand le bateau longeait une côte, l'œil scrutait ces rivages lointains et étranges, avide de rompre la monotonie de cet océan insondable et traître qui pouvait à tout moment engloutir le bateau et son équipage. Combien de paquebots ont été avalés par les flots et gisent toujours dans ses profondeurs ? Il est impossible de ne pas penser à ces sinistres naufrages lorsque l'on s'embarque pour un si long voyage en mer. Chacun avait encore en mémoire la terrible disparition du *Titanic*, coulé en 1912 lors de sa première traversée et qui avait en son temps défrayé la chronique. Prétendument insubmersible, il avait pourtant coulé avec presque tous ses occupants. Certes, dans les mers du Sud, nous ne risquions pas de heurter un iceberg ! Piètre consolation quand on songe aux archipels perdus au milieu de l'océan dont les récifs représentaient autant de dangers. Je chassai mes idées funestes en reprenant ma place favorite, à l'heure où la plupart des passagers avaient déserté les lieux pour regagner leurs cabines. Seule la noctambule que j'étais patientait en espérant surprendre quelques notes de cette musique enchanteresse.

Et elles vinrent de nouveau charmer mon esprit ivre de ces sonorités apaisantes et bienfaisantes. Au bout de quelques minutes, je décidai de me rapprocher et de gagner le salon d'où elles s'échappaient. Je me glissai subrepticement jusqu'à la porte derrière laquelle je me blottis, osant à peine respirer et fermant les yeux pour mieux me laisser surprendre par la magie des sons. L'interprète était un prodigieux pianiste, un professionnel assurément. Je comparai son jeu et sa maîtrise à des concertistes que j'avais entendus au Grand Théâtre de Bordeaux. Depuis mon arrivée en Indochine, je n'avais pas eu l'opportunité d'assister à un seul concert. Un vrai, donné par un artiste renommé. Saigon était trop éloigné de Bac Lieu pour s'y rendre aussi souvent que je l'aurais voulu. Aussi je dus m'en passer. Adossée à la cloison, absorbée par cet art qui me fascinait, je ne vis pas les minutes s'écouler. Quand les dernières notes s'évanouirent, je n'avais toujours pas bougé, les yeux mi-clos, encore sous leur emprise.

Ce fut ainsi qu'il me vit. Il était devant moi, l'air à peine surpris, quand je levai les paupières. Nous sommes restés quelques secondes sans parler, scrutant nos réactions respectives. J'essayai de balbutier quelques paroles pour tenter de me faire pardonner cette présence indue mais il m'en dissuada. C'était donc lui, le mystérieux inconnu du bar, dont j'avais croisé, l'espace de quelques secondes, le regard d'acier fulgurant. C'est alors que je me remémorai le lieu où je l'avais rencontré. Bordeaux, janvier 1933, Grand Théâtre… Le dernier récital auquel j'avais assisté avant de partir pour la Cochinchine. C'était bien lui, il n'avait pas changé… Je n'avais pas voulu rejoindre la file des admirateurs qui attendaient un autographe, Jean m'accompagnait ce soir-là. L'enchantement était rompu. Mais la magie s'opérait à cet instant même entre ciel et mer.

Il m'entraîna sur le pont, nous nous accoudâmes au bastingage, m'invitant à admirer le lever du soleil et à écouter le silence de l'aube. Nous parlions peu, mais nos regards s'étaient entendus. Nous étions seuls à cette heure où la mer se teintait de rose et scintillait comme recouverte d'un manteau de diamants. Aucun de nous n'osa briser le silence qui nous envoûtait, le sortilège qui agissait à notre insu.

– C'est mon heure favorite, finit-il par m'avouer.

Il me prit la main qu'il porta à ses lèvres et me pria de bien vouloir accepter d'être sa seule et unique auditrice la nuit suivante. Puis il me raccompagna à ma cabine. Il n'avait pas cherché à savoir qui j'étais, il avait seulement compris que sa musique exerçait sur moi un pouvoir unique et un singulier attrait. Cette constatation était une récompense pour l'artiste qui voyait là son but atteint : transmettre ses émotions afin de les partager.

Malgré l'heure tardive, ou plutôt matinale, je ne parvins pas à trouver le sommeil. J'avais le cœur battant comme une jeune fille qui découvre ses premiers émois. Son accent slave traduisait des origines russes. C'était tout ce que je savais de lui mais j'étais indéniablement tombée sous son charme. La quarantaine, une taille élancée, une opulente chevelure brune, Vladimir incarnait l'élégance même et possédait la distinction d'un prince russe. Après quelques heures de repos, je décidai de partir à sa rencontre sans attendre le moment du récital nocturne. Les heures me semblaient interminables tant mon impatience était vive.

Je pris un bon bain qui m'apaisa et m'apprêtai avant d'aller déjeuner. Je descendis l'escalier accédant à la vaste salle à manger baignée par la lumière de ses lustres majestueux, dans un pur style Art déco. Je m'installai à la place qui m'avait été attribuée, saluant les personnes avec lesquelles j'avais déjà échangé quelques paroles. Les femmes voyageant seules étaient rares, aussi s'interrogeait-on sur ma présence à bord. Je balayai l'espace du regard, épiant toutes les silhouettes qui évoluaient dans ce lieu, dans l'espoir d'y apercevoir celui qui était au cœur de mes pensées. Je passai le reste de la journée à arpenter le paquebot de bâbord à tribord, sans succès, pour finir déçue et fourbue, dans ma cabine. J'essayai de lire mais je ne parvenais pas à me concentrer sur les mots, tant j'étais hantée par des sons, un visage et un profil. Le temps s'écoulait lentement. Trop lentement. Je savais que la nuit, en revanche, filerait comme une étoile. Par le hublot, je ne voyais que cet unique paysage, cette mer d'huile, d'un bleu turquoise que fendait l'étrave avec cette force tranquille. Nous avions le lendemain une escale à Singapour. Enfin quelque chose à voir !

J'attendis la nuit avec une avidité qui me rendait fébrile.

IX

ABSORBÉE DANS LA CONTEMPLATION des eaux bleues qui écumaient contre les flancs du bâtiment, je n'entendis pas aussitôt les pas qui se dirigeaient vers moi. Décelant soudain une présence, je frémis à l'idée que ce soit lui, puis me retournai. Le prince russe était bien là, arborant ce sourire dont il ne se départait jamais. Il me salua de sa voix chaude aux intonations suaves, enferma ma main tremblante dans la sienne et la garda jusqu'au salon de musique vers lequel nous nous dirigeâmes. Il ne consentit à la libérer que pour me désigner le fauteuil le plus proche du piano dans lequel il me proposa de m'installer. Je ne pouvais ralentir les battements de mon cœur qui exultait de bonheur. Il y avait si longtemps que je n'avais connu pareille sensation. D'ailleurs, avais-je vraiment éprouvé semblable émoi ? Je ne le crois pas. Ces doigts aux pouvoirs magiques au contact des miens, sa présence à mes côtés, tout semblait se dérouler comme dans un rêve. Moi, la petite paysanne charentaise, j'étais seule avec ce génie de la musique qui allait jouer pour moi seule, qui n'avait d'yeux que pour moi et qui venait de toucher mon âme. Cet homme, je le devinais, allait bouleverser ma vie et prendre une place dont je n'avais encore idée. Je savais que se jouait en ce moment même un épisode important de mon existence. J'ignorais ce qui allait se passer, j'étais seulement convaincue que je ne pouvais échapper à ce destin qui venait de me prendre en otage. Sans ma passion pour la musique, je ne l'aurais sans doute jamais rencontré, jamais remarqué et rien de tout cela ne serait arrivé.

Quand les premières notes retentirent, cristallines et limpides, je fus immédiatement transportée dans cet univers irréel et féerique. J'avais conscience de vivre un moment unique et si merveilleux que j'aurais voulu que le temps se figeât et me rendît immortelle. Qui était donc cet homme qui ne sortait que la nuit ? Que faisait-il de ses journées ? Qui était-il vraiment ? Un être d'exception, à n'en pas douter !

Pianiste concertiste de renommée internationale, Vladimir achevait une tournée de plusieurs mois en Extrême-Orient. Sa notoriété était telle qu'il recherchait la tranquillité de sa cabine, s'y reposant et y travaillant loin de la foule de ses admirateurs dont certains se trouvaient à bord. N'aspirant qu'à l'anonymat et lassé de toutes les mondanités auxquelles il devait se plier, il parvenait à s'en échapper, ne sortant qu'au beau milieu de la nuit pour assouvir son besoin vital de pratiquer son instrument. Je l'assurai de ma totale discrétion, tout en mesurant la faveur dont je bénéficiais. Quel honneur d'être la seule personne pour laquelle il acceptât de jouer ! Mesurais-je cet immense privilège ? Je n'avais plus la faculté de penser, totalement sous le charme et l'emprise de l'aura qu'il dégageait et qui m'anéantissait.

Né à Kiev, il avait quitté la Russie en 1925 pour l'Amérique avant de s'installer à Paris. Je savais tout, ou du moins, croyais-je tout savoir de cet homme, véritable étoile du monde de la musique au sommet de sa gloire. Il me décochait des regards qui ne me trompaient pas. J'avais compris dès la première seconde où nous nous étions trouvés l'un en face de l'autre que je lui inspirais quelque compassion. Avons-nous été victimes de ce fameux « coup de foudre » ? Que m'arrivait-il ? Moi, d'ordinaire si posée et si réfléchie, pétrie de principes et obéissant à ma sacro-sainte éducation, prête à juger ceux qui s'en écartaient. J'étais devenue une autre qui sentait jaillir en elle des élans de désir, dont le corps frémissait, vibrait sous d'inavouables et audacieuses pensées. Ces sentiments trop longtemps refoulés, enfouis dans mon inconscient ne demandaient qu'à s'exprimer. J'étais impatiente de vivre. J'avais besoin de redevenir celle que j'étais à vingt ans, de fermer définitivement la parenthèse de ces quinze ans de néant affectif. Celle qui était morte le jour où elle avait épousé un homme qu'elle n'avait jamais aimé venait de ressusciter. J'avais soif d'amour et Vladimir était mon oasis. J'étais prête à m'enflammer sous la brûlure de la passion, à m'ouvrir aux délices de l'hymen. Enfin, j'allais connaître ce bonheur-là, je le pressentais. Ce qui m'arrivait était si inouï que tout me semblait irréel. Pourtant Vladimir était là et jouait pour moi. Dieu que ces heures furent délicieuses !

Vladimir comprit-il tout cela ? Tout ce que mon cœur renfermait et était prêt à donner, à lui donner ? Les sonates de Beethoven *Appassionata*, ce torrent impétueux, *La Tempête* et son déchaînement des forces de la nature, la douloureuse méditation du *Clair de lune* parlaient de nous. Quand les premières notes de *L'Aurore* retentirent, nous rappelant qu'elle ne devait pas tarder à poindre à l'horizon, je me levai et m'approchai du piano. Il m'attira sur la banquette, tout contre lui. Suis-je allée au-devant de ce désir qui nous submergeait l'un et l'autre ? Ses mains délaissèrent peu à peu le clavier pour m'enlacer. Prisonnière de ses doigts qui caressaient mon visage avec autant d'ardeur que son clavier, je me laissai embrasser avec douceur et délicatesse, puis glisser vers des abîmes insondables. Je m'abandonnai tout entière contre ce corps vigoureux qui s'embrasa au contact de ma peau.

Nous nous étions découverts et aimés, ayant tous deux sombré dans une sorte d'ivresse qui nous avait menés à l'extase. Bien que n'ayant jamais connu l'amour charnel, je m'étais donnée à lui sans honte ni retenue. Je n'aurais pas agi autrement sous l'effet d'un philtre. Nous étions l'un et l'autre sous l'emprise d'une exaltation qui nous étourdissait et nous soumettait au seul désir de nos étreintes desquelles nous ne parvenions pas à nous détacher. Asservis, incapables de contrôler cette passion qui nous dévorait. J'avais atteint une jouissance insoupçonnée. Répondant à ses souhaits ou les devançant, je me surprenais dans ce jeu nouveau pour moi qui éveillait mes sens. Avais-je un bon maître qui savait me guider ? L'élève que j'étais s'avérait-elle douée ? Toujours est-il que cette expérience, bien qu'ayant été la première, m'avait paru plutôt pertinente. J'avais été à la hauteur de mon partenaire, je ne l'avais pas déçu. D'autant que je ne demandais qu'à parfaire mon éducation dans ce domaine.

Des bruits sur le pont nous obligèrent pourtant à recouvrer nos esprits et à nous arracher à notre enlacement. Je sortis la première, jetant un œil sur la coursive encore déserte, et gagnai sans tarder ma cabine. J'avais conscience de ma tenue avec mes vêtements froissés, ma coiffure défaite, mes traits encore chiffonnés sous l'ardeur de ses baisers, aussi ne tenais-je pas à rencontrer âme qui vive. Je portais sur ma peau le parfum de Vladimir et, tels des stigmates, l'empreinte de ses mains virtuoses sur mon corps. J'étais brûlante de cette fièvre qui me consumait. Aurais-je connu pareille sensation avec Édouard ? Que se passait-il en moi pour bouleverser à ce point ma nature, pour transgresser l'ordre bien établi de la moralité ? Pour me jeter à corps perdu dans une histoire qui, à bien y songer, était vouée à l'échec ? Ces questions m'effleurèrent sans doute mais je les refoulais de toutes mes forces. Je voulais croire que la partition que nous étions en train de jouer à quatre mains, Vladimir et moi, s'achèverait sur un accord parfait. J'étais aveuglée par l'admiration que je lui vouais. Aucune autre femme ne pouvait lui apporter autant que moi. De cela j'étais convaincue.

Le bateau approchait la pointe de la Malaisie. De la courte escale prévue à Singapour, je ne vis pas grand-chose sinon les innombrables petites îles verdoyantes qui parsèment son détroit. Lors de l'aller, j'avais observé avec curiosité les vaches sacrées circulant librement dans les rues sous l'œil indifférent des habitants. J'avais aussi goûté ces mandarines au zeste vert malgré leur maturité et dont la pulpe est un véritable régal des papilles.

Colombo, en plein océan Indien, dans lequel le paquebot venait de s'engager, était notre prochaine halte. La mer avait cette couleur bleue qu'on ne voit nulle part ailleurs, striée de quelques lames d'écume blanche. Je ne pouvais nier l'attrait qu'offrait ce décor mais il ne parvenait pas à me fasciner. Je profitai quelques instants du spectacle des poissons volants et des marsouins escortant le navire en s'ébattant dans les eaux transparentes. Puis, un peu lasse de leur jeu sans cesse répété, je regagnai ma cabine, n'aspirant qu'au repos et savourant mon bonheur tout neuf. J'étais encore grisée de la nuit passée avec Vladimir. Je ne l'avais pas quitté qu'il me manquait déjà, attendant la suivante avec une impatience que j'avais du mal à contenir. Il représentait tout ce qui me séduisait chez un homme en plus d'être doté de cet immense talent faisant de lui un être hors du commun. Je me demandais comment la femme que j'étais avait pu retenir l'attention d'un artiste tel que lui. Son univers était si éloigné du mien ! Pourtant, comment imaginer désormais mes lendemains sans lui ? Je refusais cependant de voir la réalité en face, de croire que la vie pût nous séparer alors qu'elle venait à peine de nous réunir. Je vivais pleinement et intensément chaque instant passé à ses côtés, chaque minute sans perdre une seconde, je voulais boire ce précieux nectar jusqu'à la dernière goutte. Il y avait si longtemps que j'aspirais à une telle plénitude que je la croyais inaccessible.

Les jours suivants furent peuplés de notre seul amour. Dans cette zone proche de l'équateur, la température y était élevée, l'air suffocant, la chaleur aussi torride que la fièvre qui enflammait chaque nuit nos corps brûlants. Vladimir me rejoignait chaque jour dans ma cabine où nous continuions à nous aimer à l'abri des regards indiscrets. Nous nous arrachions l'un à l'autre au moment des repas que nous prenions, lui dans sa cabine, moi au restaurant. Nous nous accordions quelques promenades nocturnes sur le pont avant de gagner le salon de musique, où il m'offrait son récital. Tout son répertoire défilait sous ses doigts virtuoses, de la musique baroque de Scarlatti, Haendel, Bach et Mozart à celle plus contemporaine de Ravel ou Debussy en passant par les romantiques Chopin, Schubert, Schumann ou Liszt ou ses chers compatriotes Rachmaninov et Tchaïkovski, Moussorgski et Prokofiev. Chaque pièce m'était dédiée, il jouait pour moi avec une ferveur toujours renouvelée et une ardeur que ses sentiments décuplaient. J'observais ses mains qui glissaient, s'envolaient avec une impressionnante légèreté ou qui attaquaient avec une puissance impérieuse en s'enfonçant dans l'ivoire et l'ébène des touches. Son visage était transfiguré par les émotions qu'il exprimait, paisible ou torturé, passant de la douceur à la démence, de la jouissance à la souffrance. Son jeu, grâce à la subtilité de son toucher, vibrait sous les sonorités qu'il soutirait à l'instrument. Il caressait le clavier ou le martyrisait, lui infligeant de violentes attaques, le meurtrissant avant de l'effleurer avec une délicatesse empreinte de sensualité. Les yeux clos, il exaltait, à travers sa musique, tout le registre des sentiments humains, puisant dans cette force tranquille qu'il cultivait avec tout son art. Son interprétation, tantôt langoureuse, tantôt douloureuse, était à l'image de mon état d'esprit, mesurant au fil du temps combien notre séparation serait pénible. Chaque jour qui passait m'en rapprochait. Aucun de nous ne l'évoquait. Y pensait-il ? Comment vivrais-je loin de lui ? Cette question m'effrayait, me terrorisait. Je n'osais cependant la poser ni aborder cet après qui pourtant se profilait. Il achevait toujours son programme par les deux thèmes de la sonate *Appassionata*. Véritable torrent de feu qui ne pouvait mieux définir le déchaînement de la passion que nous vivions, l'explosion d'allégresse qui nous jetait dans les bras l'un de l'autre et que traduisait ce fulgurant déferlement d'arpèges en doubles croches. Cette œuvre, entre toutes, restera celle qui me rappellera le souvenir de Vladimir sur ce bateau. Incarnant le destin dans tout ce qu'il a d'inquiétant, de menaçant, de sinistre, elle déverse ses élans d'espoir, de désirs et de fougue. C'est du romantisme à l'état pur, rempli d'impétuosité, souligné d'accents dramatiques et parsemé de lyrisme. J'avais pris l'habitude de le rejoindre et de poser mes mains sur ses épaules au moment où s'évanouissait la résonance des derniers échos qu'amplifiait la pédale. Aucun mot n'était nécessaire, tout était dit, la musique avait parlé pour nous, de nous.

La traversée de l'océan Indien prenait fin à l'approche des côtes de Somalie qui se dessinaient à l'horizon. La chaleur avait atteint son paroxysme. Mes treize années dans les colonies m'avaient familiarisée avec ce climat tropical dont les températures extrêmes m'avaient fortement perturbée lors de l'aller. Je regardai le littoral qui étalait ses contours, regrettant presque cette étendue marine au milieu de laquelle j'appartenais au monde irréel des muses et des égéries. Les toits plats des maisons blanches émergeaient du panorama. Je devinai des huttes de boue séchée, des caravanes de chameaux venant d'Éthiopie guidées par des Arabes vêtus de longues robes immaculées. Le paquebot aborda prudemment le golfe d'Aden, étroit passage entre le Yémen et la Somalie. Une escale de vingt-quatre heures était prévue à Djibouti afin de recharger les soutes en charbon et en eau potable. Le réapprovisionnement était assuré par de gros chalands et autres vedettes et bateliers qui vinrent à sa rencontre alors qu'il mouillait à une certaine distance du rivage.

C'était l'occasion pour beaucoup de voyageurs de mettre pied sur la terre ferme. Un petit bateau venait chercher ceux qui désiraient visiter la ville. Je n'avais pas envie de passer ces quelques heures sous le soleil de plomb qui écrasait Djibouti. Treize ans auparavant, Jean et moi avions profité de cette étape pour découvrir cette ville blanche aux rues toutes droites, non goudronnées et crevassées, où l'on croisait des troupeaux de chèvres étiques conduits par des bergères dissimulées sous leur long voile noir. À l'horizon, de hautes falaises de basalte barraient l'accès à des zones inexplorées et peuplées de tribus rebelles. À l'arrière de la cité, ce n'était qu'un désert de solitude où prenait fin la civilisation. Dans ce pays aride, la végétation avait cédé la place au sable et aux rochers. Seuls quelques palmiers squelettiques tentaient de survivre devant le palais du gouverneur, l'unique édifice assez remarquable du lieu. Au loin, on apercevait les monticules de sel marin, l'une de ses principales ressources.

Du transat où j'avais pris place, j'observais le spectacle singulier que formaient des petits négrillons somalis montés sur le pont. Indifférents aux requins, ils plongeaient tels des poissons volants pour repêcher la piécette qu'on leur avait jetée et qu'ils remontaient, coincée entre leurs dents, en s'accrochant aux cordages. Les passagers restés à bord recevaient la visite des camelots venus leur proposer leurs pacotilles parmi lesquelles des plumes d'autruche et des éventails. J'en choisis trois pour offrir à Rolande, à Raymonde et à Denise. Malgré l'ivresse de mon aventure, je n'oubliais pas que j'allais revoir ma famille et ma meilleure amie auxquelles je voulais rapporter quelques souvenirs typiques de mon périple.

Édouard occupait toujours une place privilégiée dans mon cœur mais je l'imaginais désormais en époux fidèle et en père de famille comblé. Une vie dans laquelle je n'avais plus ma place. Je ne lui en tenais pas rigueur, n'avais-je pas agi de la même façon ? Bien sûr, aujourd'hui les choses étaient différentes. J'étais redevenue libre. Je m'étais donnée à un homme dont je croyais tout connaître et qui était adulé de la terre entière. En réalité, je ne savais rien de lui. Pourtant, à aucun moment de cette traversée mémorable, je n'ai éprouvé le moindre sentiment de culpabilité au regard de ma conduite. Je savais bien que tous l'auraient jugée éhontée et indigne d'une veuve de moins de six mois. Je n'avais pourtant aucun regret. J'avais vécu trois semaines d'une passion dévorante, de ces passions que l'on pourrait qualifier de destructrices, d'une folie dont je ne me serais pas crue capable. L'élan de certains sentiments est parfois si violent qu'il est impossible de le refréner. Je n'ai pas eu cette force-là. J'avais même conscience d'être privilégiée. Combien ne connaîtront jamais un tel éden ? Aujourd'hui, je suis bénie des dieux, après avoir été sévèrement châtiée. Certains cadeaux se paient au prix fort, au prix du sacrifice d'une vie…

Le port était grouillant d'activités, les grues déchargeaient des sacs de charbon ou des balles de café provenant de Moka, située juste sur la rive opposée. De longues lignes de portefaix disparaissaient sous les colis et les caisses qu'ils transportaient. Là-bas, on disait que le soleil n'épargnait pas celui qui ne savait pas s'en garantir. Tout le monde était coiffé d'un casque doublé de moelle d'aloès et équipé de lunettes teintées vivement recommandées en raison de la forte réverbération sur la mer.

En dehors de Vladimir, je n'avais noué que peu de connaissances parmi les autres passagers dont je fuyais la compagnie. Je savais que certains s'interrogeaient sur ma présence à bord et mon identité, inspirant à d'autres d'étranges pensées. J'aimais cet isolement apaisant, loin des autres voyageurs. En dehors de ma cabine, j'étais parfois contrainte de supporter quelques conversations, la plupart du plus banal intérêt.

J'appris cependant que la mer Rouge, dans laquelle venait de s'engager le navire, tenait son nom des algues microscopiques qui flottaient en surface, accumulées par les courants. Si l'on parvenait à observer ce phénomène, à l'abri des récifs, on constatait la couleur rouge sang dont se teintaient les flots. Cette mer Rouge était également célèbre pour son rayon vert. C'est une manifestation rare et fugace qui a lieu au moment où le soleil couchant lance sa dernière étincelle dans un ciel d'une parfaite pureté.

– Ah ! Le rayon vert !

– Jules Verne n'a-t-il pas donné ce titre à l'un de ses romans ?

– C'est effectivement le titre d'un roman de Jules Verne racontant l'histoire d'une jeune fille qui refuse le mariage tant qu'elle n'a pas vu ce fameux phénomène ! me lança un vieil homme.

Accoudé au bastingage près de moi, il semblait connaître tous les secrets de la mer Rouge et se proposa de me faire partager son érudition.

– D'après une vieille légende écossaise, qui a vraisemblablement inspiré notre écrivain, poursuivit-il, celui qui a vu ce rayon vert une fois dans sa vie ne peut plus se tromper en matière de sentiments.

– Ainsi, la chance en amour doit sourire à l'heureux spectateur qui pourra admirer ce mirage ! fis-je, médusée.

En quête de ce prodige de la nature que je comptais surprendre, je scrutai minutieusement le soleil couchant qui caressait les crêtes nacrées du Sinaï. Il m'aurait été bien utile pour mettre de l'ordre dans mes idées tant j'étais perdue entre mes rêves et mes illusions et la réalité de la douloureuse rupture qui s'annonçait. Hélas ! De la mer la plus chaude du monde, que l'on qualifie de rouge, je n'ai vu que son étendue bleue, ses poissons volants, ses requins et ses marsouins. Mais en arrivant à Suez dans la soirée, j'ai pu contempler l'un des plus beaux couchers de l'astre sur le désert qui, le temps d'un instant, s'est teinté de rose. C'est un autre phénomène de la nature qui dure très peu de temps, la nuit tombant rapidement dans ces contrées.

Vladimir était un amant attentif et généreux, tendre et ardent, qui me comblait toujours davantage. Il m'avait révélée en tant que femme et m'avait appris toute la gamme du plaisir, qu'il savait transposer dans tous les tons. Nous étions en totale harmonie, en accord parfait. Aucune dissonance entre nous, aucune fausse note, nous jouions la romance du bonheur à quatre mains ! Il parlait assez peu de lui, préférant la musique qui, à son sens, se chargeait de tout transmettre de ses émotions et délivrer tous ses secrets. Il disait qu'il y avait toujours parmi son auditoire quelqu'un qui l'écoutait avec une oreille différente, une attention plus captive et il savait reconnaître cette personne-là. Il jouait pour elle et c'est ce qui le motivait à se surpasser, à transcender son interprétation.

Il connaissait ma situation de veuve de colon regagnant sa Charente natale pour retrouver les siens. Je ne lui avais rien caché de ma vie mais il restait plus évasif les rares fois où je le questionnais sur la sienne. Le travail acharné, la rigueur et la discipline qu'exigeait la pratique de son instrument et auxquels il s'astreignait quotidiennement ne lui laissaient guère de temps. Il fallait aussi compter les voyages qu'imposaient les tournées à travers le monde où la solitude était le plus souvent son unique compagne. Je compris qu'il serait quelques mois chez lui à Paris, le temps d'enregistrer un disque et de préparer un nouveau programme de concerti avec orchestre. Je savais également qu'il habitait l'avenue du Bois-de-Boulogne, que l'on avait rebaptisée depuis 1929 l'avenue Foch en hommage au maréchal décédé cette année-là. Lui ayant avoué ne pas connaître Paris, il me précisa que cette avenue, située dans le 16e arrondissement, reliait l'Arc de triomphe au bois de Boulogne à deux pas duquel il demeurait. Sa maison, acquise avant la guerre, avait été réquisitionnée par les Allemands et il venait seulement de la récupérer. Vladimir était juif et avait émigré aux États-Unis pour fuir les nazis. Mais Paris était son port d'attache et il était heureux d'y retourner vivre. C'était là qu'il aimait se retrouver, dans cette maison, lieu de rendez-vous de tous ses amis musiciens.

Était-il sincère quand il prétendait m'aimer et ne pas vouloir me quitter ? Moi, je l'étais.

Les machines au ralenti, le paquebot s'engagea dans le canal de Suez, merveilleuse réalisation que l'on doit à Ferdinand de Lesseps, permettant de relier les mers du Sud à la Méditerranée en passant par l'Égypte. Verdi avait composé son opéra *Aïda* à l'occasion de l'inauguration du canal, m'avait appris Vladimir. À tribord, un vaste désert déroulait ses étendues de sable et de dunes à l'infini d'où émergeaient quelques tentes. Mon regard se fixa sur des silhouettes de chameaux sur lesquels étaient juchés des Bédouins vêtus de leurs djellabas blanches. De l'autre côté, à bâbord, on distinguait la ville d'Ismaïlia, sur la rive du lac Timsah. Jaillissant de leur écrin de verdure, les villas aux façades d'albâtre des colons anglais chargés de l'administration du canal affichaient leur splendeur.

Quinze heures plus tard, le bateau atteignait Port-Saïd. Mon cœur se serra, je savais qu'il ne restait plus que quatre jours avant l'arrivée à Marseille. La dernière escale avant l'ultime séparation. Comme lors des précédentes, le navire fut bientôt assailli par les camelots qui montaient à bord avec leurs petits sacs de toile remplis de souvenirs qu'ils proposaient aux touristes. Toujours aussi curieux et avides de rapporter quelques pacotilles, ces derniers s'engageaient dans des marchandages et les discussions s'animaient jusqu'à devenir parfois houleuses. Je profitais de chacune des étapes pour faire partir mon courrier et ainsi rassurer les miens de l'avancée du voyage et de mon prochain retour. Tout comme à Djibouti, je préférai ne pas mettre le pied sur la terre ferme, la cité de Port-Saïd étant elle aussi aride et étouffante. L'ombre y était rare, dispensée seulement par quelques palmiers rabougris. Je n'avais pas envie de m'éloigner de celui qui, dans sa cabine, attendait la nuit pour me retrouver et m'aimer.

Vladimir remarqua le voile de tristesse qui obscurcissait mon regard. L'issue de la traversée en était la cause, je ne le détrompai pas. Il tenta de me faire oublier cette fatalité en redoublant de tendresse et apporta une bouteille de champagne dans ma cabine. Il n'ignorait pas que ce breuvage avait le pouvoir de faire tout oublier, le don de ramener la gaieté. Nous nous abandonnions au seul plaisir des sens. Il aimait la vie et ne voulait goûter que le meilleur.

Le *Maréchal-Joffre* avançait imperturbablement à son allure maximale de quinze nœuds. Franchissant le détroit de Messine, entre l'Italie et la Sicile, il s'infiltra adroitement entre la Corse et la Sardaigne dont j'aperçus les côtes découpées et les montagnes dorées plongeant dans la mer. Le compte à rebours était déclenché. Malgré moi, je comptais les jours qui se déclineraient bientôt en heures. Le temps ne s'écoule jamais à la même cadence, tantôt il avance de sa marche lente, tantôt il galope de sa course folle. Il nous happe, nous avale, nous rend fous d'impatience. On a beau courir, jamais on ne le rattrape. Jamais il ne nous attend !

Dans la salle à manger, chaque soir était l'occasion de réjouissances, on y dansait jusqu'à fort tard. Je m'empressais toujours de quitter la table sitôt la fin du repas, désireuse de retrouver Vladimir en toute tranquillité et discrétion. Je souhaitais également couper court aux invitations de quelques passagers un peu trop audacieux ou aventureux. Voyager seule ne présageait guère de solitude… Je ne pouvais pas toujours refuser la présence d'un homme à mes côtés avec lequel j'échangeais quelques mots. Je devais souvent ruser pour déjouer quelque plan en prenant place près d'une mère et de sa fille.

On aborda la dernière ligne droite avant Marseille. La cité phocéenne fut accueillie par les hourras des voyageurs, heureux de regagner leur pays et de mettre pied sur la terre ferme. Malgré la joie que j'éprouvais, moi aussi, de retrouver bientôt ma famille, après toutes ces années d'absence, mon cœur pleurait de quitter mon amant. Avant de débarquer, nous nous sommes isolés dans ma cabine pour nous dire au revoir. Ce n'était pas un adieu. Il me promit de me faire signe sous peu et de nous revoir sans tarder. Il m'embrassa longuement et fougueusement. Enlacés, nous ne parvenions pas à nous séparer, nos regards ne pouvaient se décrocher l'un de l'autre. Il garda quelques minutes ma main dans la sienne et y posa ses lèvres avant de disparaître furtivement dans la coursive. Transie sous la force de ses baisers, je restai quelques instants sans bouger, comme pétrifiée. Je lui avais glissé mon adresse charentaise, chez mes parents, où je pensais me retirer quelque temps. J'avais besoin de profiter des miens et de réfléchir à la manière dont j'allais reconstruire ma vie.

De longs coups de sirène saluèrent l'entrée du paquebot dans le port de Marseille. Chacun se précipita sur les ponts, avide de retrouver l'odeur du pays. Le quai de la Joliette était noir d'une foule venue accueillir les passagers. Personne ne m'attendait. Je devais prendre un train pour Bordeaux. Le vent, toujours fort dans cette région, charriait des parfums caractéristiques d'algues et d'anis auxquels se mêlaient des relents de poisson remontant du Vieux Port. Autant d'odeurs familières que j'avais oubliées et que je redécouvrais. Je balayai d'un regard fébrile les passants, espérant entrevoir une dernière fois l'ombre de Vladimir. Je l'aperçus, escorté de son secrétaire, mais il s'éclipsa sans se retourner, happé par la marée humaine qui submergeait le quai. Je suivis le flot des voyageurs dont certains, comme moi, se dirigeaient vers les taxis. Je me fondis dans la masse quand soudain, derrière moi, une voix juvénile me héla. Je me retournai et je vis alors un jeune garçon inconnu me tendre une rose rouge. Je la saisis et il s'enfuit aussitôt, avant même d'avoir eu le temps d'être remercié. Une petite carte glissée à l'intérieur de son emballage me confirma qui en était l'expéditeur. Un mot doux qui me témoignait son affection, me souhaitait un bon voyage et m'assurait de ses sentiments. Des mots simples qui transpiraient de sincérité et en lesquels j'avais foi, m'y accrochant de toutes mes forces. Mon prince russe avait eu cette ultime attention en me transmettant ce message d'amour par le biais de cette rose rouge. Au bout du quai, j'avisai des marchandes de fleurs et la cohue qui commençait à se dissiper. Vladimir avait disparu. On l'attendait quelque part. Cette rose m'apporta une bouffée d'espérance et le courage nécessaire pour poursuivre seule mon voyage. Je la serrai sur mon cœur en humant son parfum subtil et délicat, avant de monter dans un taxi. Ainsi nos chemins prenaient une direction différente. J'avais à la fois le cœur brisé par cette séparation et j'étais remplie d'une allégresse qui me donnait des ailes. Mon regard s'attarda sur le volume sombre de l'imposante cathédrale Sainte-Marie-Majeure, dont le style néobyzantin, avec ses tourelles surmontées de dômes, me rappelait l'Orient. Le taxi remonta la Canebière pour s'arrêter bientôt devant la gare Saint-Charles qu'inondait un soleil bienfaisant et que caressait une brise légère. Je m'informai des horaires des trains pour Bordeaux. J'avais deux heures d'attente avant d'attraper le mien.

J'en profitai pour télégraphier à mon frère Gabriel l'heure de mon arrivée à Bordeaux prévue le lendemain à 14 heures. Je passai la nuit dans un compartiment à égrener le chapelet de mes souvenirs et à tenter de communier avec Vladimir. J'emportais en moi le plus merveilleux des cadeaux…

X

RIEN N'AVAIT CHANGÉ dans la maison familiale. Les meubles avaient gardé leur même place, pas un n'avait bougé. Je retrouvai la cheminée noire de suie où cuisait le pot de soupe ; l'évier, taillé dans une grosse pierre avec le seau posé sur son rebord usé et éclairé par un losange de lumière. On allait encore chercher l'eau au puits situé au milieu de la cour en faisant tourner la manivelle de la margelle. L'odeur de l'âtre me saisit à la gorge, j'avais oublié ces arômes de cendres chaudes. Les murs avaient été blanchis à la chaux, accentuant le contraste avec les poutres noircies de fumée. Ma mère s'était davantage recroquevillée, le cou rentré entre les épaules, la chevelure emprisonnée sous un fichu noir, comme par le passé. Elle disparaissait derrière la haute stature de mon père. Quant à lui, il en imposait toujours autant, avec son regard noir et sévère qu'intensifiait l'éternel froncement de ses sourcils broussailleux. Bien que ses cheveux et sa moustache eussent grisonné, il n'en affichait pas moins l'autorité du patriarche. La silhouette à peine voûtée, il se déplaçait sans l'aide d'une canne. Son âge l'avait néanmoins contraint à abandonner la maçonnerie et il ne s'occupait désormais que de la ferme. Mon frère Gabriel avait atteint ses quarante-neuf ans et exerçait seul la taille de la pierre ; Rolande, sa cadette de quatre ans, s'occupait de la petite propriété avec ses beaux-parents. Raymonde, qui avait fêté ses quinze ans, était devenue une jeune fille très gracieuse qui apportait un peu de gaieté et de fraîcheur dans cette maison régentée par son grand-père. J'avais assisté à sa métamorphose grâce aux photos que je recevais. Nous avions appris à nous connaître par les lettres que nous échangions. Dès qu'elle avait su lire et écrire, elle me racontait ses jeux et ses progrès à l'école, les fêtes auxquelles elle assistait, puis avec le temps ses rêves de petite fille et ses espoirs d'adolescente. J'avais l'impression de l'avoir vue grandir comme si elle avait été à mes côtés, comme si je ne l'avais jamais quittée.

J'avais repris ma petite chambre à l'étage où l'on avait entassé toutes sortes de choses en mon absence. Il avait fallu la débarrasser pour me permettre de m'y installer à nouveau. En y pénétrant, un flot d'images et d'émotions jaillit, me renvoyant au jour de mon départ pour Cognac. La petite valise que j'avais remplie à la hâte était là, l'incompréhension et l'absurdité de la situation n'avaient toujours pas trouvé d'explication. Autant de souvenirs qui affluèrent à ma mémoire et me serrèrent le cœur. Je n'y étais pas revenue depuis ce jour d'août 1930. Presque rien n'avait bougé dans l'armoire, je trouvai mes vêtements de l'époque, toujours suspendus, exhalant une odeur de lavande et de naphtaline. Là, le temps s'était arrêté. Je pensais m'y poser un mois ou deux, tout au plus. J'espérais des nouvelles de Vladimir et, sans oser me l'avouer, je ne concevais guère mon avenir loin de lui. J'attendrais qu'il me fasse un signe, je le rejoindrais à Paris, alors je pourrais appréhender le futur en toute quiétude… Je laissais déjà divaguer mon imagination alors que j'étais à peine arrivée !

Ce soir-là, ma mère et Rolande avaient concocté un vrai festin à l'occasion de mon retour : un poulet rôti avec des haricots verts, et Raymonde avait confectionné un clafoutis avec les premières cerises. Mon père avait pris la parole au nom de toute la famille pour me témoigner leur soutien face au malheur qui venait de me frapper. Je constatais que la mort de mon mari les avait tous affectés bien davantage que moi. Mon veuvage, à seulement trente-six ans, suscitait toute leur compassion et, à ce titre, ils m'entouraient de tous les égards. Ils m'avaient même offert de loger à la ferme le temps nécessaire.

– Ma fille, tu es ici chez toi, il ne sera pas dit que ton père t'abandonne en d'aussi pénibles circonstances, nous te devons secours et hospitalité.

Je le sentais presque fier de moi, de ce que j'étais devenue, de l'image que je donnais de cette réussite. Une réussite sociale que je lui devais, bien entendu. Grâce à sa perspicacité qui avait su m'éviter des erreurs de jeunesse, il m'avait guidée au mieux sur le chemin de la vie. Ce malheur dont j'avais été victime le désolait sincèrement. Je ne l'avais jamais entendu prononcer des phrases si empreintes d'humanité. Le ton de sa voix était grave et presque peiné. Je l'avais poliment remercié de cette offre de me venir en aide, qui m'allait droit au cœur. Puis nous fîmes honneur au dîner qui fut animé, chacun ayant à cœur de me poser mille questions sur ma vie en Indochine, malgré l'abondant courrier que nous avions échangé durant toutes ces années. La curiosité et l'intérêt se lisaient sur tous les visages, chacun était suspendu à mes lèvres, enchaînant les questions sans me laisser le temps d'y répondre. J'avais offert mes petits souvenirs orientaux : éventails, vases de Chine, coupons de soierie et autres babioles acquises au fil de mes déplacements dans le pays. Tous étaient enchantés et je fus chaleureusement remerciée de mes attentions. J'étais épuisée par le voyage en chemin de fer et par cette longue soirée qui s'acheva fort tardivement. Je ne pouvais plus lutter contre la fatigue et je m'endormis aussitôt.

Lorsque je me présentai le lendemain matin dans la cuisine, toute la famille, levée dès l'aube, avait déjà abattu une belle quantité de travail. Le pot de soupe, devant le foyer, dégageait d'alléchantes odeurs, preuve qu'il mijotait depuis quelques heures déjà. Le soleil dardait haut ses rayons dans un ciel d'un bleu si pur qu'il me rappelait celui des mers du Sud.

J'étais encore incapable de me concentrer sur ma nouvelle vie, tout allait trop vite et Vladimir me manquait terriblement. Il était au cœur de chacune de mes pensées, à chaque minute qui s'écoulait. Il n'y avait pourtant guère plus de quarante-huit heures que nous nous étions quittés. J'avais rapporté la rose que je tenais à conserver comme une relique, bien que très flétrie.

Il me fallut quelques jours avant de me réadapter à la vie charentaise, à l'alimentation, au rythme rude de la campagne. Je ne savais plus rien faire, accoutumée à être servie. Je m'en rendis compte très vite. Il fut beaucoup plus difficile que je le croyais de reprendre mes anciennes habitudes. Ma mère devait me commander pour exécuter les choses les plus élémentaires ; ce que jamais elle n'avait fait auparavant. Je ne voyais pas le travail à effectuer, je ne prenais plus aucune initiative, n'anticipais aucun geste pouvant la soulager. Je ne parvenais pas à deviner les tâches à accomplir. J'étais clouée sur ma chaise, voguant sur mon nuage, comme statufiée dans ma passion pour mon prince russe dont personne, bien entendu, ne connaissait l'existence. Pourtant, je n'avais jamais été dotée d'une nature nonchalante. Cette attitude indolente ne tarda pas à être mal perçue par mon entourage. Passé les quelques jours pendant lesquels on fit preuve de tolérance et où on me laissa paresser les matins, je compris bien vite que je devais sans tarder me ressaisir en me remettant à l'ouvrage. On considérait que j'avais eu le temps suffisant pour me rétablir des fatigues liées à mon voyage. Le temps du repos était terminé et j'avais retrouvé mes repères, du moins en théorie. Je ne pouvais plus désormais vivre aux dépens de la famille et me prélasser dans l'oisiveté. Pas question de prendre un livre et de lire, c'était là le meilleur moyen de passer pour une bonne à rien. Je devais me faire une raison et admettre que le temps des colonies, où j'avais été une femme entretenue, était bel et bien révolu. Mon carrosse s'était transformé en citrouille ! Puis, progressivement, les gestes et les automatismes de la vie quotidienne reprirent le pas sur mes anciennes habitudes. Je redevins une paysanne, une servante pour les hommes de la maison, se devant d'être attentive à la moindre de leurs attentes, une bonne à tout faire, obéissante et soumise, comme ma mère et ma belle-sœur n'avaient cessé de l'être et le resteraient jusqu'à la fin de leur existence. J'obtempérais, sachant que ce n'était que pour peu de temps. Mais au bout d'une semaine, cette vie-là me pesait déjà, je dus reconnaître qu'elle n'était pas faite pour moi.

Je demandai à ma mère en quoi je pouvais la soulager alors qu'elle s'apprêtait à faire bouillir sa lessiveuse en zinc posée sur un trépied dans la cheminée. Il s'agissait de verser l'eau et de disposer le linge à l'intérieur. Il y avait si longtemps que je n'avais pas pratiqué cette tâche !

– Tu n'es pas dans tes mauvais jours, au moins ? me demanda-t-elle.

Interloquée par sa réflexion, je ne répondis pas tout de suite. Que venaient faire là mes « mauvais jours » ? Elle prétendait que, dans cette éventualité, j'aurais pu faire tourner la lessive ! Elle prêtait encore foi à ces vieux dictons de bonne femme ! Comme j'étais loin de ces croyances ancestrales ! Je la rassurai bien vite sur ce point. D'ailleurs, mes « mauvais jours », comme elle se plaisait à dire, étaient eux aussi perturbés par mon nouveau rythme de vie, au point d'avoir pris du retard. Ce fut d'ailleurs à ce moment-là où ma mère les évoqua que j'en pris réellement conscience. Je l'aidai donc à remplir le grand récipient qu'elle venait d'acheter depuis peu à la quincaillerie. Elle introduisit le champignon central qui permettrait à l'eau bouillante de remonter pour se déverser sur le linge grâce au pommeau. Ma pauvre mère ne tarissait pas d'éloges sur cette merveilleuse invention. Une fois sur le feu, on n'avait plus besoin de s'en occuper, la lessive se coulait toute seule. C'était effectivement une vraie révolution dans les habitudes ménagères. Auparavant, on faisait la grande lessive deux fois par an, et il fallait y consacrer la semaine entière. Ma mère avait abandonné les vieilles *ponnes*[1] en terre de la *fournière*[2] dont le local servait désormais de débarras. L'arrosage du linge se faisait au moyen d'un pot à long manche que l'on puisait dans le chaudron rempli d'eau chaude et que l'on reversait dans la ponne. C'était un travail harassant que l'on ne referait plus aujourd'hui ! Qu'aurait pensé ma mère de la machine à laver si elle l'avait connue ? À plus de soixante-dix ans, elle s'activait du matin au soir, aussi l'aide que je pus lui apporter fut-elle la bienvenue. Ces tâches m'évitaient de trop penser à mon prince russe qui ne m'avait toujours pas donné signe de vie. Il y avait assez des nuits où je ressentais son absence encore plus douloureusement. Mon corps tout entier le réclamait et cette frustration charnelle m'anéantissait.

Dès le lendemain de mon arrivée, je m'étais précipitée chez Denise, ma vieille amie dans les bras de laquelle j'étais tombée. Nous avions pleuré toutes les deux de la joie de nous retrouver.

– Cette fois, tu es revenue pour de bon, j'espère que tu vas rester ici et que nous ne serons plus séparées !

Je n'avais pris aucune décision mais je savais déjà que je ne voulais pas aller vivre dans la maison de Cognac ; en aucun cas, je n'accepterais quoi que ce soit me rappelant l'existence de mon défunt mari et ce jour où je l'avais épousé. À Cognac, malgré le temps passé chez Adrienne, je n'avais ni attaches ni connaissances. Je cherchais plutôt à fuir les souvenirs que j'y avais laissés. Quant à cohabiter avec mes parents, l'idée était inconcevable. Je savais que je ne pourrais jamais supporter

1. *Grands récipients en terre ou en pierre pour faire la lessive.*
2. *Pièce où se trouvait le four à pain et les ponnes à lessive.*

mon père, aigri et rétrograde qui imposait toujours sa loi et devant lequel tout le monde se pliait. La passivité et la soumission dans lesquelles ma mère s'était laissé enfermer me peinaient et m'indignaient. J'avais donc pris la décision de vendre la maison dont j'avais hérité au décès de Jean. Je n'osais pas dire encore que j'espérais retrouver Vladimir bien qu'en mon for intérieur c'était mon souhait le plus cher. Personne ne connaissait son existence, pas même Denise, du moins pas encore.

Au bout de deux bonnes semaines, j'étais redevenue la fermière et la ménagère accomplies que j'avais été vingt ans auparavant, en tous points fidèle au manuel encore sur l'étagère de ma chambre. Ce livre, intitulé *La Vie paysanne féminine*, m'avait été offert à ma sortie de l'école, il devait être le garant de ma parfaite éducation de bonne épouse et de bonne mère au foyer. Je m'occupais des animaux dont je connaissais désormais les rations et les besoins, j'avais fané les foins en compagnie de Rolande en ce mois de juin chaud et sec. Au début, j'avais eu l'impression de devoir tout réapprendre tant je me sentais malhabile. Mais surtout, j'avais le sentiment de ne pas être à ma place. Le soir, j'étais éreintée, le manque d'entraînement physique se faisait vivement ressentir sur mes muscles trop longtemps inactifs. Et comme toutes les femmes de la campagne, je n'avais pas une minute à moi ! La période estivale étant encore plus exigeante en main-d'œuvre.

Je surveillais le courrier chaque jour, espérant de Vladimir des nouvelles qui ne venaient pas. Je m'étais occupée de la vente de la maison de Cognac qui avait beaucoup souffert du manque d'entretien, saccagée par les locataires qui avaient en plus omis de payer les loyers. Là commençaient les mauvaises surprises, les problèmes à résoudre et les désillusions… Enfin, le marchand de biens, chargé de la vendre, me transmit le montant de la transaction, autant dire une vraie misère ! Ajouté à ma misérable pension de veuve, cet argent me permettait de patienter mais était loin de suffire pour envisager l'achat d'un autre bien. Je devrais me résoudre à louer un logement et à me mettre en quête d'un emploi.

Rolande, Raymonde et Denise me retenaient pour l'instant encore dans la maison familiale tant leur compagnie, qui m'avait si longtemps manqué, me réconfortait. Ma belle-sœur avait acquis une machine à coudre de marque Omnia pour laquelle elle avait englouti une bonne part de ses économies ! Elle avait toujours eu le goût de la couture et avait patienté longtemps avant de l'obtenir. L'industrie se relevait juste depuis la Libération et les demandes étaient telles que les manufactures ne pouvaient satisfaire toutes les commandes. La tête de la machine basculait à l'intérieur du meuble de façon à donner l'aspect d'un élégant bahut sur lequel Rolande disposait un joli pot de fleurs. Elle confectionnait tous ses vêtements et ceux de sa fille qui allait bientôt commencer son apprentissage auprès d'une couturière du bourg. C'était aussi en pensant à elle qu'elle avait investi pour acheter cette machine dont elle était très fière, l'un des rares objets à lui appartenir. Rolande réalisa pour chacune de nous un corsage chemisier avec les coupons de soie rapportés de Saigon. Je lisais avidement le journal *Modes et travaux* auquel elle venait de s'abonner, ce qui me permettait de suivre ainsi l'évolution de la mode qui continuait de nous surprendre. L'habillement retrouvait l'élégance d'antan avec des jupes amples et des blouses aux épaules ajustées qui apportaient un regain de féminité auquel les coupes à la garçonne des Années folles nous avaient, un temps, fait renoncer.

Rolande rêvait de plus d'espace et d'indépendance, de plus de confort et de modernisme, d'intimité aussi. Gabriel et elle continuaient à partager la grande cuisine du rez-de-chaussée avec nos parents. Elle avait haï son beau-père dès qu'elle avait franchi le seuil de cette maison et c'était un supplice pour elle de le servir chaque jour, de supporter ses regards lubriques et d'affronter ses colères imprévisibles. Quant à sa belle-mère, elle était d'une autre génération, n'ayant pas les mêmes goûts, les mêmes envies ni les mêmes besoins. Elle était issue d'une époque révolue où l'on se contentait de peu et où surtout il était mal vu de bousculer les sacro-saintes traditions. Elle n'avait jamais connu autre chose que l'univers dans lequel elle évoluait. Sur certaines revues, Rolande avait découvert les gazinières, les Frigidaire, les meubles de placard aux lignes épurées et à l'entretien facile. Elle aurait volontiers relégué au grenier le vieux vaisselier qu'il fallait sans cesse dépoussiérer, cirer et lustrer, et ces armoires massives tout aussi antiques et démodées. On fabriquait même des radiateurs électriques ! Cette fée électricité, qui avait fait son entrée dans presque tous les foyers après la Grande Guerre, opérait des miracles et pouvait tout faire fonctionner ! Tout ce progrès dans la vie domestique était à peine croyable mais il n'était pas encore à la portée de tous. Je craignais que Rolande rêvât encore quelque temps à ces nouveautés avant de pouvoir se les offrir. En attendant, elle se contentait de les contempler sur ses catalogues.

L'hiver, Rolande souffrait du froid lorsqu'elle cousait avec sa machine, installée dans sa chambre, seule pièce où elle se sentait vraiment chez elle. Elle remplissait alors un petit *carot*[1] de braises qu'elle glissait dans son chauffe-pieds pour l'aider à supporter les courants d'air et l'humidité qui s'infiltraient des interstices des fenêtres de la vieille bâtisse.

Vers la mi-juin, je fus prise de nausées que j'imputai au changement de nourriture ou au ramassage des légumes que j'avais effectué sitôt le déjeuner. Pensant avoir mal digéré en raison de cette position courbée qu'impose la cueillette des petits pois et des haricots verts, je n'y prêtai pas davantage

1. Petit pot de terre rempli de braises que l'on glissait dans un « chauffe-pieds » (coffre en bois dont le dessus était fait de lames espacées sur lesquelles on posait les pieds).

attention. Mais les symptômes persistèrent au point de s'intensifier malgré les litres de tisanes de sauge et de mélisse que j'avalais quotidiennement. Rolande me conseilla de consulter le médecin. Quant à Denise, à laquelle j'exposai mes soucis, elle m'ouvrit les yeux, me lançant à brûle-pourpoint :

– Si tu n'étais pas veuve depuis sept mois, je jurerais que tu es enceinte !

À la façon dont je pâlis sous la pertinence de sa remarque, elle m'observa plus attentivement. Laquelle de nous comprit la première ? En repensant à mes fameux « mauvais jours » qui n'étaient pas reparus depuis bientôt deux mois, je fus prise de panique et d'affolement. J'étais perdue. Qu'allais-je devenir ? Il n'y avait guère de doute possible sur l'origine de mes symptômes. Comment n'y avais-je pas pensé plus tôt ? Denise scrutait ma réaction et attendait l'explication que j'étais censée lui fournir. Elle avait lancé sa réplique comme une plaisanterie, loin d'imaginer qu'elle touchait du doigt la réalité. En voyant mon visage se décomposer soudain, elle comprit qu'il y avait autre chose et que je ne lui avais pas tout dit… Je me mis en devoir de tout lui raconter de ma rencontre avec Vladimir et de cette passion soudaine qui nous avait précipités l'un vers l'autre sur le paquebot. Cette frénésie incontrôlable, bref ce coup de foudre fatal qui m'avait frappée sans crier gare. Cette confession me fit le plus grand bien. Ce secret était devenu trop lourd à porter seule, je le partageais désormais avec ma meilleure amie. Il fallait bien qu'un jour ou l'autre elle en fût avertie. Denise ne me jugea pas, elle savait ce que j'avais enduré auparavant. Mon amour pour Édouard, brisé par l'intransigeance d'un père, ma frustration d'avoir conclu un mariage de raison, mes plus belles années sacrifiées, gâchées. Ces moments de désir et de plaisir, de bonheur incommensurable que j'avais vécus le temps de la traversée, je ne les avais pas volés ! Mais hormis à Denise, à qui pourrais-je faire pareille confidence ? Qui mieux qu'elle pouvait me comprendre et me soutenir ?

À Rolande, je n'aurais jamais osé parler si librement d'un sujet si tabou, malgré les liens qui m'attachaient à elle. Je savais que je n'avais pas respecté le temps réglementaire de deuil. Je passerais pour une veuve peu affectée par la mort de son époux, qui se console bien vite dans les bras inconnus du premier venu ! Là n'était que le début de la longue série de litanies qui ne tarderaient pas à alimenter les discussions, à délier les langues. Mais ce n'était pas le pire…

J'affirmai à Rolande que mes maux d'estomac s'étaient calmés, ce qui était loin d'être le cas. Je décidai de consulter un médecin en me rendant à Cognac régler mes affaires de succession chez le notaire. Celui-ci confirma mes craintes, j'étais bel et bien enceinte de deux mois. Je ne peux pas dire que j'étais effondrée par la nouvelle, j'étais partagée entre le bonheur et l'honneur de porter l'enfant de Vladimir et la crainte des réactions familiales qui s'ensuivraient lorsqu'il faudrait les en informer. Mon avenir se dessinait d'une tout autre manière que celle que j'aurais pu imaginer, mais il n'en restait pas moins tout aussi incertain. De Vladimir, dont la vie battait au cœur de mon ventre, je n'avais toujours pas la moindre nouvelle. Je n'avais même pas son adresse exacte pour pouvoir lui écrire. Je ne savais pas non plus à quoi ressemblait l'avenue Foch ! Combien de temps encore allais-je pouvoir vivre avec mon secret ? Ma taille n'était pas près de s'arrondir mais l'intuition féminine de Rolande et de ma mère ne décèlerait-elle pas les bouleversements qui étaient en train de s'opérer en moi ? Tous ces petits signes qui en sont l'indice ne risquaient-ils pas de les alerter avant que je n'ose leur en faire l'aveu ? Ce masque de la grossesse, dont m'avait parlé Denise, se manifestant par des taches sur le visage et que le soleil pouvait accentuer, n'allait-il pas me trahir ? Comment allais-je m'y prendre et comment m'y résoudre ? C'étaient surtout les représailles dont mon père serait capable qui me préoccupaient.

Raymonde m'adorait et je le lui rendais bien. Elle recherchait ma compagnie et nous étions souvent ensemble à garder les quelques vaches du troupeau, à ramasser l'herbe aux lapins ou les légumes du jardin. J'avais dû, à plusieurs reprises, m'isoler pour lui cacher mes symptômes qui persistaient. Mais je ne pus plus longtemps continuer à dissimuler mon état. Un soir, alors que nous étions tous attablés pour le souper, je fus secouée par de nouvelles nausées qui m'obligèrent à me précipiter à l'extérieur. Lorsque je me rassis à ma place, je remarquai les visages figés de chacun des membres de la famille se tourner vers moi, dans l'attente d'une explication.

– N'as-tu rien à nous dire ? fit mon père, en plantant son regard dur et lourd de reproches dans le mien.

Son attitude ne laissait rien présager de bon. Le pavé était dans la mare !

– J'attends un enfant ! déclarai-je, résignée.

Vaincue, à quoi bon feindre plus longtemps ? Je laissai éclater la vérité en courbant l'échine, attendant que la foudre s'abattît sur moi.

– Depuis quand ? continua-t-il, alors que le silence s'était établi, pesant et glacial malgré la température étouffante.

– Depuis deux mois !

– Et tu nous expliques ça comment ?

Comment pouvais-je justifier cet état, alors que mon mari était décédé depuis huit mois maintenant ?

– J'ai rencontré quelqu'un sur le bateau, continuai-je, impassible.

Ce quelqu'un n'avait plus qu'à assumer ses responsabilités. Je n'avais déjà que trop attendu pour le rejoindre ! J'aurais déjà dû être partie ! Mais il n'empêchait que, si peu de temps après mon veuvage, ce n'était pas acceptable, d'un point de vue du qu'en-dira-t-on, bien entendu. Je fus donc affublée des termes les plus humiliants, les plus dégradants, les plus sordides auxquels je n'étais pas invitée à répondre. Puis, après cette avalanche d'insultes que je dus subir en silence, avec stoïcisme, je fus sommée de quitter les lieux dans les plus brefs délais et d'aller retrouver le père de mon enfant. J'étais la honte de la famille, j'avais semé l'opprobre sur cette maison respectable. J'étais une fille indigne de l'éducation que l'on m'avait donnée. Pour mon père, le plus choquant était d'avoir déshonoré la mémoire de mon mari, sali son nom, à peine en terre. C'était une infamie, pire encore que de l'avoir trompé de son vivant !

Comment pouvait-il me donner des leçons de moralité alors que je le soupçonnais de s'en être pris à sa propre belle-fille ? Je ne cherchais pas à me disculper, à me défendre contre ces salves d'injures et de calomnies. Riposter aurait été parfaitement inutile. Je le laissais dire, la tête haute, sans broncher.

Non ! Je n'avais pas honte de la conduite qui avait été la mienne.

Oui ! Je m'étais donnée corps et âme à un homme que je ne connaissais pas et je ne regrettais pourtant rien.

Si c'était à refaire, je le referais ! J'avais attendu d'avoir trente-six ans pour connaître le bonheur charnel et j'avais conçu l'enfant de l'amour. J'en étais doublement fière puisque cet homme était le plus merveilleux et le plus talentueux des artistes, un génie de la musique. Ce n'était pas, en dépit des apparences, le premier homme venu puisqu'il était célèbre dans le monde entier. J'estimais que c'était un honneur pour moi d'avoir été aimée de cet homme-là ! Tout cela, bien sûr, je m'abstins de le dire à ma famille, bien que les mots ne fussent pas loin de franchir la barrière de mes lèvres. Je savais qu'en les libérant je m'exposais à la violence physique de mon père après avoir subi sa fureur verbale. Je ne voulais pas en arriver à cette déplorable extrémité.

J'attendis que l'orage soit passé pour me lever de table. Je montai dans ma chambre pour faire ma valise, une fois de plus ! Décidément, les colères paternelles se soldaient toujours de la même façon : par un départ précipité et causé par mon attachement à un homme. Je laissai beaucoup de choses, n'emportant que le strict nécessaire et, avant de sortir, m'adressant à mes parents, mon frère et ma belle-sœur, je leur dis adieu en précisant que je n'avais jamais aimé ce mari qu'on m'avait imposé et que mon union avec lui n'avait jamais été consommée. J'allais avoir trente-six ans dans quelques jours, et j'étais majeure depuis longtemps, j'avais assez perdu de temps, j'avais l'intention de vivre et je ne regrettais rien de ce que j'avais vécu. J'assumai entièrement mes actes et leurs conséquences. Au moins, les choses étaient clairement dites. Je m'en trouvai soulagée. Pas plus Rolande que Gabriel ne cherchèrent à prendre ma défense, en s'opposant à ce père tyrannique et arbitraire. Aucun ne prononça un mot en ma faveur, n'esquissa un geste de soutien, ne tenta de me retenir. Cette attitude me peina davantage encore que les foudres paternelles. Raymonde n'osait pas me regarder et tremblait devant son grand-père qui la terrorisait. Je savais qu'au fond d'elle ma mère aurait pu pardonner. Elle était capable de comprendre mais son mari, intolérant et à l'esprit étriqué, englué dans des principes d'un autre âge, ne lui laisserait jamais le droit de faire un pas vers moi. J'avais eu le temps de voir une larme couler le long de sa joue et creuser encore davantage le sillon qui s'y était gravé. Je quittai donc les lieux sur-le-champ, en retenant, par fierté, mes sanglots. Mais bientôt, dès que je me fus éloignée, je déversai ce déluge de pleurs qui m'étouffait, me submergeait et m'aveuglait. Le soir tombait, le soleil noyait l'horizon dans une auréole de feu. Les parfums douceâtres des arbustes en fleurs et des fruits mûrs embaumaient l'air dont la tiédeur ne parvenait pas à sécher mes larmes. Je marchais droit devant moi en traînant ma valise qui pesait lourd malgré le peu de chose que j'emportais. Je n'étais pas seule puisque je portais en moi une vie à laquelle je tenais plus que tout. N'était-ce pas le plus merveilleux cadeau que Vladimir m'ait offert ?

XI

Après avoir marché pendant les quelques centaines de mètres qui me séparaient de la maison de Denise, je frappai à sa porte avec l'intention de lui demander l'hospitalité pour la nuit avec la garantie qu'elle me serait accordée. La bâtisse était vaste et divisée en deux corps dont l'un était occupé par Denise, son mari et leurs deux filles et l'autre par ses vieux parents. Je fus accueillie avec une chaleur qui me mit du baume au cœur et qui m'aida à sécher mes larmes. Mon amie comprit tout de suite, en me voyant arriver avec ma valise et mes yeux rougis, que mon père m'avait jetée dehors sans autre forme de procès en apprenant mon état. C'était à prévoir, le connaissant. Je n'avais plus vingt ans pour me laisser mener par lui. Il ne voulait plus me voir, c'était son affaire mais j'acceptais plus difficilement qu'il me prive du reste de ma famille. Quant à Rolande et à Gabriel, je devais apprendre plus tard qu'ils l'approuvaient et ne pouvaient cautionner mon inconduite, inacceptable et impardonnable à leurs yeux.

Denise et son mari, Adrien, me recueillirent chez eux, firent preuve à mon égard de compréhension et m'entourèrent de leur solide amitié. Ainsi réconfortée, je repris mes esprits avant de décider de partir pour Paris retrouver Vladimir. Je n'avais plus de maison, ayant vendu celle de Cognac. Il n'y avait pas d'autre solution. Je devais aller à la rencontre du père de mon enfant lui annoncer la nouvelle de ma grossesse.

– Ce n'est pas le bout du monde ! dis-je à Denise.

Elle s'inquiétait pour moi, de me voir partir seule dans la capitale.

– J'ai toujours rêvé de voir Paris, c'est l'occasion ! Et dois-je te rappeler que j'ai fait de plus longs périples ?

En cette fin du mois de juillet, la saison était idéale pour m'y risquer. J'avais acheté un plan de la ville et des lignes de métro, préparé quelques vêtements assez élégants inspirés de la mode parisienne que ma taille me permettait de porter encore. Trois jours plus tard, Denise m'accompagna à la gare Saint-Jean de Bordeaux. Je lui promis de lui écrire dès mon arrivée et sautai dans le train qui me déposerait en gare d'Austerlitz. Je me plongeai dans l'étude de mon guide en patientant pendant les longues heures que dura le trajet. J'étais repartie pour une nouvelle aventure, décidément mon destin m'appelait à voyager et à m'éloigner de cette terre de Charente où je n'étais pas vouée à demeurer longtemps. J'avais hâte d'arriver à destination et, en même temps, j'appréhendais sans savoir vraiment quoi ni pourquoi. J'ignorais quelle maison était celle de Vladimir mais je les ferais toutes s'il le fallait, décidée à la retrouver. Je me fierais à mon instinct. Ce ne devait pas être si difficile. Il y aurait bien quelqu'un sur mon chemin pour m'éclairer. Je faisais confiance à mon ange gardien. Je savais qu'elle était tout près du célèbre bois de Boulogne. Il m'avait également décrit le quartier comme un endroit tranquille, bien arboré avec des airs champêtres. Sur mon plan, j'avais localisé cette avenue qui compte parmi les plus belles de la capitale. Je n'avais pas idée de ce que j'allais découvrir sur place mais je restais déterminée dans ma démarche.

J'arrivai en gare d'Austerlitz en fin de journée et, plutôt que de m'engager dans les dédales de couloirs qui conduisaient au métro, je hélai un taxi. À vrai dire, le métro m'intimidait et je ne savais pas non plus quelle direction prendre. Il me fallait trouver un hôtel en premier lieu. Aussi demandai-je au chauffeur s'il pouvait m'en conseiller un, d'un prix abordable, à proximité de l'avenue Foch. Ce fut ainsi qu'il me déposa dans une petite rue transversale devant l'entrée d'un immeuble qui louait des chambres.

– Vous êtes à deux pas de l'avenue Foch, me précisa-t-il en encaissant la course et en me désignant de la main le bout de la rue.

Je réservai une chambre pour deux nuits que je réglai d'avance. Je disposais d'un petit lavabo, d'une penderie et d'un lit confortable. Il était près de 20 heures et, les journées étant longues à cette période de l'année, je décidai de faire quelques pas pour me familiariser avec le quartier et prendre des repères. À bord du taxi, j'avais eu un aperçu de cette ville fascinante. J'avais vu la célèbre tour Eiffel, traversé la Seine, emprunté les larges artères bordées de leurs beaux immeubles haussmanniens aux ouvertures lumineuses. D'emblée, j'avais été séduite par Paris. Le Paris des beaux quartiers, il faut bien le dire.

En quelques pas, je gagnai l'avenue Foch, impressionnante par ses dimensions, longue de plus de un kilomètre. Ses jardins ombragés de part et d'autre de l'avenue donnaient presque l'illusion d'être à la campagne. Les maisons se dissimulaient sous d'énormes frondaisons protégées par de hautes grilles en fer forgé peintes en noir. J'aperçus leurs façades cossues de plusieurs étages, toutes plus raffinées les unes que les autres, certaines avec des balcons de pierre. Je remontai en direction de l'Arc de triomphe qui me parut d'une imposante démesure avec ses cinquante mètres de hauteur et que je n'imaginais pas si colossal. Je scrutai chaque entrée des immeubles bien gardés derrière de larges portes cochères. Tout était calme en ce soir d'été, seuls les quelques véhicules qui circulaient et le grondement sourd du métropolitain me rappelaient que j'étais à Paris. J'éprouvais un curieux mélange de joie et d'anxiété, d'appréhension et d'exaltation qui distillaient en moi de drôles de sensations dont les effets faisaient battre mon cœur plus fort et plus vite. J'étais tout près de Vladimir, j'essayai d'imaginer sa réaction en nous croisant dans la rue, un scénario qui n'avait rien d'impossible. Il ne pouvait pas m'avoir oubliée, il y avait deux mois à peine que nous nous étions séparés à bord du *Maréchal-Joffre* au débarquement de Marseille. Pourquoi ne m'avait-il pas donné signe de vie ? La lettre qu'il m'aurait écrite se serait-elle égarée ? Je n'étais plus chez la cousine Adrienne à Cognac pour que mon courrier soit soumis à une quelconque censure, je l'avais chaque jour réceptionné moi-même des mains du facteur. Qu'avait-il fait de mon adresse ? Je me revoyais lui glisser le petit bout de papier sur lequel je l'avais griffonnée à la hâte juste avant notre séparation et qu'il avait fait disparaître dans la poche de son veston. Sans doute l'avait-il perdu dans toute cette agitation et ce remue-ménage qui avaient suivi notre arrivée sur le quai de la Joliette. Je ne voyais pas quelle autre raison pouvait justifier un tel manquement.

Tout en réfléchissant, je redescendis l'avenue Victor-Hugo sur laquelle donne la petite rue Leroux où était situé mon hébergement. J'avais la chance de posséder un excellent sens de l'orientation mais qui ne me donnait pas la faculté de dénicher la maison de Vladimir. Je n'avais pas la moindre idée quant à la façon de procéder pour la retrouver. Comment savoir, parmi tous ces immeubles qui affichaient des airs de manoirs, quel était celui qui abritait mon prince russe ? Ils s'échelonnaient à perte de vue tant du côté droit que du gauche. Je n'allais pas sonner à toutes les portes ni me poster devant chacune d'elles pour tenter de le voir en sortir ! Il me fallait pourtant trouver le moyen de localiser cet immeuble.

Le lendemain matin, en prenant mon petit déjeuner dans la petite salle à manger de l'hôtel, j'engageai la conversation avec la serveuse.

– J'ai entendu dire que Marcel Pagnol habitait non loin d'ici… me hasardai-je.

– En effet, à quelques rues de là, me répondit-elle.

Sa réponse ne me satisfaisait guère. Me voyant un peu en attente de précisions, elle poursuivit :

– Ce ne sont pas les célébrités qui manquent par ici !

– J'ai rencontré à Saigon un pianiste qui habite dans l'avenue Foch.

– Oh ! Moi, la grande musique… Mais oui, je crois que c'est du côté du square…

Je ne pouvais pas lui en demander plus ni n'osais la questionner sur le numéro mais j'avais une information un peu plus précise. Je continuai, m'enhardissant en lui disant qu'elle devait avoir l'occasion de voir des vedettes dans un quartier tel que celui-ci.

– On a tellement l'habitude qu'on n'y fait plus attention ! fit-elle d'un ton blasé.

À son tour, elle me demanda si je venais à Paris pour la première fois. Je devais sans doute avoir l'air d'une provinciale. Je lui répondis ce qui me passa par la tête :

– Je suis à la recherche d'une vieille tante dont je n'ai plus de nouvelles depuis la guerre.

– Ah ! Cette maudite guerre, elle nous en a bien fait voir, avec la Gestapo qui avait établi son quartier général tout près d'ici, on n'a pas vécu que des heures tranquilles !

Je lui répondis que j'avais passé cette période en Indochine et que je venais de rentrer depuis peu. Déçue que la conversation si bien amorcée soit si vite détournée, je ne la retins pas davantage.

Je m'habillai d'un tailleur d'été grège à la jupe plissée et à la veste cintrée, me coiffai d'un petit chapeau à voilette du même ton et je sortis affronter mon destin. Auparavant, je remis à la réception un mot à poster destiné à Denise pour l'informer de mon arrivée à Paris et la rassurer.

D'après ma conversation avec la serveuse et après avoir consulté mon plan, je devais commencer mes recherches par l'autre extrémité de cette artère huppée, la plus proche de la porte Dauphine et du bois de Boulogne. Je descendis l'avenue Foch que longeaient des immeubles tous protégés par leurs hautes grilles terminées en pointes de flèche et traversai cette chaussée large de cent vingt mètres pour atteindre l'autre côté. Je remarquai les numéros pairs, gravés sur des plaques d'émail, accrochés aux clôtures identiques à celles du côté impair. La même bande de jardins s'étalait sur toute la longueur avec une multitude d'arbustes en fleurs, de buissons odorants et colorés, d'arbres dont les troncs trahissaient un âge respectable. Quelques bancs, posés sur le gazon, jalonnaient cette promenade unique dans Paris. Au centre, la chaussée pavée retentissait du passage des véhicules de toutes sortes roulant à vive allure. Malgré la sérénité qu'apportait cette verdure au beau milieu de la ville, j'avais l'impression d'une agitation permanente peu rassurante. Je croisais beaucoup de promeneurs, de femmes élégantes et d'hommes d'affaires cravatés. Je commençai à scruter plus attentivement les plaques et à tenter d'apercevoir quelque chose à travers les barreaux de fer forgé. Quelques portails entrouverts permettaient d'accéder à la porte d'entrée principale. Chaque immeuble était précédé d'un petit jardin fleuri de haies qui grimpaient parfois par-dessus les grilles. Les demeures possédaient le charme bucolique d'un village de province. J'avais parcouru au moins cinq cents mètres et, à chaque nouveau mètre, mon cœur cognait un peu plus fort dans ma poitrine, ma gorge se nouait. Qu'allais-je découvrir ? Allais-je revoir Vladimir, mon beau prince russe ? Le père de mon enfant ! J'écoutais, peut-être pourrais-je surprendre quelques notes de musique s'échappant d'une fenêtre ouverte ?

Je croisai un facteur à vélo qui distribuait le courrier. Alors me vint une idée. Je rebroussai chemin, le rattrapai et lui demandai s'il pouvait m'indiquer le numéro de la maison que je cherchais. Je n'avais pas réfléchi ; l'audace me poussait à agir. Il me dévisagea tout d'abord, un peu embarrassé et surpris par l'aplomb de ma question. Je compris qu'il n'était peut-être pas autorisé à divulguer ce genre d'information. Les adresses de certaines personnalités, dont Vladimir faisait partie, devaient revêtir un caractère confidentiel. Je tentai alors le tout pour le tout :

– Je dois me présenter pour une place de bonne et l'agence qui m'envoie a omis de me préciser le numéro de l'immeuble, elle ne m'a donné que le nom de l'avenue et de la personne.

J'implorai l'employé des postes de m'apporter son secours. Il m'observa quelques secondes, l'air dubitatif. Ma mise était-elle celle de quelqu'un qui va postuler pour une place de femme de ménage ? Étais-je vraiment crédible ?

– Je crains maintenant d'être en retard à mon rendez-vous… fis-je.

Après avoir un peu hésité, il s'exécuta :

– À la hauteur du numéro 80, vous prenez l'impasse, et là c'est au 22. Alors bonne chance et peut-être nous reverrons-nous bientôt !

Il désigna de la main la direction derrière lui en semblant un peu rassuré. Je l'avais convaincu et, le remerciant, j'en profitai pour tenter de lui soutirer une dernière information :

– Dites, monsieur, savez-vous comment sont les gens, je veux dire en tant que patrons ?

– Oh ! Vous savez, je ne connais pas tout le monde, la plupart du temps c'est à la concierge ou à la bonne que je m'adresse ! Je sais que ces gens-là ne sont pas souvent chez eux, tout le temps partis aux quatre coins du monde, c'est un pianiste d'après ce que j'en sais… j'espère que vous aimez la musique !

Je ne voulus pas abuser davantage, trop heureuse d'avoir obtenu la précieuse information, et le remerciai. Je repris mon cheminement, ralentissant un peu le rythme puisque je savais désormais où j'allais. Je cherchai des yeux les numéros inscrits dans l'émail bleu : 60, 62, 64, 66... J'approchais du but, le cœur battant plus que jamais.

Numéro 80 ! Là, comme me l'avait expliqué l'agent des postes, s'ouvrait une impasse bordée des mêmes palissades derrière lesquelles somnolaient des jardins dont les haies enlaçaient les grilles. J'aperçus des bignones déversant leurs guirlandes de fleurs et les buis soigneusement taillés dépassant des clôtures. Le quartier dégageait un charme vraiment peu commun, surtout en plein Paris. Le numéro 22 se dressait devant moi. Je m'arrêtai, le souffle court, tendant l'oreille, mais je ne perçus que le bruit sourd des automobiles résonnant sur la chaussée. Je tentai de distinguer d'autres sons, plus harmonieux. La musique me manquait terriblement, Vladimir encore davantage. Force fut de constater qu'aucune note de piano ne filtrait des murs devant lesquels j'étais campée. C'était une charmante demeure formée d'un rez-de-chaussée, d'un premier étage et d'un second dont je distinguais les mansardes qui émergeaient de son imposante et lourde toiture d'ardoise. La façade en pierre, d'un style purement haussmannien, était percée de quatre hautes fenêtres que protégeaient des balcons en fer forgé. Une glycine enroulait ses lianes sur une tonnelle face à l'entrée principale dont l'un des battants était entrebâillé. Je jetai un œil et découvris des massifs de fleurs soigneusement organisés de façon symétrique entre de petits buis aux formes coniques. J'attendis un peu avant de m'engager, hésitante, et surtout tentant de calmer les battements précipités de mon cœur. Je rassemblai mes idées. Qui allait ouvrir ? Comment allais-je m'annoncer ? Serait-il là ?

Au bout de quelques minutes de réflexion et d'appréhension, j'empruntai l'allée en suivant les dalles posées sur la pelouse jusqu'aux marches du perron, que je franchis. J'appuyai sur la sonnette qui retentit aussitôt de façon stridente. J'inspirai profondément. J'aurais soudain voulu être à mille lieues sous terre. La porte s'ouvrit quelques secondes plus tard sur une employée de maison que je reconnus à ses vêtements noirs et à son tablier blanc impeccablement amidonné, les cheveux rangés sous une coiffe en bandeau. Après m'avoir saluée poliment, elle m'interrogea sur le motif de ma visite. Je demandai alors à voir le maître de maison.

– Monsieur est absent pour l'instant, me répondit-elle.

– Rentrera-t-il bientôt ?

– Monsieur est à Londres jusqu'à la fin de la semaine.

Je semblai hésiter lorsque la domestique m'assena le coup fatal.

– Voulez-vous vous donner la peine d'entrer pour attendre madame qui ne tarde que l'instant de revenir ?

Elle me désignait de la main le petit salon que j'apercevais du seuil, élégamment meublé dans le style Empire. Je demeurai pétrifiée quelques secondes pendant lesquelles je ne savais plus ce que je faisais ici ni qui j'étais. La Terre s'était soudain arrêtée de tourner et le monde s'écroulait. Des cris d'enfants retentissaient, j'aperçus deux têtes blondes qui chahutaient autour des canapés. Deux petites filles paraissant avoir entre six et huit ans. Les enfants de Vladimir ? Le doute n'était plus permis. Mon hésitation s'éternisait et la bonne s'impatientait.

– Ah ! Les petites sont insupportables quand leur père n'est pas là ! Voulez-vous entrer ? insista-t-elle poliment, ne sachant comment interpréter mon silence confus.

– Non, merci, je préfère repasser plus tard, réussis-je à articuler.

Elle dut sentir mon désappointement. Je tentais malgré tout de faire bonne figure.

– Dois-je annoncer votre visite à madame, avez-vous un message pour elle ?

Je me ravisai et lui répondis que je préférais faire à monsieur et à madame la surprise de mon prochain passage. Je la remerciai et pris congé en essayant de masquer le tremblement de ma voix. Je ne sais comment je réussis à ne pas perdre la face et à garder mon sang-froid. Je n'avais pas pensé frapper à la porte du domicile d'un homme marié, encore moins troubler la quiétude d'une famille heureuse, en apparence. Je rebroussai chemin et m'assis sur le banc situé dans le jardin public face à la ruelle. De là, j'avais vue sur l'entrée de la maison. Je voulais savoir à qui ressemblait cette femme qui était celle de Vladimir. La douleur qui m'étreignait était indescriptible. Tellement inattendue. Si soudaine et si brutale. Jamais je n'aurais pu l'imaginer dans le rôle d'un mari et d'un père de deux enfants. Bientôt d'un troisième ! J'attendis là quelques minutes, incapable d'aller plus loin dans mes réflexions tant j'étais anéantie. Mes jambes ne me portaient pas, tous mes membres tremblaient, j'avais besoin de me ressaisir. Une horrible nausée me tordit l'estomac me rappelant l'état dans lequel j'étais et la raison de ma présence ici. J'observai les passants qui, eux, ne se souciaient pas de moi. Soudain, une femme qui tenait une petite fille par la main attira mon attention. Elle marchait doucement à ses côtés pour caler ses pas sur ceux de l'enfant. Celle qui semblait être la mère, une blonde très élégante, portait une robe ample aux couleurs chatoyantes, resserrée à la taille par une large ceinture. Elle s'arrêta pour prendre dans ses bras le bambin, qui n'avait guère plus de trois ans. Ses escarpins à haut talon accentuaient la finesse de sa silhouette. Elle était coiffée d'un petit chapeau à la mode. Une vraie Parisienne, très chic, à l'image de celles qui posaient pour les revues de mode. Je la suivis des yeux et je ne fus pas surprise de la voir pénétrer au 22 dont elle referma derrière elle le haut portillon noir qui les dissimula à mon regard. J'avais les réponses à toutes mes questions.

Vladimir ne m'avait jamais écrit, pourquoi l'aurait-il fait ? Il s'était bien amusé avec moi, il s'était hâté de retrouver sa famille en même temps qu'il s'était empressé de m'oublier. Il avait profité de son charme, de son talent, de sa célébrité d'homme adulé par un public en grande partie féminin. D'homme en manque de femme pendant ces vingt-cinq jours de traversée. En séducteur impénitent qu'il était. La brûlure de la déception qui m'étouffait était incommensurable. Les larmes coulaient le long de mes joues sans que je pusse les retenir, brouillant ma vue. Je m'étais trompée sur toute la ligne. J'avais tout donné, tout offert de mon cœur et de mon corps à un don Juan de grand chemin qui n'en était sûrement pas à sa première expérience en matière d'adultère. Un maître en l'art des conquêtes féminines. Des amantes dans chaque capitale. J'eus soudain une pensée compatissante envers sa jeune épouse que je plaignais d'être ainsi bafouée. Une mère de trois enfants qu'il abandonnait souvent pour les besoins de sa carrière. Non ! Je ne l'enviais pas, elle ne méritait pas ce sort-là. Il était peut-être en ce moment même en train de faire la cour à une autre ? Qui sait ?

Je ravalai ma rancune et mes désillusions. D'autres que moi, n'ayant plus rien à perdre, seraient allées se jeter dans la Seine ou bien auraient tout déballé à sa femme. J'étais d'une nature à faire face, à prendre la vie à bras-le-corps et non de celles par qui naissent les scandales. Persuadée que la vie ne m'avait pas encore tout donné de ce qu'elle avait de meilleur, je m'accordai un sursis. Je ne pouvais pas toujours accepter le pire ! J'avais goûté au bonheur, je pouvais dire qu'il existait, je l'avais rencontré bien qu'éphémère et fugace. Je n'avais donc plus rien à faire ici, dans cette ville, si belle et attirante soit-elle tant il était vrai que je n'en avais vu que les quartiers huppés. J'étais désormais seule et bien désarmée pour prendre mon destin en main. J'avais un but avec cet enfant à naître que je m'engageai à élever du mieux possible. Certes, un enfant sans père, c'est pourquoi je devais être à la hauteur pour assumer cette double tâche et jouer ce double rôle. J'avais du pain sur la planche. Je devais repartir d'ici au plus tôt, trouver un logement et un travail. Je me levai du banc, séchai mes larmes, inspirai une longue bouffée d'air et entrepris de remonter l'avenue dans le sens inverse. Je remarquai qu'il n'y avait aucun commerce, seulement des immeubles à usage d'habitation. J'avais besoin de marcher, aussi, arrivée au niveau de la place de l'Étoile, continuai-je sans vraiment trop savoir où m'entraîneraient mes pas, mais qu'importait ! Je devais évacuer ce trop-plein d'émotions et me libérer l'esprit. Je passai près d'un grand parc que je traversai. Je n'avais pas faim mais je m'obligeai à me restaurer dans un petit bistrot. Puis, reprenant mon périple, j'eus un nouveau choc en découvrant une affiche géante annonçant un récital de piano de Vladimir. Il était représenté devant son clavier, le visage légèrement de profil, souriant. La plaie s'entrouvrit un peu plus. La confusion de mes sentiments me faisait hésiter entre la passion et la haine. Le concert devait avoir lieu huit jours plus tard dans la célèbre salle Pleyel. Un petit bandeau de papier collé en travers de l'affiche indiquait *Complet.* J'avais fait le voyage jusqu'à lui pour voir son nom et son portrait placardés sur les murs de Paris ! Étais-je donc damnée à ce point ?

Après une longue déambulation à travers les rues et les avenues, je regagnai mon hôtel, épuisée, anéantie, brisée, les pieds meurtris dans mes escarpins à talon mais avec les idées claires. J'aurais aimé vivre ici. C'était un beau rêve que j'avais effleuré et auquel j'avais pourtant eu l'audace de croire.

En me voyant, le visage sûrement décomposé, la serveuse de l'hôtel s'enquit de ma vieille tante. Je lui répondis qu'elle était morte, ce qui coupa court à toute discussion. Elle n'insista pas et comprit à mes traits ravagés par la douleur que je n'avais pas envie de parler. Je rejoignis ma chambre pour me reposer et essayer de dormir. Je repris le train dès le lendemain matin. J'avais vu Paris où je pensais bien ne plus jamais remettre les pieds. J'avais à cœur d'oublier ma déconvenue. Mais la vie réserve parfois de drôles de surprises…

XII

Le train était à quai. Dans la précipitation des événements, je n'avais pas réécrit à Denise pour lui annoncer mon retour anticipé. En arrivant à Bordeaux, je prendrais la correspondance pour Touvérac et je rentrerais à pied. Accotée à la fenêtre du compartiment, je me laissais aller à la somnolence. Je ne voulais pas ressasser désespérément mes infortunes. J'étais seule, sans famille sur qui compter, mais j'avais une merveilleuse amie. Une amie qui serait toujours là pour m'écouter, sur laquelle je savais pouvoir décharger mon trop-plein de chagrin. Malgré les difficultés que je ne manquerais pas de rencontrer, je me raccrochais à cet enfant qui serait le mien et pour lequel j'étais prête à soulever des montagnes, à relever tous les défis. Je rêvais d'un garçon qui deviendrait pianiste… je sacrifierais tout pour lui offrir les études nécessaires, le voir marcher dans les pas de son père…

Un passager, descendu à Poitiers, oublia sur la banquette la revue qu'il lisait. Je m'en emparai et, pour me changer les idées, en parcourus les colonnes. Il n'y avait pas si longtemps, ce loisir qu'était la lecture avait occupé le plus clair de mes journées. Je survolai certains articles de chasse, de jardinage, de cuisine, de mode quand je fus attirée par la rubrique des petites annonces et plus précisément celles des offres d'emploi. On cherchait quantité d'employées de maison, comme on disait, c'est-à-dire de bonnes à tout faire. Il y avait aussi des places de secrétaire, d'autres orientées vers la garde d'enfants mais la plupart concernait le ménage et la cuisine. L'une de ces annonces avait été publiée par le Dr Boutelleau de Barbezieux qui cherchait une femme pour lui tenir sa maison. Que pouvais-je faire d'autre ? Je n'avais pas de diplôme ni de qualification particulière pour espérer trouver mieux. Mon sang ne fit qu'un tour, je devais tenter ma chance et me présenter dès mon retour à l'adresse indiquée. Je m'accrochai à cet espoir de me faire embaucher chez ce médecin dont j'avais entendu dire le plus grand bien. Je pliai le journal et le mis dans mon sac en souhaitant que la place ne soit pas déjà pourvue.

J'arrivai chez Denise alors que la nuit tombait, après quelques kilomètres de marche dans la campagne qui me permirent de rassembler mes idées et de faire le point. Elle ne m'attendait pas, du moins pas si tôt, et n'avait même pas reçu la lettre envoyée de Paris. Mon séjour avait été si bref qu'elle comprit, sans recourir à mes explications, que rien ne s'était déroulé comme prévu. Elle me servit une bonne soupe de légumes et, une fois seules, je lui fis le récit détaillé de mes aventures. Le destin était bien cruel avec moi, me refusant par deux fois l'homme que j'aimais. D'abord Édouard puis maintenant Vladimir. En revanche, il m'avait donné Jean avec lequel j'avais partagé quatorze ans d'une vie sans amour. Drôle de destin qui avait mis sur ma route ces trois hommes si différents. Et je repensais à Édouard dont la famille habitait toujours la région. Revenait-il parfois ? Je n'en savais rien. Édouard qui était resté dans mon cœur et auquel je vouais une tendresse éternelle…

Le lendemain, Adrien m'emmena à Barbezieux avec son automobile chez le Dr Boutelleau. Sa femme, qui me reçut, me confirma qu'elle n'avait eu que deux personnes ayant répondu à son annonce et que celles-ci n'avaient pas fait l'affaire. Je nourrissais donc l'espoir d'être retenue. Cette femme, qui frôlait la cinquantaine, secondait son mari dans l'exercice de sa profession, étant à la fois son assistante et sa standardiste. Elle avait donc besoin d'une personne de confiance pour tenir sa maison. Elle me questionna longuement sur mes compétences, mes expériences, ma situation familiale. Après que je lui eus révélé ce qu'avait été ma vie ces dernières années en Indochine et fait part de mon récent veuvage, elle s'étonna de mon besoin de recourir à cet emploi. Je fus contrainte de lui avouer que j'attendais un enfant. C'était la raison pour laquelle j'avais besoin de travailler pour l'élever décemment, ma petite pension n'étant guère importante et n'ayant plus personne sur qui compter. Elle n'insista pas pour connaître les conditions dans lesquelles j'avais perdu mon mari. Je compris qu'elle ne douta pas une seule seconde que mon époux fût le père de mon futur enfant. Je n'entrai pas dans les détails des dates de sa mort et de mon retour. Qui aurait pu savoir que j'étais veuve depuis huit mois ? Cette idée força sa compassion et l'incita à me prendre à son service. Je sentis qu'elle en éprouvait de la gêne, me considérant presque comme son égale. Elle n'était pas sans savoir que mon expérience de la vie coloniale ne m'avait pas aidée à entretenir mes connaissances domestiques. Mes origines familiales et ma pratique de serveuse au restaurant d'Adrienne représentaient mes seules références qui n'en étaient pas moins des gages de compétence pour un parcours somme toute très bref. Elle accepta de me prendre à l'essai pendant un mois. Je resterais au service des Boutelleau pendant près de trente ans…

La maison du docteur était située dans l'avenue principale de la petite ville de Barbezieux. C'était une belle demeure en pierre construite à la fin du siècle dernier par son grand-père, lui-même médecin. On y accédait directement de la rue sur laquelle elle donnait et elle possédait à l'arrière un parc où poussaient lauriers, lilas, cytises et autres fleurs et plantes de différentes espèces. J'étonnais Mme Boutelleau en lui parlant de Jacques Chardonne, de Geneviève et de son frère Henri Fauconnier dont j'avais lu toutes les œuvres. Il n'était pas habituel que « la bonne » fût férue de littérature. Je lui avais également parlé de mon goût pour la musique dite « classique » en découvrant le piano qui meublait un angle du salon. Comme toutes les jeunes filles de bonne famille, Mme Boutelleau avait appris à en jouer. Il y avait bien longtemps, cependant, qu'elle n'avait posé ses doigts sur le clavier d'ivoire jauni de son vieux Gaveau. La bibliothèque était impressionnante par le nombre d'ouvrages dont regorgeaient les rayonnages. La plupart traitaient de médecine, mais on trouvait également de nombreux romans d'écrivains appartenant à l'école de Barbezieux. Sur le dos de ces livres, on pouvait lire le nom de leurs auteurs et le titre de l'œuvre en lettres dorées. Tous ces volumes me rappelaient l'époque où la lecture peuplait mes journées.

Au premier étage, les chambres, hautes et vastes, étaient meublées dans un style bourgeois où les armoires de mariage sculptées et marquetées imposaient leur majesté entre des lits jumeaux aux ciels encore tendus de toile de cretonne imprimée. Les parquets fougère reluisaient au point de pouvoir s'y mirer. Dans les combles, près du grenier, une petite chambre, destinée à la domesticité, fut mise à ma disposition ainsi qu'un minuscule cabinet de toilette sur le palier. Je pouvais donc m'y installer le jour même en attendant de trouver un appartement, si je le désirais et si la période d'essai était concluante.

Le docteur, un homme aussi affable que sa femme, se chargea lui-même, auprès de ses connaissances, de me dénicher un modeste deux pièces dans une rue perpendiculaire, pour un loyer raisonnable de deux cent cinquante francs. J'emménageai un mois plus tard, heureuse d'être autonome et indépendante en dehors de mes heures de service. J'aspirais à cette liberté dont je n'avais encore jamais goûté les joies. Ma pension de veuve qui s'élevait à vingt mille francs annuels, ajoutée à mes gages de huit mille, me permettrait d'élever mon enfant et de lui assurer les études auxquelles je n'avais pas eu accès. Je ne voulais rien avoir à lui refuser pour son bien-être et son éducation. Cet enfant à venir représentait tout pour moi, serait ma seule famille et mon seul amour désormais.

Je travaillais toute la journée chez le docteur où j'entretenais la maison et préparais les repas. Il était d'autant plus soucieux de ma santé qu'il connaissait mon état. Avec les mois qui passaient, mon ventre commença à poindre mais je me portais bien. Je n'éprouvais pas de difficultés à assumer mon ouvrage que j'assurai jusqu'à mon terme. Il surveillait ma grossesse et n'était pas avare de conseils.

– Passez me voir au cabinet après mon dernier client, me disait-il de temps en temps, nous verrons si tout va bien.

À l'occasion de l'une de ces consultations, il me surprit en me questionnant au sujet du père de mon enfant. Il n'avait pas été aussi dupe que son épouse et n'ignorait pas que mon mari, décédé quelques mois auparavant, ne pouvait en être le géniteur.

– Ne vous inquiétez pas, ma femme n'en saura rien et ce sera notre secret ! Je ne me permettrais pas de vous juger.

Je n'avais rien à cacher et lui répondis qu'il s'agissait d'un homme marié qui m'avait trompée sur sa véritable situation de famille. Vivant à Paris, il n'était pas informé de sa future paternité. Je n'en dis pas plus mais cette confidence que je partageais avec lui nous rapprocha.

– Rassurez-vous, cet enfant aura une famille, vous pouvez compter sur nous.

Ses paroles m'émurent et je le remerciai chaleureusement, des larmes plein les yeux. Le docteur et sa femme n'avaient jamais eu d'enfant et je crois que c'était la raison pour laquelle ils prenaient autant soin de moi. Il me parla également de mon père et de ma famille dont il connaissait l'existence. Je lui confiai la vraie raison de ma rupture avec eux.

Les semaines et les mois s'écoulèrent paisiblement dans cette maison bénie. Je donnais entière satisfaction à mes employeurs qui, en contrepartie, m'entouraient d'une attention, je dirais même d'une affection quasi parentale. Mon terme approchait inexorablement, dans cet entourage médical et presque familial, je ne craignais rien et n'appréhendais pas, d'autant que tout se présentait bien. Denise passait me voir lorsqu'elle venait à la foire de Barbezieux, ou bien le dimanche qui était mon jour de congé.

La Sécurité sociale, qui avait fait son apparition après la Libération, eut pour effet d'augmenter le nombre des consultations. Celles du Dr Boutelleau s'étaient considérablement accrues et ne lui laissaient guère de répit. Il assurait les urgences et rares étaient les nuits où il n'était pas tiré du lit pour se rendre au chevet d'un malade. Il transportait parfois lui-même le patient à l'hôpital lorsqu'il n'avait pas la possibilité de le soigner à domicile. À bord de sa 6 CV Rosengart, il effectuait un service d'ambulances avant même leur création. Les médicaments avaient eux aussi suivi cette évolution et bien que les produits les plus populaires fussent la Jouvence de l'abbé Soury ou l'huile de ricin, on fréquentait de plus en plus les officines pour solliciter du pharmacien un conseil ou quelque soin bénin. Sa pharmacopée offrait une large gamme de remèdes, dont la pénicilline qui avait sauvé bien des vies.

Natacha naquit le 16 janvier 1947. Le docteur m'avait assistée pendant toute la nuit que dura le travail. Depuis ma première contraction, il m'avait installée chez lui dans l'une des belles chambres du premier étage et donné l'ordre de ne pas en bouger. Mme Boutelleau s'occupait de moi, inversant les rôles qui nous étaient dévolus. Cette nuit-là fut mémorable. Comme toutes les femmes qui enfantent, je crus mourir mille fois. Mais les souffrances qui me déchiraient les entrailles furent vite oubliées pour laisser place au plus grand des bonheurs lorsque je serrai contre moi ce petit bout de chair tout rouge et tout fripé.

Je confiai au docteur que le père de mon bébé était d'origine russe, raison pour laquelle je lui avais donné ce prénom assez peu usuel pour l'époque où la mode était plutôt aux Françoise, Nicole ou Liliane. Certes, je ne pouvais pas oublier Vladimir, incarné désormais sous les traits de Natacha, mais je n'avais plus ni regret ni amertume. Le temps avait effacé mes rancœurs, apaisé ma colère et dilué ma souffrance. J'avais un nouveau rôle à jouer, celui de mère, et j'avais bien l'intention d'être parfaite.

Ce qui me peinait le plus était de ne pas pouvoir le partager avec ma propre mère. Je savais par Denise que mon père campait toujours sur ses mêmes positions et qu'il ne reviendrait jamais sur sa parole, déterminé à ne pas pardonner. Son satané orgueil le rendait toujours aussi impossible à vivre. Néanmoins, par un dimanche de printemps, Denise me fit la surprise de m'amener ma nièce Raymonde, en cachette du reste de la famille. J'étais si heureuse que je laissai couler des larmes de joie. J'engageai Raymonde à continuer dans l'apprentissage de son métier de couturière, à prendre son envol et à gagner son indépendance. Jamais elle n'évoluerait en restant sous le joug de la famille, toujours régentée par son grand-père. Je crois que mes conseils lui furent bénéfiques.

Jamais le Dr Boutelleau ne me fit payer une consultation ou un médicament et Dieu sait combien il fut précieux pour conserver la santé fragile de Natacha. Le prix des visites était passé de deux cents francs lors de mon arrivée à six cents en 1957, le niveau de vie avait triplé en dix ans. Grâce à ses bons soins, ma fille réchappa de quelques maladies infantiles qui, sans son aide, auraient pu lui être fatales. Faible des bronches, elle était, chaque hiver, sujette à des affections pulmonaires qu'il diagnostiquait avant que le mal ne soit déclaré et qu'il soignait avec succès.

Natacha avait la chevelure de son père, de belles boucles brunes, des yeux d'un gris acier et un visage fin et racé. Dans le physique, elle n'avait guère hérité de mes traits. Je l'emmenais chaque jour avec moi chez le docteur et Mme Boutelleau jouait la nurse, un rôle qu'elle affectionnait tout particulièrement, frustrée de ne jamais avoir eu de descendance. Toutes ces années s'écoulèrent dans une douce quiétude qu'on aurait pu appeler « le bonheur de Barbezieux », pour faire référence à ce roman qui avait rendu célèbre Jacques Chardonne.

Puis Natacha entra à l'école primaire où elle s'avéra une élève studieuse, obéissante et dotée d'une très vive intelligence faisant ma fierté mais aussi celle du couple Boutelleau qui avait pris auprès d'elle la place de grands-parents adoptifs. Chaque soir, dans le salon, elle accomplissait ses devoirs sous l'œil attentif de Mme Boutelleau. Jamais une seule fois elle ne chercha, comme le font pourtant tant de bambins, à tapoter sur le piano. Il était pourtant à portée de ses jeunes mains curieuses et avides de nouveautés. Je dois reconnaître que j'en conçus un soupçon de déception. Cependant, plutôt que de lui imposer cette pratique, je la laissais libre de ses choix. J'aurais tellement aimé que le vieux Gaveau du salon, muet depuis si longtemps, reprenne vie sous ses doigts ! Mme Boutelleau avait bien tenté à différentes reprises d'attirer son attention en lui jouant de petites comptines auxquelles elle marqua une certaine indifférence. Si la musique ne l'attirait pas, il fallut bien l'admettre, en revanche elle dévorait les livres que la femme du docteur mettait à sa disposition, choisissant soigneusement ceux adaptés à son âge. Elle dévora tous les ouvrages de Jules Verne dans leur édition originale de chez Hetzel, au cartonnage de percaline rouge ornée de motifs polychromes et à la tranche dorée à l'or fin. Le docteur possédait la collection complète que nous feuilletions avec infiniment de précaution en nous émerveillant devant les illustrations.

Natacha devint une belle jeune fille épanouie, qui avait achevé ses études secondaires et passé brillamment son brevet supérieur. Dieu ! Comme les années avaient passé vite ! Son rêve de devenir institutrice était en passe de se réaliser ; après avoir réussi le concours, elle fut admise à l'école normale de La Rochelle. À l'adolescence, elle ne manifesta pas davantage de goût pour la musique, malgré les disques et la radio qui diffusaient à la maison tout le répertoire classique. Je dus me résigner et me faire une raison : ma fille ne serait jamais musicienne. Elle m'interrogeait souvent sur ce père qu'elle n'avait jamais eu. Je parvenais à éluder certaines questions délicates alors qu'elle n'était qu'une enfant. Mais plus elle grandissait, plus ses demandes revêtaient une pertinence à laquelle je sentais ne plus pouvoir me dérober. Continuer à lui cacher la vérité devint impossible.

Denise, dont les deux filles avaient huit et dix ans de plus que Natacha, me rendait visite, généralement chaque dimanche. Son amitié me réconfortait, elle me rapportait les échos du village, les nouvelles, les bonnes mais aussi les mauvaises. Les vieux parents d'Édouard étaient tous les deux décédés. À l'occasion de leurs obsèques, Denise avait revu notre ami d'enfance, elle ne me cacha pas qu'il lui avait parlé de moi avec tendresse et en laissant transparaître une certaine émotion. Puis ce fut à ma mère de s'éteindre, sans jamais avoir pu connaître sa petite-fille. Je me rendis au petit cimetière, quelques jours après l'enterrement auquel je n'avais pas été conviée. J'avais fait graver une plaque que je déposai sur sa tombe avec un bouquet de pensées. Bien qu'elle m'ait désavouée, j'entendais montrer à ma famille que j'avais de l'estime pour cette femme. J'étais convaincue qu'elle m'avait pardonnée comme je l'avais fait. En revanche, lorsque mon père la rejoignit dans la tombe l'année suivante, je ne pus me résoudre à faire la même chose. Je ne pouvais pas oublier le mal qu'il m'avait infligé. Quant à mon frère et à ma belle-sœur, j'attendrais qu'ils fassent le premier pas vers moi. Raymonde avait depuis longtemps fait son choix et continuait de nous rendre visite. Elle adorait sa cousine Natacha à qui elle apportait toujours une petite robe ou quelque vêtement qu'elle cousait elle-même à son intention.

Mme Boutelleau, qui s'occupait beaucoup de Natacha, avait progressivement abandonné son rôle d'infirmière auprès de son mari. Je fus donc requise pour la remplacer, répondant au téléphone pour prendre les rendez-vous, gérant le planning des consultations, secondant le docteur quand il avait besoin d'être assisté pour certaines interventions ou recevant les patients. En son absence, je tentais d'apaiser ceux qui souffraient ou de rassurer les inquiets. J'avais toujours quelque potion pour tenter de les soulager en attendant et je recueillais les symptômes pour tenter de gagner un peu de temps. Tous les après-midi, le docteur montait dans sa Panhard qu'il troqua plus tard pour une Renault Frégate puis pour une Simca Aronde pour visiter ses malades dans la campagne barbezilienne. À son retour, il y avait toujours quelques personnes qui patientaient anxieusement et auxquelles j'avais administré un comprimé d'aspirine pour les calmer. J'assurais en quelque sorte les urgences. Il me fallut parfois faire face à certaines situations où mon sang-froid fut mis à rude épreuve. Je dus poser des garrots pour juguler une hémorragie, le docteur m'avait montré les gestes qui sauvent, comment procéder aux premiers soins en cas de nécessité. Dans ce temps-là, le médecin était aussi un chirurgien et on n'allait pas à l'hôpital comme de nos jours.

Pendant les vacances scolaires de l'été 1965, Natacha me posa la question fatidique à laquelle je m'attendais. J'avais réfléchi à la façon d'aborder le délicat sujet de ce père inconnu qui la taraudait.

– Maman, tu es tombée veuve en décembre 1945 et je suis née en janvier 1947. Peux-tu me dire qui est mon père puisqu'il ne peut pas s'agir de celui qui était ton mari ?

Elle avait désormais dix-huit ans, les temps avaient changé, on s'acheminait vers une période de liberté des mœurs. Les relations mère-fille n'étaient plus celles que j'avais connues dans ma propre jeunesse. Alors je me mis en devoir de tout lui raconter, sans rien omettre. Je jouai la carte de la sincérité. D'ailleurs avais-je le choix ? Elle savait compter ! Je lui parlai alors de son père qui était ce pianiste célèbre dont le nom apparaissait de temps à autre sur les ondes de radio ou sur les écrans de télévision dont les Boutelleau avaient fait l'acquisition au début de l'année 1962. Il figurait parfois dans les chroniques mondaines de certaines revues. Il enchaînait toujours les concerts tant à Paris qu'à travers le monde, les tournées et les enregistrements. Sa talentueuse réputation ne s'était jamais démentie. C'était un demi-dieu adulé par un large public de toutes nationalités. Je ne suivais pas sa carrière à la lettre, mais le hasard me donnait parfois l'occasion de l'entendre sur les ondes de Paris Inter qui diffusaient quotidiennement des émissions musicales, avec beaucoup de retransmissions de concerts. J'en concevais une réelle exaltation liée davantage à la musique et aux émotions qu'elle engendrait qu'à l'ancien amant qu'il avait été pour moi. Certes, je ne pouvais pas nier qu'il était le père de Natacha dont la ressemblance était frappante. Mais je n'avais jamais cherché à le revoir ni à savoir ce qu'il était devenu. Nous étions quittes, il m'avait donné une enfant merveilleuse, en contrepartie j'avais respecté la vie qu'il menait, une vie dans laquelle je n'avais pas ma place.

– Je veux le rencontrer et lui dire que je suis sa fille !

Je reconnaissais là le caractère bien trempé de la famille dont Natacha était la digne héritière !

– Tu n'en feras rien ! Il en est hors de question ! lui répondis-je.

J'avais toujours gardé le silence autour de ce secret et respecté sa vie, je ne voulais pas maintenant semer la zizanie dans son foyer. J'avais élevé seule ma fille et je n'en étais pas peu fière, il était désormais trop tard pour ce genre de révélation. C'était mon point de vue, mais Natacha ne l'entendait pas de la même oreille.

– Il ne peut pas me renier ! poursuivait-elle avec entêtement.

– Certes, ta ressemblance avec lui est trop flagrante pour qu'il ne te reconnaisse pas même dans la rue ! Mais là n'est pas la question.

– C'est son nom que je devrais porter et non celui de ton mari avec lequel je n'ai aucun lien de sang et qui ne m'a jamais connue !

– S'il avait vécu, tu ne serais jamais venue au monde…

J'insistais pour lui ôter de la tête cette idée stupide et insensée, mais sans la certitude d'y parvenir. Je l'engageais plutôt à achever ses études, si brillamment commencées, et à devenir l'institutrice qu'elle avait choisi d'être ; ainsi serait-elle une femme indépendante et autonome, le bonheur, lui répétais-je souvent, passait avant tout par cette liberté-là. Je ne voulais pas la liguer contre la gent masculine, bien au contraire. J'espérais de tout cœur la voir épouser le jeune homme de son choix mais je tenais à lui faire comprendre qu'elle ne devait jamais être sous le joug d'un mari, fût-il le meilleur. Désormais, la nouvelle génération dont elle faisait partie cherchait à s'affranchir de cette vie-là qui appartenait au passé. Les femmes commençaient à s'émanciper grâce aux emplois qu'elles occupaient, j'estimais que c'était une très bonne chose. J'étais comblée par ma fille si belle et si intelligente et pour laquelle je ne regrettais pas les concessions et les sacrifices que j'avais dû faire. Quelle récompense était la mienne après toutes ces années de chaos sentimental, j'avais au moins réussi mon rôle de mère et j'en ressentais une fierté et une satisfaction sans égales. Mais je ne voulais pas lui donner mon exemple et je souhaitais à Natacha plus de chance dans sa vie que je n'en avais eu dans la mienne. Peut-être était-il présomptueux de vouloir réussir à la fois sa vie professionnelle, conjugale et maternelle ? N'était-ce pas trop demander à une simple femme de tenir sur tous ces fronts simultanément ? Je ne pouvais pas non plus lui expliquer dans le détail cette passion peu commune qui m'avait poussée vers l'homme qui était devenu son père. Une mère ne peut dévoiler ces choses-là à sa fille sans paraître inconvenante. J'avais toujours été pour elle une veuve « rangée » qui n'avait connu aucune aventure et jamais cherché à se remarier. Pourtant, elle était née de cette liaison éphémère autant que passionnelle sur laquelle je me refusais à lui livrer le moindre aveu. Cette époque-là était révolue, sans pour autant l'oublier ou la renier, mais elle appartenait à mon jardin secret.

Natacha obtint son diplôme d'institutrice à dix-neuf ans. Première de sa promotion, elle eut l'opportunité de faire des vœux pour choisir l'académie dans laquelle elle s'engagerait à enseigner les dix années suivantes. Chacun l'incitait à demander celle de Poitiers pour avoir une chance de rester le plus près possible de Barbezieux. Elle fut nommée à la rentrée de 1966 à… Paris ! Cette chipie s'était bien gardée de nous faire part de ses projets. J'appréhendais le pire.

Le pire arriva, mais pas de la façon que j'avais imaginée.

À mon grand désespoir et à celui du Dr Boutelleau et de sa femme qui adoraient Natacha comme leur propre petite-fille, elle partit s'installer à Paris où son école était située dans le 16e arrondissement ! Il semble qu'elle n'ait pas elle-même choisi cet arrondissement, toujours est-il qu'elle prit son poste en septembre, ravie et fière de faire ses débuts dans les beaux quartiers de la capitale. Les nouveaux maîtres étaient généralement envoyés en banlieue pour y faire leurs premières armes. Elle n'était pas une fille de la campagne, elle ne se plaisait qu'en ville, je l'avais compris depuis qu'elle était partie étudier à l'école normale. Elle ne pouvait espérer meilleure aubaine en étant nommée à Paris. Mais moi, je me faisais des cheveux blancs de la savoir si loin de nous et... si proche de son géniteur !

Les nouvelles qu'elle envoyait régulièrement par le biais du téléphone me rassuraient. Elle était comblée par son métier qui la passionnait et ne me parlait plus de son père sur lequel elle en savait cependant beaucoup trop, c'est-à-dire tout ce qu'elle avait pu me soutirer. Je m'interrogeais parfois sur le bien-fondé de cette confession. Avais-je bien agi en lui révélant tout ? N'aurais-je pas dû travestir la réalité pour couper court à toute éventuelle recherche ? Je ne savais plus que penser mais il était trop tard pour revenir en arrière. Que manigançait-elle à Paris en dehors de ses jours de classe, ce qui lui laissait beaucoup de temps libre ? Je la savais déterminée, têtue, tenace et capable de remuer des montagnes pour obtenir ce qu'elle voulait. D'après ce qu'elle disait, elle liait des connaissances, elle courait les bouquinistes des quais de Seine et, si j'avais bien compris – la fameuse intuition féminine –, elle avait rencontré un jeune homme, ingénieur dans les postes et télécommunications, qui habitait son immeuble, avec lequel elle s'entendait plutôt bien. Cette information me rassurait, ne la sachant plus seule dans cette grande ville où elle n'avait pas d'attaches, du moins officielles.

J'aurais aimé me rendre à Paris pour la voir mais je ne pouvais laisser seuls les Boutelleau qui commençaient à vieillir. Je ne pouvais pas abandonner ceux qui m'avaient accueillie au moment où j'en avais le plus besoin, où j'étais moi-même si désespérée. Le docteur avait maintenant pris sa retraite et n'aspirait qu'à couler des jours paisibles entre sa maison et son jardin, à lire son journal, à jouer aux échecs ou à s'occuper de ses rosiers. Natacha avait promis de venir passer les vacances de Noël à Barbezieux. La hâte de revoir ma chère fille me faisait bouillir d'impatience. Nous n'avions jamais été séparées si longtemps. Il fallait que j'attende quatre mois ! C'était interminable, intolérable et je supportais mal cette distance entre nous.

Enfin, le mois de décembre fut là, nous avions décidé de passer Noël dans la demeure du docteur. C'était presque devenu la maison familiale et un rituel d'y passer les fêtes. Natacha m'appela pour me dire qu'elle arriverait en compagnie de Gérard, qui, si je l'avais bien compris, était le jeune ingénieur avec lequel elle filait le parfait amour. Le choix du menu du réveillon avait été arrêté par Mme Boutelleau, un vrai festin avec des huîtres, du foie gras, une dinde aux marrons et la traditionnelle bûche. Gérard avait vingt-cinq ans et possédait une voiture avec laquelle Natacha et lui feraient la route. Ils avaient annoncé leur arrivée dans le courant de la journée du 24 décembre. Tout était prêt pour les accueillir au mieux, nous avions couru les magasins pour trouver les cadeaux. Bien entendu, Gérard était déjà considéré comme un membre de la famille, mon futur gendre, avant même de nous avoir été présenté. J'avais préparé les chambres pour les recevoir, dans la grande maison Boutelleau, ainsi que le docteur et sa femme en avaient décidé.

Nous nous faisions tous une joie de fêter ce Noël ensemble et nous étions impatients de faire la connaissance de Gérard. Ce soir de Noël nous réservait une surprise à laquelle nous étions loin de nous attendre. Une de ces méchantes surprises à laquelle nul n'est préparé et qui devait décider du destin de Natacha.

XIII

Le temps était froid et humide et la neige annoncée ne manqua pas de faire son apparition. Sur les ondes de France Inter, on pouvait suivre régulièrement des bulletins météorologiques. La nuit tombait vite en cette saison de l'année. Le ciel était plombé de nuages lourds de neige qui ne tardèrent pas à tout engloutir sous leur manteau blanc. Le vent s'était levé, ce qui accentuait d'autant plus la sensation de froid. Nous étions rentrées, frigorifiées, Mme Boutelleau et moi, les bras chargés des dernières courses en vue du réveillon. Il était convenu de me faire dormir sur place.

– Il suffira d'allumer le radiateur électrique pour réchauffer la petite chambre du deuxième et vous y serez mieux que seule chez vous par ce froid !

L'idée n'était pas pour me déplaire, je serais ainsi plus proche de Natacha. Il m'arrivait de temps à autre d'y coucher et le Calor soufflant son air chaud grâce à ses résistances lumineuses m'apportait un bien-être non négligeable. Il était vrai qu'affronter la nuit glaciale après le réveillon ne me disait rien, même pour franchir les deux cents mètres qui me séparaient de mon logement. La pendule du grand salon et celle de la salle à manger sonnèrent l'une après l'autre cinq coups répétés. Je fermai les volets en scrutant la rue à l'écoute du moindre bruit de moteur. Mais les autos ne circulaient guère, tout le monde s'était calfeutré chez soi, s'apprêtant à fêter Noël dans la chaleur du cocon familial. J'avais hâte de voir la Renault 16 de Gérard stationner devant la maison. Mais le temps passait et je n'entendais toujours rien, l'oreille à l'affût des bruits extérieurs. Ma joie et mon impatience commencèrent à se muer en inquiétude.

Dans la vaste salle à manger du rez-de-chaussée, j'avais dressé la table sur laquelle j'avais disposé le beau service de porcelaine de Limoges, les verres en cristal et l'argenterie qui reluisait pour avoir été astiquée la veille. J'avais plié les jolies serviettes damassées brodées aux initiales des Boutelleau et placé quelques bougeoirs d'argent hérités d'une vieille tante du docteur. Tout était prêt et me semblait parfait. J'admirai la disposition des couverts, inspectai une dernière fois, vérifiant que rien ne manquait, et me dirigeai vers la cuisine. Le docteur avait allumé la cheminée en plus du chauffage central au mazout qui alimentait de grands radiateurs en fonte. La demeure, bien qu'assez ancienne, était dotée de tout le confort moderne. Mme Boutelleau trompait son impatience en lisant une revue au salon et s'interrogeait sur les cadeaux qu'elle avait placés au pied du sapin. Pour Gérard dont nous ne connaissions pas les goûts, nous avions pensé à un flacon de cognac Prince Hubert de Polignac et un parfum.

– Vous êtes sûre qu'il est amateur de cognac, et que le parfum Monsieur Rochas lui conviendra ? me demanda-t-elle, doutant de ses choix.

Il était vrai que j'avais essayé de poser à Natacha quelques questions au sujet de Gérard sans avoir eu de réponses précises. Quant à elle, l'Air du Temps, un parfum de Nina Ricci, et un élégant pull-over en cachemire lui iraient à merveille.

– Elle le portera avec un pantalon, répondis-je.

– Les jeunes filles d'aujourd'hui ne s'habillent plus comme nous ! soupira Mme Boutelleau.

Il était vrai que les jupes s'étaient bien raccourcies, beaucoup trop à mon goût, que les filles avaient adopté les pantalons malgré la polémique engagée par les grands couturiers à leur sujet. Certains étaient contre, disant qu'il n'y avait rien de plus triste qu'une femme déguisée en homme, d'autres approuvaient son utilité pour le sport ou le bricolage. André Courrèges, lui, affirmait que la femme allait de l'avant, qu'elle ne devait pas rester en arrière d'un point de vue vestimentaire et qu'il y aurait un pantalon pour toutes les heures du jour et de la nuit. L'avenir devait lui donner raison. La mode était un éternel recommencement. Je me rappelais ma jeunesse, dans les années 30, où la rupture avait aussi été brutale. Pourtant, nous nous y étions bien habituées sans nous offusquer de ces changements pourtant radicaux. De nouveau, la femme se masculinisait en faisant siennes des tenues jusque-là peu appropriées à son sexe. Natacha aimait revêtir le pantalon fuseau qui mettait en valeur le galbe de ses longues jambes. Mais elle s'habillait aussi de petits tailleurs à la veste courte et droite comme la jupe et de longues robes vaporeuses aux imprimés bariolés. La télévision et les revues permettaient de diffuser cette mode que l'on adoptait sans se poser de questions. Brigitte Bardot et Jackie Kennedy étaient devenues de véritables icônes. Toutes les femmes cherchaient à ressembler à ces idoles à travers les vêtements dont elles se paraient. Natacha était une jeune fille qui se sentait bien dans sa peau, dans son époque et qui mordait la vie à pleines dents. J'étais précisément en train d'imaginer quelle tenue elle arborerait en ce soir de Noël quand retentit la sonnerie du téléphone. Je sursautai de surprise bien que ce son strident me fût pourtant familier.

Le docteur, comme à son habitude, décrocha l'appareil. Je n'entendis pas distinctement sa conversation mais mon intuition m'incita à me rapprocher de son bureau où je le vis, le combiné serré dans sa paume, blême et réprimant difficilement ses tremblements. Je surpris quelques mots prononcés à mi-voix : « Verglas… hôpital de Girac… bras cassé… urgences… » Mon Dieu ! Le pressentiment qui me taraudait depuis un moment, et que je refoulais de toutes mes forces, était donc devenu réalité. Gérard et Natacha venaient d'être victimes d'un accident de la circulation ! J'étais clouée d'effroi. Dès qu'il eut raccroché, le docteur se dirigea vers moi, grave, encore plus voûté que d'habitude. Il semblait soudain avoir vieilli de dix ans.

– Ne vous inquiétez pas, ils sont hors de danger !

Je sentis le sol se dérober sous moi. Il me retint, prête à m'effondrer, les jambes flageolantes, et me soutint jusqu'à un siège où il me fit asseoir. Que s'était-il passé ? Je voulais savoir et, en même temps, je redoutais la vérité.

– L'auto a glissé sur une plaque de verglas peu avant Angoulême, sur la nationale 10, et ils ont percuté le véhicule qui venait en face.

C'est tout ce qu'il avait pu apprendre. La Renault 16 n'était plus qu'un amas de tôles froissées et c'était un miracle que ses occupants fussent encore en vie. Gérard s'en tirait avec un bras cassé et Natacha avec le bassin fracturé et de multiples contusions dont le Dr Boutelleau n'avait pas eu tous les détails. Ils étaient actuellement pris en charge par le service des urgences de l'hôpital de Girac à Angoulême. Quant à la passagère de l'autre voiture, elle avait été tuée sur le coup alors que son mari s'en sortait presque indemne.

Mme Boutelleau s'était précipitée à son tour, comprenant que quelque chose d'inquiétant venait de se produire. Son époux dut nous administrer à toutes les deux un calmant qui nous assomma et nous fit dormir jusqu'au lendemain matin. La soirée du réveillon de cette année 1966 avait tourné court et tous nos beaux projets de fête de Noël en famille, si l'on peut dire, avaient viré au cauchemar. Certes, la vie de Natacha n'était pas en danger mais ses blessures étaient sérieuses et seraient longues à guérir. Le Dr Boutelleau nous conduirait dès le lendemain à l'hôpital de Girac, malgré la neige qui avait blanchi toute la contrée. Il connaissait les médecins de tous les services et aurait aisément accès au dossier.

Quel triste Noël que de revoir ma petite fille sur un lit d'hôpital, perfusée, plâtrée, bandée comme une momie à cause de ses multiples blessures. Elle nous reconnut mais peinait à parler, esquissant un malheureux sourire lorsqu'elle nous aperçut. Cette vision m'étreignit le cœur. Je restais assise près d'elle, lui tenant la main, en luttant pour ne pas laisser couler mes larmes. Il me fallait faire preuve de courage. Puis un jeune homme, le bras en écharpe, pénétra dans la chambre, accompagné d'un chirurgien. Ce fut dans ces pénibles circonstances que je fis la connaissance de mon futur gendre. Un beau brun à la peau mate, grand et svelte, aux yeux noirs. D'origine corse, il était lui aussi monté à Paris pour y faire ses études et s'établir dans la ville de ses rêves. Il culpabilisait, demandant pardon à Natacha bien que n'étant pas responsable de l'accident.

Le Dr Boutelleau avait rencontré ses confrères avec lesquels il eut une longue conversation au sujet de l'état de ma pauvre fille. Ses jours n'étaient plus en danger mais elle devrait patienter allongée le temps nécessaire, afin de permettre à la fracture de se ressouder. La rate avait éclaté sous la violence du choc mais on pouvait vivre sans cet organe dont l'ablation avait aussitôt été pratiquée. Elle avait perdu beaucoup de sang. Le reste n'était rien, seulement une question de mois pour qu'il n'en paraisse plus rien. Dès qu'elle serait en mesure de quitter l'hôpital, elle irait passer sa convalescence à Barbezieux où elle ne pouvait trouver meilleure maison de repos que celle du brave Dr Boutelleau qui surveillerait de près son rétablissement. J'étais un peu rassurée après toutes ces explications. Pour Natacha, le reste de son année scolaire était compromis et elle ne reprendrait pas la classe avant la rentrée de septembre, selon le diagnostic du chirurgien. L'essentiel était qu'elle se remette et qu'elle oublie vite cette malheureuse soirée de Noël qui aurait pu tourner à la tragédie.

Comment aurais-je fait sans l'aide et le secours du Dr Boutelleau qui m'a emmenée plusieurs fois par semaine à l'hôpital d'Angoulême pour la voir ? Gérard avait pu repartir par le train vers Paris où son arrêt de travail avait été assez court. Puis, après un long mois d'hospitalisation, les médecins, en accord avec le Dr Boutelleau, autorisèrent le transfert de Natacha à Barbezieux. Elle marchait avec des béquilles mais ses progrès étaient si spectaculaires que tous les espoirs de la voir trotter comme avant étaient permis. Entourée de sa mère et de ses grands-parents adoptifs, elle allait vite se refaire une santé. Ses plats préférés que je lui cuisinais et l'air du jardin ne furent pas étrangers à ses progrès rapides.

Gérard l'appelait chaque semaine et, avec les prochaines fêtes de Pâques qui se profilaient, il fut question de le revoir. Natacha s'était confiée à moi et m'avait annoncé leur intention de se marier. Je la trouvais encore bien jeune, mais ne venait-elle pas d'avoir vingt ans ? Quoi de plus naturel à cet âge que de penser à fonder un foyer ! Je me revoyais moi aussi au même âge, n'avais-je pas les mêmes aspirations, les mêmes rêves ? Je me laissai aller à lui parler de cette période où je ne vivais que pour Édouard.

Et c'est alors qu'elle évoqua de nouveau son père. Moi qui croyais qu'elle s'était fait une raison, pas du tout ! Comme je le redoutais, elle avait mené son enquête et, vivant dans le même arrondissement, elle n'avait guère eu de difficultés à retrouver sa trace. Il habitait toujours au 22 de l'impasse de l'avenue Foch. Vladimir avait une fille qui était dans sa classe, raison pour laquelle le retrouver avait été d'autant plus aisé. Il avait divorcé et s'était remarié, sa dernière fille avait dix ans. Elle s'appelait Tatiana. Encore un prénom russe !

– C'est ma demi-sœur, si tu savais comme elle est adorable et intelligente !

Je n'en doutais pas. Je fronçais cependant les sourcils pour exprimer ma désapprobation. Je m'étais débrouillée seule pour assumer l'éducation de ma fille. Elle était tout pour moi, ma seule famille et je n'avais pas l'intention de la partager avec ce père qui n'avait jamais rien su de son existence durant toutes ces années. Je n'avais pas l'impression que Natacha eût souffert de son absence, pas davantage de sa condition de fille unique. Mais maintenant, elle découvrait qu'elle appartenait à une nombreuse fratrie qui comptait pour le moins cinq sœurs !

– Je ne lui ai encore rien dit, mais je ne te cache pas que je l'ai rencontré plusieurs fois dans le cadre de mon métier. C'est un parent d'élève au même titre que les autres.

Elle m'apprit que sa nouvelle épouse était âgée de trente-huit ans. Je fus forcée de constater qu'il ne dérogeait pas à ses principes en continuant à collectionner les aventures et à user de ses charmes de séducteur impénitent. De quoi aurais-je l'air auprès de toutes ces femmes du monde fréquentant son sérail ? Moi la mère de Natacha, humble employée de maison, je ne faisais pas le poids et je n'avais plus l'âge de rivaliser.

– Écoute, pour tout t'avouer, il m'avait invitée à son prochain concert, salle Pleyel, en janvier dernier.

Si Natacha n'avait pas été hospitalisée, elle y serait allée et sans doute lui aurait-elle tout déballé de son histoire d'identité et de sa quête de paternité. Mais l'entrevue n'était pas annulée, seulement repoussée. Je soupirai longuement.

– Tu n'as pourtant jamais été très attirée par la musique classique ? lui fis-je remarquer.

C'était l'occasion pour Natacha de me donner ses impressions sur la question.

– Non, c'est vrai, je ne suis pas fan, mais je ne demande qu'à apprendre et à comprendre ! me répondit-elle avec un aplomb qui manquait de conviction.

– Je ne crois pas qu'il y ait quoi que ce soit à comprendre, c'est la sensibilité qui s'exprime, et de deux choses l'une : on est réceptif ou on ne l'est pas ! Chacun réagit différemment selon les formes d'art et selon ses propres émotions.

Je ne lui en voulais pas de ne pas ressentir de sentiment particulier à l'écoute d'un concerto de Chopin ou de Rachmaninov, d'une sonate de Beethoven ou d'un oratorio de Bach. Son père ne lui avait pas transmis cette fibre artistique, elle n'avait hérité de lui que son physique. Je l'aimais comme elle était, il allait sans dire ! Tant pis pour le reste !

Toute la période de sa convalescence, qui dura une partie de l'année, fut un enchantement quotidien. Chaque jour, je m'occupais de ma fille qui habitait chez le docteur, installée au rez-de-chaussée où on lui avait dressé un petit lit en fer. Elle ne pouvait pas encore gravir facilement l'escalier.

Gérard vint passer les fêtes de Pâques à Barbezieux, heureux et impatient de revoir sa fiancée qui lui avait beaucoup manqué. Natacha avait fait ses premiers pas avec lui, sans béquilles, seulement soutenue par les bras protecteurs de son promis. Ils avaient poussé jusqu'à la place du château. Chaque jour, les progrès étaient spectaculaires et encourageants. Elle s'ingéniait à mettre toute sa volonté dans une guérison rapide afin de pouvoir reprendre son poste au plus vite. Il fut aussi question de mariage. Natacha souhaitait profiter de l'été et des grandes vacances pour concrétiser ce projet et oublier ce cauchemar et tous ces mois d'immobilité qu'elle commençait à trouver longs. À moi pourtant, ils m'avaient semblé bien courts ! J'avais bénéficié de sa présence à mes côtés. J'ignorais à quel point ces moments étaient privilégiés, car ils étaient comptés…

Tous les médecins qui avaient suivi Natacha depuis son accident considérèrent qu'elle était complètement rétablie. J'acceptai, avec cette dose d'appréhension qui n'appartient qu'aux mères, de la laisser partir en Corse, en compagnie de Gérard. Elle n'avait pas rencontré ses futurs beaux-parents, il était bien naturel qu'elle fasse leur connaissance comme j'avais fait celle de Gérard. Le mariage était prévu pour la fin août avant leur retour à Paris et la reprise de leur travail. Le choix du lieu n'avait pas encore été fixé ; la future belle-famille avait aussi son mot à dire bien que la coutume voulût que le mariage fût célébré dans la commune natale de la jeune fille. J'espérais que cette tradition serait respectée mais je n'avais pas osé imposer ce point de vue.

Ma nièce Raymonde, qui s'était installée en tant que couturière dans le bourg de Baignes, devait se charger de confectionner toutes les toilettes de la noce et celle de la mariée, sa cousine. Le tissu d'organdi, le tulle brodé du voile et toutes les fournitures avaient déjà été achetés, n'attendant plus que Natacha pour les premiers essayages. Avec Gérard, ils devaient séjourner la première quinzaine de juillet en Corse et la seconde à Barbezieux. Nous les attendions avec impatience avant de nous lancer sérieusement dans les préparatifs de la cérémonie.

Ils revinrent à la date prévue, et là ma fille me confia ses impressions et surtout ses désillusions alors que Gérard était rentré à Paris pour son travail. Il ne reviendrait que pour les deux dernières semaines d'août. Les traditions et les mentalités corses l'avaient fortement troublée, au point de préférer se marier ici. Mais, visiblement, sa voix ne comptait pas. Gérard, qui ne voyait pas souvent sa famille, obéissait à sa mère qui faisait la loi. De plus, dans cette fratrie de neuf enfants, huit garçons et une seule fille, peu pouvaient entreprendre le voyage sur le continent en raison de leurs occupations et obligations respectives. Aussi avait-il été décidé que les noces de Natacha et de Gérard se dérouleraient en Corse, dans le village natal de ce dernier. « Ce sera la Corse ou rien ! » avait déclaré sa mère. Natacha me détailla par le menu ce qu'elle avait vécu pendant ces quinze jours, de la beauté des paysages corses, à couper le souffle, en passant par son climat merveilleux et ses plages féeriques, sa gastronomie… mais il y avait justement un mais…

– Ce n'est pas si grave, il y a longtemps que je n'ai pas voyagé et ce que j'ai vu de la Corse remonte à mon retour d'Indochine, quand j'ai rencontré ton père, précisément !

Il y avait exactement vingt ans. J'avais encore à l'esprit des images de côtes découpées, de montagnes roses et de mer toute bleue aperçues depuis le paquebot.

– Si, maman, c'est grave, c'est affreux et si injuste…

Décidément, je ne comprenais pas ce qu'un mariage en Corse pouvait avoir de si terrible !

C'est alors qu'elle fondit en larmes, elle d'ordinaire si stoïque et si fière, ne dévoilant pas facilement ses émotions. Entre deux hoquets, elle tenta de m'expliquer ce qu'était une famille corse. Une vraie famille corse bien ancrée dans ses mœurs, ses traditions et ses principes où la religion n'était jamais bien loin. On était resté à l'époque de la *vendetta* ! Tout en me racontant le calvaire de ces quinze jours, elle luttait contre la colère et les sanglots qu'elle parvint à ravaler. Je devinais briller au fond de ses yeux cette étincelle de rancune envers sa future belle-famille à laquelle elle devait se soumettre malgré elle.

Le Dr Boutelleau et sa femme, trop fatigués pour envisager un voyage en Corse, dissimulèrent leur déception. Ils comprirent que toute la famille de Gérard ne pouvait faire le déplacement alors que seuls Raymonde, son mari et moi formions la plus proche parenté de Natacha. Je savais cependant à quel point ils étaient contrariés d'en être écartés. Eux qui avaient plus compté et plus fait pour Natacha et moi que mes véritables parents et qu'elle considérait comme ses vrais et uniques grands-parents. D'ailleurs, ils avaient fait un cadeau princier à la future mariée. Sans le lui avoir encore dit, ils l'avaient instituée leur légataire universelle pour leur succéder en établissant un testament en sa faveur. Tous leurs biens meubles et immeubles lui reviendraient à leur décès. Ils espéraient secrètement que Natacha, d'ici quelques années, poursuivrait sa carrière d'institutrice en province et bien sûr à Barbezieux ou dans ses alentours. Les choses ne se passeraient pas comme chacun de nous l'avait envisagé ou espéré…

J'eus beaucoup de peine à abandonner le docteur et son épouse, même pour ces quelques jours. C'était la première fois en vingt ans, depuis mon arrivée chez eux, que je m'absentais. Avec Raymonde et son mari, nous embarquerions sur la Caravelle, à l'aéroport de Bordeaux, une première pour nous tous. Les futurs mariés nous avaient précédés de quelques jours. Natacha m'avait prévenue de la façon dont la cérémonie du mariage allait se dérouler. Ce qui nous attendait là-bas ne serait pas banal…

XIV

Nous nous apprêtions à atterrir à Bastia par un temps splendide, jamais je n'avais vu un ciel d'un bleu si intense, sauf peut-être au beau milieu de l'océan Indien ou de la mer Rouge. Alors que la Caravelle se posait sur la piste, nous ressentîmes de violentes secousses arrachant aux passagers quelques exclamations de surprise apeurée. Aussitôt, l'hôtesse appela au calme et, après quelques secondes qui nous parurent une éternité et où nous retenions notre angoisse, nous vîmes à travers les hublots une épaisse fumée noire s'élever en volutes charbonneuses. Que se passait-il ? L'avion était-il la proie des flammes ? Un mouvement de panique s'ensuivit, gagnant chacun d'entre nous. Une annonce du steward nous fit savoir que le train d'atterrissage avait pris feu au contact de la piste. Sans doute l'huile du circuit hydraulique était-elle entrée en contact avec les pièces chaudes du train à la suite d'une fuite, nous expliqua l'un des passagers pour qui la mécanique n'avait aucun secret. Des signaux de détresse rouges se mirent à clignoter dans le cockpit, contribuant à accentuer le malaise et les cris d'affolement qui fusaient de toutes parts. L'avion s'immobilisa enfin. Chacun était pressé d'être évacué de l'appareil au point de créer une bousculade que le personnel navigant avait bien du mal à endiguer. Les secondes semblaient plus longues que des heures. Je commençais à me demander si j'allais revoir Natacha lorsque circulèrent des rumeurs d'explosion. Les portes étaient bloquées, il était impossible de sortir de la carlingue. Nous étions pris au piège. L'avion allait sauter et nous avec. Des cris d'effroi retentirent, mais à quoi bon hurler ? Cette Caravelle, fleuron de l'aéronautique française, que nous étions si fiers d'emprunter pour la première fois était-elle victime d'une défaillance technique ou d'une erreur humaine ?

Nous n'allions pas finir carbonisés dans le ventre de cet oiseau géant ! Non, pas nous, pas aujourd'hui ! Le commandant de bord fit irruption dans l'allée centrale et réussit à calmer les esprits, nous expliquant que l'installation de toboggans au niveau des hublots était en cours. Grâce à ce système d'évacuation d'urgence, nous allions nous extraire de notre prison. Déjà, avant même que le signal nous fût donné, certains se laissaient glisser sur les ailes jusqu'à terre, au risque de se blesser en sautant.

Fort heureusement, les extincteurs avaient bien fonctionné et évité la propagation du feu, empêchant les conséquences dramatiques que chacun de nous avait pu craindre ou imaginer. Dans ces moments-là, toutes sortes d'idées, souvent incohérentes, assaillent l'esprit.

Raymonde s'élança la première puis je la suivis, tant bien que mal et peu rassurée ; heureusement, ce n'était pas trop haut. Nous ne pensions qu'à sortir au plus vite et à sauver notre peau. Nous dévalâmes la descente comme si nous étions sur un bobsleigh, un peu étourdis et les idées confuses en arrivant en bas. Toute une équipe de secouristes et des pompiers nous réceptionnèrent, nous réconfortèrent et nous prirent en charge. Certains s'étaient légèrement blessés dans leur chute. Mais au moment où Paul, le mari de Raymonde, se laissa à son tour entraîner dans la glissière du toboggan, celui-ci se décrocha et se renversa, surprenant mon pauvre neveu qui heureusement était presque parvenu au niveau du sol. Il s'en tira sans aucun mal grâce à sa souplesse naturelle qui lui permit de se réceptionner en sautant lestement. Il n'avait pas lâché son imperméable, soigneusement plié sur son bras. Nous courûmes le plus loin possible de l'avion bien que tout risque d'explosion fût écarté.

Ainsi se déroula notre arrivée à Bastia, certes un peu rocambolesque, mais nous étions sains et saufs. Nous garderions longtemps un souvenir mémorable de notre baptême de l'air ! Nous avions seulement besoin de nous remettre de nos émotions et, après un dernier contrôle prouvant que nous étions indemnes, nous fûmes autorisés à gagner le hall de l'aéroport.

Gérard et Natacha, qui nous y attendaient, étaient morts d'angoisse. Ils avaient assisté en direct à l'atterrissage et avaient vu les flammes jaillir du train et les nuages de fumée noire qui enveloppaient l'appareil. Ils avaient suivi le départ sur la piste des véhicules de secours, actionnant leurs sirènes tous azimuts, qui s'étaient élancés à la suite de la Caravelle. Nous tombâmes dans les bras les uns des autres, quelle peur avait été la nôtre ce jour-là !

Très élégante dans une robe imprimée de motifs géométriques dont les tons orangés mettaient en valeur sa chevelure et sa peau bronzée, Natacha se démarquait tant elle rayonnait. Pourtant, ce qui l'attendait le lendemain ne l'enchantait guère, mais, accrochée au bras de Gérard, elle semblait avoir tout oublié, du moins momentanément. L'essentiel était de devenir sa femme, elle tâcherait de faire contre mauvaise fortune bon cœur et tant pis si son mariage n'était pas celui dont elle avait rêvé. Je ne pouvais m'empêcher de penser au mien. Pour des raisons différentes, ce n'était pas non plus le mariage de mes espérances. J'eus un pincement au cœur en y resongeant. Pourquoi fallait-il que les choses ne se déroulent jamais comme prévu ?

Après avoir récupéré nos bagages et quitté Bastia avec une bonne heure de retard, Gérard emprunta une route étroite et sinueuse, très vallonnée à travers de petites montagnes aux sommets boisés. Nous nous dirigions vers le village de La Porta où Gérard était né, à une quarantaine de kilomètres plus au sud. Nous rencontrions des vieilles maisons de pierre, regroupées en hameaux et accotées au flanc des massifs. Ce département insulaire de France avait bien du charme et je ne regrettais pas le voyage malgré ses péripéties dont nous commencions à peine à nous remettre. Vingt ans déjà que j'avais posé mes valises à Barbezieux et que je n'en avais pas bougé, aussi ce déplacement était-il une bouffée d'oxygène. J'avais l'esprit curieux et je reconnais que l'Indochine m'avait formée à cet aspect aventurier de ma personnalité. Pourtant, j'aurais mille fois préféré que ce mariage eût lieu à Barbezieux, et pas seulement pour permettre aux Boutelleau d'y assister.

Nous nous extasiions devant tant de merveilles naturelles, de paysages d'une beauté sauvage, de vallées où se nichaient de petits villages typiques. Gérard commentait les lieux par lesquels nous passions. Il nous avait fallu deux bonnes heures pour franchir cette courte distance, tant la route tournait et grimpait, pour enfin redescendre en formant une succession interminable de virages en épingle à cheveux. Parfois, nous empruntions un antique pont de pierre enjambant un ruisseau. De temps à autre, il fallait laisser la priorité à quelques cochons noirs ou à un troupeau de chèvres qui traversaient nonchalamment sans se soucier de nous. Le trafic était quasi inexistant. Les sommets étaient couverts de châtaigniers, de frênes et de chênes où porcins et ovins erraient en toute liberté et toute sécurité. Les sous-bois formaient une épaisse végétation qui regorgeait de bruyères, d'arbousiers et de houx.

– Les cerises de la région sont les meilleures de toute l'île ! nous précisa Gérard.

Le jeune homme aimait sa région natale malgré son attachement pour Paris où il avait l'intention de faire carrière. Sans renier ses origines, il voulait vivre avec son temps et évoluer au rythme des nouvelles technologies qui voyaient le jour quotidiennement et au développement desquelles il contribuait par le biais de son métier.

Enfin nous apparut, édifié sur les flancs d'une arête du massif du Monte San Petrone se dressant à mille sept cent soixante-sept mètres, le village de La Porta d'Ampugnani qui comptait trois cent cinquante habitants. Les maisons construites avec du schiste, de l'ardoise et des moellons hissaient fièrement leurs hautes silhouettes austères. Je pensais en mon for intérieur qu'elles étaient à l'image de leurs occupants : ascétiques et rudes.

– Et voici la plus célèbre et la plus belle église baroque de toute la Corse ! fit Gérard en désignant l'édifice.

Surgissant devant nous, au détour d'un virage, l'église Saint-Jean-Baptiste dressait son campanile culminant à quarante-cinq mètres avec ses cinq étages dans un pur style rococo. Une merveille architecturale qui nous cloua de surprise tant il était impensable de trouver ce genre de construction dans un si petit village perdu dans la montagne !

– Et encore, vous n'avez pas vu l'intérieur ! poursuivit Gérard.

Il stoppa la voiture devant la dernière maison du bourg, dont l'imposante façade, percée de quatre rangées de minuscules ouvertures, dominait la ruelle de toute sa hauteur. C'était une demeure ancestrale où vivaient trois générations abritant la même famille depuis des siècles. La porte en bois de châtaignier, dont les lames étaient fixées par une multitude de clous, s'ouvrit sur des enfants, puis des jeunes adultes et des anciens qui, tous, venaient nous souhaiter la bienvenue. Je considérais un peu anxieusement tous ces visages tournés vers nous, dont l'expression ne reflétait aucune cordialité, du moins apparente. Natacha m'avait prévenue de leur mentalité particulière et je ne m'attendais pas à être accueillie à bras ouverts. À leurs yeux, je passais pour une mère indigne de l'éducation qu'elle avait donnée à sa fille…

Les parents s'avancèrent les premiers et Gérard fit les présentations. Son père portait une barbe grisonnante mais, sous ses abords assez rudes, je sentis une fierté qui ne contrariait pas l'hospitalité qu'il souhaitait nous offrir. Sa mère, à soixante ans, tout de noir vêtue, avait des traits d'une perfection qui me stupéfia, ce qui ne démentait pas la tradition selon laquelle les femmes corses passaient pour être les plus belles. J'avais compris que ce peuple, orgueilleux et susceptible, était attaché viscéralement à sa culture, à son histoire et à ses coutumes qu'il continuait à faire vivre et à transmettre, sinon à imposer. Il avait, de tout temps, tellement combattu pour son territoire tant de fois envahi et colonisé qu'il montrait au continental et, d'une manière générale, à tout étranger cette face hostile et suspicieuse de son tempérament. Par-dessus tout était l'honneur, toujours sacré, et qu'il soit lié à sa famille, à son nom ou à sa terre, il n'avait de cesse de le préserver, de se battre afin de le faire respecter.

Natacha m'accompagna à la chambre que nous partagerions, au premier étage, tandis que Raymonde et son mari Paul s'installaient dans celle de Gérard. La maison était aussi sobre et rigide à l'intérieur qu'à l'extérieur. Je n'ose dire inhospitalière avec ses épais murs et ses étroites fenêtres destinées à ne laisser pénétrer ni la lumière et la chaleur de l'été ni le froid de l'hiver. Le mobilier ancien et rustique s'accordait avec les êtres qui l'habitaient. Cette grande maison, tout en hauteur, comme on en voyait beaucoup dans cette région pentue et schisteuse du nord de la Corse, possédait différents niveaux desservis par un escalier de pierre extérieur. Au rez-de-chaussée vivaient les bêtes, au premier étage se trouvaient les chambres et au deuxième la pièce principale avec, au centre, le *fucone* où brûlait toujours un feu sur un lit d'argile serti d'un cadre de pierre. La fumée se perdait dans les combles tout en permettant de sécher châtaignes et charcuteries.

Natacha s'était assise sur le lit en soupirant.

– Si tu savais, me dit-elle, comme j'ai hâte d'en finir avec ce mariage et de rentrer à Paris !

J'avais bien noté sa hâte de revoir la capitale, j'en conçus un pincement au cœur, mais je devais comprendre que c'était chez elle désormais, et là qu'elle voulait faire sa vie. Je me demandais si la présence de son père n'y était pas un peu pour quelque chose. Elle avait passé six mois à Barbezieux, autant dire une éternité dans ce trou perdu, loin de la trépidante vie parisienne. Je lui rappelai tout de même qu'elle épousait l'homme que son cœur avait élu, ce qui était un élément non négligeable dans un mariage. Elle me sourit, me prit par le bras.

– Pardonne-moi, maman, je me plains alors que j'ai tout pour être heureuse avec Gérard qui est l'homme de ma vie !

Elle me proposa d'aller nous dégourdir les jambes en compagnie de Raymonde avant le dîner. Le village de La Porta, juché à cinq cent trente-cinq mètres, au centre duquel une fontaine en pierre alimentait les habitants en eau, n'était desservi que par une seule route qui serpentait dans la vallée, enlaçant les flancs de la montagne de sa longue écharpe grise. Le bourg tenait son nom de la position stratégique qui en faisait la porte d'entrée de la région de l'Ampugnani reliant celles de la Castagniccia et de l'Orezzi. C'était un véritable lieu de passage vers l'intérieur de l'île depuis des temps immémoriaux.

Du café, toujours bien fréquenté, montaient des clameurs en langue corse.

– Leurs chants sont magnifiques !

Natacha avait assisté dans l'église à une représentation. Ces chants polyphoniques à trois voix, où le profane et le sacré se mêlent, font partie intégrante de la culture corse. Ils célèbrent aussi bien les défaites de l'armée corse au temps de Louis XIV que la complainte du berger, les prières ou les fêtes de village. Ils se sont ainsi transmis de façon orale depuis la nuit des temps.

Nous dirigions nos pas justement vers cette église dont le curieux clocher n'avait rien de commun avec nos monuments religieux charentais. Les maisons paysannes de pierres plates, sobres et massives contrastaient avec son style grandiloquent. Sa façade, peinte en ocre et blanc, en imposait avec ses décors de pinacles, de volutes et de coquilles encadrant une fenêtre ovale et son portail d'entrée entouré d'élégants pilastres. Monumentale et harmonieuse dans sa symétrie, elle laissait présager le faste de son intérieur. L'église construite en 1648, son vertigineux campanile fut achevé en 1720. Elle nous sidéra encore davantage lorsque nous en eûmes poussé la porte. Gérard n'avait pas exagéré et l'effet de surprise nous figea littéralement. Les peintures de ses voûtes, les tableaux, les retables en bois sculpté, la tribune et l'imposant buffet d'orgue polychrome explosaient de la magnificence de leurs ors. Des récitals d'orgue étaient donnés régulièrement sur cet instrument qui passait pour l'un des plus beaux de l'île, sauvé de la destruction lors de la Révolution par un mécène mélomane. Un peu plus haut, une chapelle funéraire dédiée à saint Louis de Gonzague rappelait un peu l'architecture de l'église.

Raymonde avait été mise dans la confidence de ces épousailles si peu conventionnelles, ayant été contrainte de teindre en hâte la robe blanche de Natacha. Dans nos campagnes charentaises, il arrivait parfois de refuser à la mariée la robe blanche, gage de la pureté et de la virginité, lorsque le signe de la grossesse était devenu trop visible. On optait alors pour un ton pastel ou un tailleur classique, gris généralement. Natacha n'était pas enceinte, du moins pas à ma connaissance. Pourtant, ainsi que l'avait décidé la famille corse, elle n'avait pas été autorisée à porter le blanc immaculé réservé aux vierges. La raison était simple : quand les parents de Gérard avaient vu arriver le jeune couple, alors qu'ils venaient seulement de se fiancer, ils en avaient tiré certaines conclusions. De là à imaginer qu'ils avaient déjà goûté au péché de chair, il n'y avait qu'un pas dans ces esprits forgés de principes. Une déduction certes hâtive. Dans cette contrée insulaire, on ne plaisantait pas avec les codes de l'honneur. Le mariage aurait donc bien lieu, pour réparer l'affront censé avoir été infligé, mais il serait soumis à certains rites des plus âpres auxquels les futurs époux devraient accepter de se soumettre.

Je ne sais pas laquelle des deux cousines fut la plus outrée. De Natacha qui rêvait de revêtir sa belle robe ou de Raymonde qui l'avait entièrement confectionnée dans un organdi blanc orné de guipure. Elles avaient choisi ensemble le modèle sur *Jours de France*. Depuis sa création en 1954, les médecins recevaient gratuitement, à l'intention de leurs patients, cette luxueuse revue hebdomadaire de plus de deux cents pages, vouée à la mode et aux chroniques mondaines. C'était d'ailleurs dans l'un des premiers numéros que j'avais pu lire un article consacré à Vladimir et apprendre que chacun de ses cachets lui rapportait la somme de cent mille francs, l'équivalent du salaire mensuel d'un ingénieur !

Il fut donc décidé que la robe serait teinte dans un rose pastel tirant légèrement sur le mauve. Natacha allait vivre son mariage comme une épreuve frustrante et humiliante. Tout cela pour se conformer au bon vouloir de la famille de Gérard qui ne pouvait se soustraire aux traditions et aux croyances de son village. Car en Corse, ne disait-on pas qu'il y avait autant d'habitudes que de villages ? Le jeune homme ne voulait pas froisser les siens, même si ces coutumes moyenâgeuses lui paraissaient ridicules et si la rumeur qui en était à l'origine ne reposait sur aucun fondement. Mais en Corse, quand on est promis, on ne doit en aucun cas se promener ensemble sans être accompagné d'une tierce personne. Ce n'était ni convenable ni concevable. En plein XXe siècle, Gérard, en vrai Parisien qu'il était devenu, avait oublié ce folklore ancestral auquel ses parents étaient toujours aussi attachés.

Natacha ne me confia pas si ses beaux-parents avaient vu juste quant à leurs présumées relations. Je ne voulais même pas le savoir, ma fille était libre d'agir à sa guise et ce n'était pas moi qui la jugerais pour ce genre de faits. J'étais bien mal placée ! De tout temps, et plus encore dans ces années 60, on a fêté Pâques avant les Rameaux et, à ma connaissance, la face du monde n'en a jamais été modifiée ! L'esprit de ces Corses me semblait bien rétrograde. S'ils savaient que Natacha portait le nom d'un homme qui n'était pas son père, je me demande ce qu'ils auraient pensé de moi. Sans doute aurais-je été bannie ! Gérard l'ignorait, Natacha n'avait pas partagé avec lui le secret de sa naissance. Du moins pas encore… Elle aurait bien le temps plus tard ! Il souffrait davantage de voir à quel point sa future épouse était affectée par ce que l'on appelait dans son village *porter la galipette*.

Cette cérémonie fut un calvaire pour ma pauvre Natacha qui s'était fait une tout autre idée de ce jour mémorable ! Ce jour se déroulait en réalité la nuit puisque les « festivités », si toutefois on pouvait les appeler ainsi, commencèrent après soleil couché ! C'était là l'une des conditions majeures imposées par cette fameuse *galipette*. Dans notre région, on avait l'habitude de *porter charivari* à l'occasion de certaines épousailles mal assorties. Il s'agissait généralement de remariages ou bien d'époux présentant une grande différence d'âge, ou dont la réputation était entachée de quelque scandale. Cependant, depuis la Grande Guerre, ces bruyantes démonstrations accompagnées de beuveries aux frais des mariés n'avaient plus cours, car jugées précisément démodées et irrespectueuses. En Corse, si le nom était différent, la pratique n'en était pas moins identique.

Raymonde, en tant que témoin de sa cousine, fut contrainte de signer l'acte à la lueur d'une pile électrique puisqu'il faisait nuit noire ! Les photos étaient interdites pour mieux effacer des mémoires cette journée qui ne devait pas rester dans les annales. Il était vrai que rien de cette célébration ne méritait d'être retenu. Heureusement, nous avions fait faire un portrait de la mariée à Barbezieux dans le parc des Boutelleau avant d'avoir fait teindre la robe. Mon Dieu ! Qu'elle était belle ma petite Natacha dans sa longue robe, ample et vaporeuse, au bustier de dentelle avec son voile de tulle brodé et son bouquet de roses rouges qui rehaussait tout ce blanc ! Elle avait absolument tenu à porter un bouquet de ces fleurs, ses préférées, achetées chez le fleuriste de Barbezieux spécialement pour les besoins de la photo. À La Porta d'Ampugnani, les fleurs aussi lui furent interdites. Elle dut renoncer à tout ce qui fait le charme et l'attrait de ces cérémonies ! Pas de jonchée au sortir de la mairie, pas de cortège précédé de quelque musicien comme c'était de rigueur chez nous en Charente et sûrement aussi dans les autres régions. Pas de toasts portés aux nouveaux mariés. Pas question de prendre une seule photo ! En revanche, il fallait raser les murs, se faire discret pour ne pas attirer l'attention sur ce couple qui avait fauté, bien qu'aucune preuve ne vînt étayer ces prétendues hypothèses. Le bon docteur et sa femme ne devaient jamais connaître les détails de ce mariage pour le moins singulier afin de ne pas en ajouter davantage à leur désarroi. On leur fit croire que les clichés que nous étions censés rapporter de Corse avaient été perdus par le photographe chargé de leur développement !

Mais le pire fut de monter à califourchon à l'envers sur un âne pour faire le tour du village. C'était la honte pour la mariée, le comble de l'affront qui lui était ainsi fait, contrainte de divulguer une prétendue mauvaise conduite. Puis, pour finir, un repas avait réuni tout le clan de la *parentella* réunissant grands-parents, parents, frères, sœur, belles-sœurs et beau-frère, et leurs enfants respectifs, ce qui constituait une bonne quarantaine d'invités. Ce dîner avait la particularité de ne proposer que des mets sucrés, préparés par la mère de Gérard. Beaucoup de ces pâtisseries étaient confectionnées à base de farine de châtaigne, de noix ou de noisette. Les *canistrelli*, biscuits secs et croustillants aromatisés à l'anis et à base de vin blanc, les *fritelli* ou beignets, les *migliacci* et *pisticcini*, ces flans de châtaignes, les *fiadone* au citron et au *brocciu*, ce fromage frais de brebis entrant dans la plupart des plats corses sucrés ou salés, étaient autant de desserts qui recouvraient une immense table dressée dans la pièce principale. Pour ma part, étant assez gourmande, je les trouvai succulents mais je savais que mon neveu se serait davantage régalé avec les saucissons et les jambons dont le fumoir regorgeait. Les mariés eurent droit au tourin, cette infecte soupe à l'ail à laquelle j'avais, quant à moi, échappé lors de mon mariage.

Quel soulagement quand nous eûmes regagné nos chambres, après ce repas, et que tout fut fini ! Il était vrai que tout avait été rapidement conclu. Ce soir-là, Natacha eut le droit de rejoindre celui qui était désormais son mari aux yeux de Dieu et de la loi, dans une chambre de l'unique auberge du village où ils s'étaient retirés. Elle semblait plus détendue qu'au matin de cette journée si particulière que je ne savais comment la qualifier. Un mariage sous de tels auspices pouvait-il être voué au bonheur ? L'avenir devait m'apprendre qu'on était en droit de douter !

Malgré la beauté du pays de la Castagniccia, qu'en d'autres circonstances nous aurions aimé explorer, chacun d'entre nous avait hâte de regagner notre province aux us et coutumes moins archaïques. Nous avions l'impression de rentrer d'un voyage dans les temps obscurs de l'Inquisition, d'y avoir croisé des sorcières sur leurs bûchers. Ce n'était pas une légende que chaque région de l'île conservait comme un trésor ses usages et ses traditions, ses superstitions et ses présages. Ne lisaient-ils pas dans le vol des oiseaux, dans le comportement des animaux ou en scrutant méticuleusement le ciel ?

Je sus également que les parents de Gérard souhaitaient le voir épouser une jeune fille du village et que tous en gardaient une sourde rancœur. Heureusement, rien n'avait été promis entre eux, mais la famille s'était vengée de cette façon, faisant porter à Natacha le poids du déshonneur et de la méfiance qu'elle leur inspirait, en tant qu'étrangère. Le proverbe corse qui disait : « Marie-toi dans ton pays, marie-toi dans ta commune, mais marie-toi si tu le peux dans ton village » s'était avéré on ne peut plus d'actualité, même en plein XXe siècle. Une preuve supplémentaire que les insulaires ne pactisaient pas facilement avec les continentaux.

XV

À BARBEZIEUX, LES HABITUDES avaient repris dans la grande maison des Boutelleau où le temps tournait au ralenti. Chacun vivait dans l'attente des nouvelles de Paris où les jeunes mariés avaient repris leurs activités professionnelles. Chaque fois que le téléphone sonnait, j'espérais entendre, à l'autre bout, la voix toujours juvénile de Natacha. J'avais du mal à me faire à l'idée que ma fille avait grandi et qu'elle était devenue une femme à son tour. J'appréhendais cette entrevue qu'elle s'était promis d'avoir avec celui qui était à la fois un monstre sacré de la musique et son propre père. La retransmission d'un concert sur France Musique, que j'écoutais chaque jour grâce au transistor dont j'avais fait l'acquisition, me rappelait sans cesse qui était cet homme et quelle place, bien que fort brève, il avait occupée dans ma vie. Natacha ne renoncerait pas à son projet, je la connaissais trop pour savoir qu'elle mettrait tout en œuvre pour atteindre son objectif. Pourtant, j'espérais que cette rencontre n'aurait jamais lieu. Je ne voulais pas qu'il pût penser que j'en étais l'instigatrice. D'ailleurs, comment réagirait-il en apprenant que Natacha était sa fille, vingt ans après ? Aurait-il des souvenirs de cette traversée de Saigon à Marseille et de ce mois d'avril 1946 ? Combien d'autres voyages de par le monde avait-il effectués pendant ces vingt ans ? Combien de femmes avait-il rencontrées, séduites et aimées ? Natacha n'était peut-être pas la seule enfant née de ses unions illégitimes. J'avais finalement si peu et si mal connu cet homme.

Comme l'année précédente, Noël se profilait en me rappelant le tragique accident dont ma fille avait été victime. Avec le froid, la neige et le gel rendaient de nouveau la chaussée glissante. Je ne vivais plus que dans la crainte et j'étais assaillie par ces horribles souvenirs liés à l'hiver précédent. En m'annonçant qu'ils emprunteraient le chemin de fer, je fus rassurée. Ce Noël-là fut inoubliable, parfait en tout, rachetant les événements dramatiques que j'aurais voulu enfouir au plus profond de ma mémoire. Natacha et Gérard nous firent une immense surprise en nous annonçant la naissance, prévue en juillet, de leur futur enfant. Quel plus beau cadeau pouvaient-ils nous offrir ? Natacha était enceinte de deux mois. La famille corse pouvait être rassurée sur la chronologie des événements qui avait été bien respectée ! Je gardais toujours à leur encontre une certaine rancune pour avoir imposé à ma fille un mariage aussi humiliant. Mais j'allais être grand-mère et cette nouvelle ne pouvait davantage me remplir de joie et me combler de bonheur, malgré l'éloignement.

– Tu prendras le train ! m'avait suggéré la future mère.

Il était vrai que les transports, de plus en plus rapides et confortables, réduisaient les distances. On prenait place dans un train le matin à Barbezieux et, l'après-midi, on descendait à Paris ! Jusqu'où irait cette course folle vers un progrès qui m'étourdissait et qui allait si vite que j'avais l'impression de ne pas pouvoir suivre ?

Je considérais ma petite fille qui allait fêter ses vingt et un ans, dont le bonheur manifeste se lisait sur son visage rayonnant et épanoui, protégée par l'amour de Gérard. Comment avais-je pu assumer cet état, seule, rejetée par ma famille et, en quelque sorte, abandonnée par le père de mon enfant ?

Quel courage avais-je dû déployer ! De quelle détermination et de quelle volonté avais-je fait preuve ! Je possédais une force qui m'avait empêchée de sombrer et qui m'avait fait prendre la vie à bras-le-corps. Comme elles avaient été belles, toutes ces années à élever ma fille, malgré ma solitude, et comme j'en étais fière ! Je louais le Ciel d'avoir mis sur ma route le Dr Boutelleau et son épouse qui avaient été bien plus que des employeurs ! Mon parcours avait été certes rude et pénible, parfois je l'avais trouvé bien injuste envers moi, mais comme j'étais heureuse aujourd'hui d'avoir réussi l'éducation de ma fille et de voir ce qu'elle était devenue !

Natacha ne me parla pas de son père durant la semaine qu'elle passa à Barbezieux avec Gérard. Le temps maussade nous avait tous rassemblés à l'intérieur autour de la grande cheminée. Il était beaucoup question de cette grossesse qui, contrairement à ce que fut la mienne, ne lui causait aucun symptôme particulier. Cependant, le Dr Boutelleau mit Natacha en garde contre d'éventuelles complications que son accident aurait pu générer. Il l'incita à la prudence et à ne pas négliger les visites prénatales même si aucune séquelle n'était apparente. À Paris, elle accoucherait à la maternité pour plus de sécurité et aussi parce que c'était devenu une pratique désormais courante pour toutes les femmes. Tout était déjà prévu et organisé.

Raymonde rendit visite à sa cousine qui en avait profité pour lui faire coudre une robe ample en prévision de son futur embonpoint. Mon amie Denise nous avait invités chez elle dans sa grande maison au cœur des vignes. Ces huit jours avaient passé bien trop vite, autour d'une bonne table bien garnie. Il me faudrait patienter jusqu'aux prochaines vacances de Pâques pour voir revenir Natacha en Charente. Comme cette attente serait longue !

Quelle joie en entendant chanter le coucou pour la première fois, en voyant refleurir les jonquilles et les narcisses, éclore les premiers bourgeons ! Le printemps n'était pas loin et Pâques approchait à grands pas. J'avais hâte de revoir ma fille qui portait la vie. Nous étions allés l'attendre à la gare d'Angoulême. Comment pouvais-je savoir que les heures intenses que je vivais là seraient les dernières ?

Natacha était à la moitié de sa grossesse, elle n'était pas trop fatiguée et sa tunique à la coupe vague dissimulait ses premières rondeurs qu'on soupçonnait à peine. Elle souhaitait se reposer et, allongée sur une chaise longue, put bénéficier des rayons du soleil qui se montra particulièrement généreux durant ces quelques jours. Nous passions des heures ensemble confortablement installées sur la terrasse donnant sur le jardin. Parfois, Mme Boutelleau se joignait à nous. Bien que le docteur eût cessé son activité, j'étais toujours employée à leur service. C'est alors que Natacha me raconta sa visite chez son père. Elle tenait à me faire savoir ce qui s'était passé, bien que connaissant mon hostilité à ce projet. Je l'écoutai parler sans l'interrompre et sans ciller. Ainsi, elle était allée au 22 du square de l'avenue Foch et, l'ayant reconnue comme l'institutrice de sa fille cadette, il l'avait reçue, pensant qu'elle venait l'entretenir de faits se rapportant à l'école. Elle lui avait demandé à brûle-pourpoint s'il avait gardé un souvenir de sa tournée en Extrême-Orient, au printemps de l'année 1946. Il avait tout d'abord affiché sa surprise, loin de s'attendre à cette question venant de la maîtresse d'école de sa fille. Puis il avait puisé dans sa prodigieuse mémoire et souligné quelques anecdotes dont un piano si désaccordé qu'il était injouable, une attaque de moustiques à Hanoi et un public si enthousiaste qu'il avait cassé la porte pour entrer alors qu'on avait affiché complet. Enfin, elle lui avait parlé de la traversée du retour sur le *Maréchal-Joffre,* entre Saigon et Marseille. Elle avait parfaitement enregistré tous les détails qu'elle m'avait soutirés trois ans auparavant. Il avait froncé les sourcils, l'avait considérée d'un autre regard mais avait opté pour la franchise. Il y avait vingt et un ans de cela, lui fit-il remarquer. Elle rétorqua qu'il s'agissait précisément de son âge. Elle voulait savoir s'il se souvenait de la femme voyageant seule et qui aimait tant la musique. Cette femme pour laquelle il jouait toutes les nuits sur le piano du salon. Cette femme, c'était sa mère !

Il aurait pu l'injurier, lui demander de quel droit elle se permettait de venir l'importuner chez lui. Il aurait pu la jeter dehors à vouloir jouer les intrigantes. Il s'était levé calmement du fauteuil où il avait pris place, il avait fait quelques pas dans le vaste salon, s'était rapproché de son Steinway noir, avait posé ses doigts sur le clavier et, d'une seule main, esquissé quelques notes d'une mélodie que Natacha reconnut pour l'avoir maintes fois entendue. Et il lui avait dit que sa mère aimait tout particulièrement cette sonate de Beethoven, l'*Appassionata*, dont il avait repris le thème principal. Non, il n'avait pas oublié cette aventure sur le paquebot. Il n'avait jamais rencontré une femme dotée d'une telle sensibilité envers la musique. Un interprète ressent ces choses, et son jeu n'en est que sublimé, stimulé par de telles émotions.

« Je suis née le 16 janvier 1947 », avait-elle seulement ajouté.

Il avait blêmi, l'avait regardée plus intensément encore. Il avait compris qu'elle était sa fille, il ne pouvait le nier, trop de détails physiques les rapprochaient. Les mêmes yeux, la chevelure qui avait, certes chez lui, viré au gris, la forme du visage, de la mâchoire et du nez. On aurait dit qu'un même moule les avait façonnés. Il lui demanda à son tour pourquoi sa mère ne lui en avait jamais rien dit, elle aurait été en droit de lui avouer la vérité. Il aurait pris des dispositions pour l'aider. Ce qu'il aurait fait à l'époque, il était incapable de le dire, il était marié, il était vrai, mais il aurait agi, d'une façon ou d'une autre. Il l'aurait protégée, il aurait tenté de réparer.

– Ma mère a essayé de vous retrouver, elle est venue frapper à votre porte. Vous étiez absent, votre bonne lui a proposé d'être reçue par votre épouse. Elle était désespérée et venait d'être rejetée par sa famille. Elle a préféré repartir et ne rien dire.

Il avait baissé les paupières, hoché la tête en signe de désolation. Natacha crut même lire de la douleur, de la déception dans son regard. Elle fut convaincue de sa sincérité. D'après elle, il m'aurait secourue.

Mais ce n'était pas de la compassion que j'étais venue chercher en ce mois de juillet 1946, ni de miséricorde que j'avais besoin. Les paroles sont toujours plus faciles que les actes, surtout vingt ans après ! J'avais ma dignité et il était maintenant trop tard pour revenir sur les faits. Le destin qui avait été le mien n'avait pas été si terrible et avec le recul je relativisais.

Natacha lui avait raconté son enfance et son adolescence à Barbezieux, ses études et son poste d'institutrice, enfin son mariage avec Gérard. Il voulait se racheter, il lui avait demandé ce qu'il pouvait faire pour se faire pardonner cette absence, ce manquement à ses devoirs de père, cette lâcheté dont il se sentait aujourd'hui coupable.

« Je suis seulement à la recherche d'un grand-père pour mon futur enfant ! » lui avait-elle répondu.

Il n'avait pas résisté à sa demande, qu'elle avait accompagnée de son sourire enjôleur. Ils s'étaient alors promis de se revoir, il voulait la présenter à ses filles aînées, il voulait qu'elle fasse désormais partie de sa famille où elle avait sa place. Mieux valait tard que jamais ! Il avait bien compris que ce n'était pas dans un esprit de cupidité qu'elle était venue frapper à sa porte. Sa démarche était noble et dépourvue du moindre intérêt. Elle lui avait bien précisé que sa mère ignorait tout de leur entrevue, qu'elle y serait opposée.

« Elle ne m'a jamais pardonné ? » osa-t-il.

Natacha lui répondit que j'avais appris à l'oublier et à vivre seule et que je n'avais jamais eu d'autre homme dans ma vie. Sauf peut-être dans un petit coin de ma mémoire, me disais-je.

En quelque sorte, j'avais expié en vivant recluse auprès des Boutelleau et en élevant le plus dignement possible le fruit de mes amours illicites. Je repensais à Édouard, de plus en plus souvent, Édouard que j'avais l'impression d'avoir trompé, mais duquel je ne savais rien. J'avais aimé ces deux hommes, différemment, certes. Il n'avait fallu qu'un contretemps ou un malentendu pour me séparer à jamais de l'un comme de l'autre. Mais j'avais une fille merveilleuse et désobéissante à souhait ! Je ressentais même une pointe de jalousie, sachant que, désormais, elle verrait son père plus souvent que moi et je trouvais cela injuste.

– Il aimerait te revoir… finit-elle par me confier.

– Certainement pas ! m'écriai-je.

Il n'en était pas question. J'avais cinquante-sept ans et je n'étais plus celle qui avait embarqué à Saigon avec une rage de vivre et ivre de cette liberté qu'elle venait de reconquérir. J'avais bien changé, je n'étais pas une femme du monde comme celles que Vladimir avait coutume de fréquenter, mais une femme de ménage, banale et insignifiante pour un homme adulé des foules du monde entier. Certes, ma passion pour la musique restait intacte. Cette passion, je l'avais cultivée comme une plante rare ; j'avais acquis, grâce à cette merveilleuse invention qu'était le transistor, une connaissance et une culture faisant de moi une vraie mélomane. Je n'allais pas souvent, hélas, aux concerts mais, grâce aux retransmissions radiophoniques, j'avais accès à cet art qui comptait énormément pour moi. Qu'aurait été ma vie auprès de Vladimir ? Aurais-je été plus heureuse ? Je n'en suis pas persuadée. N'aurais-je pas souffert d'être odieusement trompée par cet homme, amateur de femmes, dont le charme et la célébrité en faisaient une cible privilégiée ? Aujourd'hui, à soixante ans, avait-il atteint l'âge d'être raisonnable et d'assumer ses devoirs ? Dans l'hypothèse de cette éventualité, je ne me sentais pas pour autant l'envie de l'affronter et je déclinai la proposition de Natacha. Je campai sur mes positions malgré toute l'habileté qu'elle déployait pour me convaincre.

– Tu es encore très belle ! me flatta-t-elle.

Je ne sus jamais si elle était sincère ou si elle cherchait à influencer ma décision. Peut-être voulait-elle recréer le couple de parents que nous aurions dû former ? Avait-elle tant souffert de l'absence de ce père ? Le Dr Boutelleau n'avait jamais eu la prétention de jouer ce rôle mais il avait agi envers elle comme un protecteur.

Je me confiai à Denise que je voyais toujours aussi souvent et qui restait ma plus fidèle amie, la considérant d'ailleurs comme la sœur que je n'avais pas eue. Il était bien sûr hors de question de mêler Mme Boutelleau à ce secret. Pour elle, Natacha a toujours été la fille de mon mari. Denise me conseilla de laisser agir le temps qui peut parfois accomplir des miracles. Comment peut-on qualifier ce qu'il me destinait ? Un horrible et odieux miracle, un sordide et malheureux miracle mais un miracle, malgré tout !

Le docteur avait atteint ses soixante-quinze ans et déclinait de jour en jour. Une mauvaise bronchite, contractée en février, l'avait tenu alité pendant une semaine et depuis ce temps il n'avait jamais retrouvé sa vitalité. Il devait maintenant requérir les bons soins de son jeune confrère, le Dr Pillet, qui lui avait succédé depuis quelques années déjà. Je me sentais partagée entre mon devoir de servir ces braves gens qui avaient fait de Natacha leur héritière et de moi leur protégée, et le désir de profiter davantage de ma fille en me rendant à Paris de temps à autre. Je n'eus, hélas, guère le loisir de me poser longtemps la question. Pourtant les Boutelleau me poussèrent à prendre quelques jours en mai pour rejoindre Natacha qui était en congé maternité, comme on appelait cet arrêt de travail dont elle bénéficia.

Cependant, les informations que nous diffusaient quotidiennement la radio et la télévision ne m'encouragèrent pas à envisager le voyage, du moins momentanément. Depuis quelque temps déjà, des manifestations d'étudiants marxistes-léninistes, d'une ardeur peu commune, s'étaient déclarées à Paris, du côté des facultés de Nanterre et du Quartier latin. Au début mai, elles s'étaient intensifiées au point de provoquer la fermeture des facultés. L'intervention des forces de la police et des CRS ne fit qu'aggraver la situation qui prit un tour politique. Les étudiants, de plus en plus nombreux dans les amphithéâtres, revendiquaient l'insuffisance des locaux et dénonçaient des méthodes d'enseignement surannées. Puis des ouvriers « gauchistes » occupèrent à leur tour leurs usines. Il y eut bientôt huit millions de grévistes dans toute la France, lesquels avaient suivi le mouvement parisien, ce qui eut pour conséquence une paralysie de toute l'économie du pays. On ne trouvait plus une goutte d'essence, mais à la campagne on ne mourrait jamais de faim. Je m'inquiétais plutôt de savoir ma fille, surtout dans son état, si proche de ces barricades dont nous avions vu quelques images effrayantes, témoignant d'une rage et d'une fureur dont nous n'avions plus l'habitude. Elle avait beau me rassurer par le biais du téléphone, me certifier qu'elle ne bougeait pas de chez elle, je ne la croyais qu'à moitié, la devinant trop curieuse de vivre de tels événements au plus près. Je ne savais quoi penser de toute cette population descendant dans la rue et proclamant son mécontentement avec force et violence. À peine plus de vingt ans après la Seconde Guerre mondiale, cinquante ans après la Première, non moins terrible, il y avait de quoi faire frémir. Qu'allait-il se passer ? On n'avait pas vu de barricades à Paris depuis la Commune en 1871. Il s'agissait bien d'une vraie révolution qui avait pour théâtre la capitale. Il n'était donc pas question de s'y rendre pendant ce fameux mois de Mai 68. Mais Paris ne fut fort heureusement pas privé d'électricité, d'eau, de gaz et de vivres. Afin de calmer les esprits échauffés, beaucoup de mesures furent prises par le gouvernement pour augmenter les salaires et réduire les heures de travail. Les grévistes et les émeutiers se calmèrent rapidement devant ces concessions et, en juin, tout rentra heureusement dans l'ordre.

Le terme de Natacha approchait, j'aurais tant aimé être près d'elle pour la rassurer. J'avais senti, au son de sa voix, l'inquiétude qui l'étreignait peu avant l'heure de sa délivrance. Elle appréhendait, comme il était naturel, cette épreuve qu'était l'accouchement. Me cachait-elle quelque chose ? Avait-on décelé une anomalie ? Elle m'affirmait que tout se présentait bien et que nous n'avions pas à nous alarmer.

Nous étions tous attentifs à la sonnerie du téléphone qui devait nous prévenir de la naissance. C'était Raymonde qui devait m'accompagner par le train dès que nous en serions informés. Le 1er juillet, après un orage qui avait rafraîchi le temps, Gérard nous annonça la nouvelle. Natacha avait accouché, après avoir été anesthésiée en raison de ses trop fortes douleurs. Mais tout s'était finalement bien passé, elle avait mis au monde une petite fille qu'ils avaient prénommée Mona. Dès le lendemain, je pris le train pour Paris, accompagnée de ma nièce Raymonde, avides toutes deux de découvrir celle qui faisait de moi une grand-mère.

Mon gendre nous attendait dans le hall de la gare d'Austerlitz pour nous conduire directement à la maternité. Nous étions si impatientes que nous avions décliné l'offre de Gérard de passer à l'appartement, rue des Peupliers, pour y déposer nos bagages. Raymonde, qui découvrait Paris, ne savait où donner de l'œil ; ces larges avenues, ces longs boulevards et ces rues étroites qui n'en finissaient jamais lui donnaient le tournis.

Je me revoyais à mon arrivée, vingt-deux ans auparavant, guidée seulement par l'espoir de retrouver le père de mon enfant. Paris avait bien changé depuis ces années, avec un trafic plus intense, une population plus dense, une activité trépidante et une animation incessante. Cette agitation avec laquelle nous n'étions pas familiarisées, Raymonde et moi, nous donnait l'impression d'une légère ivresse. Pourtant, cette ville m'avait jadis attirée au point d'envisager d'y vivre. Cette pensée me ramena à Vladimir, savait-il qu'une petite-fille lui était née ? J'ignorais où en étaient ses relations avec Natacha. S'étaient-ils revus depuis ses derniers aveux pour Pâques ? Il était vrai que le virtuose s'absentait souvent, j'espérais seulement ne pas avoir à le croiser.

Gérard se faufilait habilement entre les véhicules à la queue leu leu. Puis, au bout d'une vingtaine de minutes, il stationna sur le parking privé de la clinique où nous le suivîmes à l'intérieur du bâtiment éclairé par d'immenses baies vitrées. Il salua l'hôtesse à l'accueil et s'engagea dans un large escalier où nous lui avions emboîté le pas. Au premier étage, une odeur d'éther nous saisit, nous rappelant que nous étions dans un établissement de soins. Des infirmières en blouse blanche s'affairaient devant des tables roulantes de métal peintes en beige. Natacha était installée dans la chambre 17. Nous nous arrêtâmes devant la porte et, au moment où nous nous apprêtions à entrer, une infirmière s'avança vers nous et demanda à parler à Gérard. Mon cœur se serra malgré moi, assaillie encore une fois par cet horrible pressentiment qui s'était emparé de moi au soir de Noël 1966. Natacha n'était pas dans sa chambre. Où était-elle donc ? Gérard revint, l'air grave et les traits figés.

– Elle a été victime d'un malaise et on l'a transférée en réanimation. L'infirmière n'a pas pu m'en dire davantage parce qu'on s'occupe d'elle en ce moment et que l'on n'a pas encore diagnostiqué l'origine du problème.

Nous devions attendre. Une autre infirmière se proposa de nous présenter l'enfant qui était dans une pouponnière au milieu de beaucoup d'autres. Je me demandai par quel miracle on ne confondait pas tous ces nouveau-nés ! Ils avaient bien sûr un bracelet qui permettait de les identifier. C'est ainsi que je fis la connaissance de ma petite Mona. Elle avait déjà ses cheveux bruns et bouclés, ses grands yeux noirs. Dieu, qu'elle était belle même âgée de deux jours ! Mais malgré l'émotion de la découvrir si petite et déjà si jolie, l'inquiétude de ne pas avoir vu Natacha entachait notre joie. Plus les minutes passaient, plus notre angoisse augmentait et nous taraudait. On avait remis le bébé dans son petit berceau de fer-blanc en même temps que l'on nous priait de nous asseoir dans une salle. Une heure s'écoula puis une autre, interminable. Gérard ne pouvait plus cacher ses craintes et tournait comme un lion en cage. Quel problème y avait-il pour nous priver de Natacha ? Elle ne semblait présenter aucun symptôme particulier lorsque, le matin même, Gérard était venu lui rendre visite. Elle s'était même levée et avait fait quelques pas dans la chambre, impatiente de notre arrivée. Elle était fatiguée en raison de l'anesthésie mais rien ne semblait anormal. Que s'était-il passé ?

Enfin, un médecin fit son apparition à la porte de la salle d'attente où nous étions relégués et demanda à Gérard de le suivre. Je n'en pouvais plus de ne pas savoir où était ma fille, ce qu'on faisait d'elle et ce qu'elle avait. De nos jours, les grossesses étaient suivies, les accouchements avaient lieu dans les hôpitaux, assistés de médecins compétents dans des conditions de stricte asepsie. On n'avait plus à craindre, comme au temps de nos mères, ces complications et ces fièvres qui résultaient le plus souvent d'un manque d'hygiène. On était entré dans une ère où on accomplissait des prodiges dans le domaine de la médecine, comme cette transplantation d'un cœur, qui venait d'être effectuée avec succès l'année précédente. Comment un simple accouchement qui ne présentait aucune anomalie et qui s'était déroulé sans problème pouvait-il mal tourner ? Parce qu'il y avait bien un grave problème pour qu'on nous fasse attendre si longtemps sans rien nous dévoiler.

Le médecin et Gérard revinrent enfin, ce dernier était décomposé et s'effondra dans mes bras sous le regard impuissant du médecin qui baissa les yeux.

XVI

L'OBSTÉTRICIEN IGNORAIT QUE NATACHA avait subi une ablation de la rate après son accident. Après le départ de Gérard, elle avait fait une hémorragie nasale qu'il avait fallu juguler au moyen d'un traitement qui, dans son cas, était contre-indiqué et avait provoqué une embolie. Avec son équipe, l'accoucheur avait tout tenté pour stopper le caillot avant qu'il n'atteigne le cœur mais ses efforts étaient restés vains. Natacha était morte avant que je la revoie, morte après avoir donné naissance à sa fille, morte à vingt et un ans ! Le malheur qui s'abattait sur moi était trop grand, trop injuste. Je n'avais pas mérité d'être punie à ce point. Qu'avais-je donc fait au bon Dieu pour qu'Il fasse preuve envers moi d'autant de cruauté ? Pour qu'Il se montre si inhumain en enlevant à une mère son enfant unique ? Je n'avais pas assez de larmes pour noyer autant de chagrin et faire face à une si grande douleur. Le bonheur qui devait nous réunir autour de la naissance de Mona s'était mué en une détresse incommensurable, si profonde qu'elle en devenait insondable. J'avais sombré dans ses abîmes, incapable de réagir pour surmonter cette épreuve.

Je n'avais pas les mots pour consoler Gérard qui attendait de moi cette force et ce soutien que j'étais impuissante à lui fournir. J'aurais aimé me reposer sur lui mais le pauvre était si anéanti qu'il ne pouvait réagir devant l'épreuve qui le terrassait et qu'il lui fallait pourtant surmonter. Il était le père d'une petite fille qui comptait désormais sur lui. Raymonde, malgré son immense peine, prit les choses en main tant nous en étions l'un et l'autre incapables. Il fallait prévenir la famille corse de Gérard et le Dr Boutelleau, ainsi que mon amie Denise, si proche de moi que Natacha la considérait comme sa tante. Ironie du sort, ma fille n'avait pas eu de père et la sienne n'aurait pas de mère. Quel étrange et amer destin que celui des femmes dans notre famille… Si Natacha n'avait pas eu de père, j'en étais un peu responsable mais elle, en revanche, avait respecté le protocole et ne méritait pas de ne pas connaître l'enfant qu'elle venait de mettre au monde.

L'un des frères de Gérard et son épouse assistèrent aux obsèques qui eurent lieu trois jours plus tard. Ils représentaient leur famille retenue par leurs obligations professionnelles. Ils étaient porteurs d'un message de leur mère à l'intention de Gérard. Elle se proposait de recueillir la petite orpheline au sein de la tribu à La Porta d'Ampugnani afin de l'élever parmi ses autres petits-enfants déjà nombreux. À l'écoute de ces propos, je me redressai d'un coup et mon instinct maternel reprit le dessus. Ce n'était pas à la mère de mon gendre ni à sa sœur de se charger de MA petite-fille. Sûrement pas à elles ! Jamais je ne les autoriserais à me l'enlever ! Cette enfant était la chair de ma chair et je ne laisserais à personne d'autre le soin de s'occuper d'elle. Ce rôle me revenait. J'étais déterminée à faire valoir ce droit. Gérard était trop désemparé et désespéré pour faire face et son travail l'obligeait à de nombreux déplacements. Sa vie professionnelle ne lui permettait pas d'éduquer seul un si jeune enfant, d'ailleurs ces choses-là n'avaient jamais été dans les habitudes et les compétences d'un homme, fût-ce le meilleur des pères. De tout temps, ce rôle avait incombé aux femmes et il en serait ainsi pendant longtemps encore, du moins le pensais-je. Mais Gérard était incapable de prendre la moindre décision, trop accablé par le poids de la douleur qui l'étreignait.

Raymonde avait repris seule le train pour la Charente et les Corses l'avion qui les ramènerait dans leur île. Il fallait une mère à ma petite-fille et je serais celle qui assumerait cette fonction avant d'être sa grand-mère. En accord avec mon gendre, je me chargerais de Mona que j'emmènerais à Barbezieux dans un premier temps, ne pouvant agir autrement. J'avais rassemblé tout ce que ma pauvre Natacha avait préparé en fait de layette, d'ustensiles, de poussette et de landau. Deux semaines plus tard, après en avoir rempli le coffre de la voiture et Mona bien installée sur la banquette arrière dans son couffin, nous avons pris la nationale 10 qui descendait vers le Sud-Ouest, nous ramenant à Barbezieux.

Les Boutelleau nous attendaient avec une vive impatience et une émotion perceptible. Après ces quelques semaines d'absence, je les trouvais bien vieillis. Ils avaient subi le choc de la mort de Natacha qu'atténua heureusement l'arrivée impromptue de Mona. Mona qui devait illuminer leurs vieux jours, peut-être même les retenir sur cette terre un peu plus longtemps. Son sourire, qui rappelait celui de sa mère, son rire cristallin, ses premiers babils, tout en elle fut une source d'émerveillement et d'enchantement pour nous tous. Le docteur, malgré son âge avancé, reprenait du service dès qu'elle présentait le plus petit rhume ou une fièvre consécutive à ces maladies infantiles auxquelles elle n'échappa pas. Il avait toujours le bon médicament pour la remettre sur pied. Elle était robuste malgré ses apparences fluettes et j'étais rassurée de le savoir si attentif à sa croissance. Mme Boutelleau ne cessait de s'enthousiasmer de ses progrès, surveillant ses premiers pas et guettant ses premiers mots, qu'elle prononçait avec une diction étonnante pour son âge, nous surprenant en parlant « comme un livre » selon l'expression qu'elle employait.

J'avais l'impression de revenir vingt ans en arrière, à l'arrivée de Natacha. J'étais toujours au service du médecin et de sa femme, tenant leur maison et m'occupant des repas et du ménage, et j'avais un bébé qui n'avait plus que moi pour l'élever. Un bébé qui était presque le mien et que je considérais comme tel. J'approchais des soixante ans et sa présence me rajeunissait, ce fut un véritable bain de jouvence. Je n'avais oublié ni les gestes ni cet instinct de mère protectrice, quasi animale, qui défend ardemment sa progéniture. Ces années ont été bénies pour moi, elles ont donné un sens à ma vie, m'ont aidée à surmonter la disparition tragique et brutale de Natacha. Surmonter seulement, car on ne guérit pas de la perte de son unique enfant.

Gérard venait le plus souvent possible, dès qu'il pouvait cumuler deux ou trois jours, et chaque semaine il appelait pour prendre des nouvelles. Nous lui envoyions régulièrement des photos, c'était devenu si facile avec ces appareils instantanés qu'on appelait des Polaroid. Il n'avait jamais donné suite à la proposition de sa mère de l'emmener en Corse, l'avait-il oubliée ou rejetée ? Ces gens ne quittaient jamais leur île et c'était très bien ainsi. Quant à moi, j'étais prête à tout pour garder Mona près de moi et la protéger. Je m'étais métamorphosée en louve féroce prête à mordre, en lionne prompte à sortir ses griffes acérées. Je n'aurais laissé personne d'autre veiller sur elle, à l'exception de notre clan formé des Boutelleau, de Denise et de Raymonde. Je veillais jalousement sur le trésor que ma fille m'avait confié. C'était une mission sacrée.

Et puis il y eut ce jour où, à trois ans à peine, elle avait réussi à se hisser sur le petit banc de pieds placé devant le piano. Cet instant que je n'oublierai jamais, une mélodie était née sous ses doigts. Le piano était resté muet jusqu'à ce jour-là où j'en avais astiqué les touches d'ivoire et d'ébène et, de mon chiffon, effleuré quelques-unes en les faisant résonner par mégarde.

J'avais remarqué l'attention avec laquelle la petite avait observé l'effet magique qu'avaient produit sur elle ces quelques sons maladroitement chatouillés par mon plumeau.

Mme Boutelleau avait pris l'habitude de lui fredonner des comptines qu'elle s'amusait à restituer sur le clavier, grâce à son oreille prodigieuse. Nous étions tous médusés de la justesse avec laquelle elle rendait les sons entendus. J'avais toujours dans la cuisine ma radio programmée sur France Musique et ses jeunes oreilles étaient déjà familiarisées avec cet art qui semblait la fasciner avant même qu'elle ne puisse l'exprimer par des mots. Il suffisait d'observer les expressions qui se dessinaient sur son minois. Quel bonheur pour moi de la voir tapoter si harmonieusement sur le vieux Gaveau qui, d'ailleurs, avait bien besoin d'une sérieuse révision. Mme Boutelleau fit appel sans tarder à un facteur de pianos pour le remettre en état, trop heureuse de savoir que l'instrument allait reprendre du service. M. Dubois, qui vint l'accorder, me donna le nom d'un professeur. Mona n'ayant pas encore quatre ans, il me conseilla d'attendre encore un an ou deux avant d'entamer l'apprentissage. Mais il fut stupéfait de l'entendre taper comme une grande sur le clavier qu'il venait d'égaliser. Alors, en attendant ses cinq ans, ce fut la femme du docteur qui se chargea elle-même de lui montrer les notes et de jouer des petits airs qu'elle s'appliquait à reproduire sans la moindre erreur. Elle avait retrouvé dans une malle du grenier ses vieilles partitions et méthodes. Mais la pauvre femme fut vite dépassée par les prouesses de son élève.

– Cette enfant a l'oreille absolue ! avait déclaré la vieille demoiselle qui officiait à Barbezieux et à la porte de laquelle nous avions frappé.

Elle l'avait testée au moyen de plusieurs exercices, jouant différentes notes séparément puis simultanément qu'elle réussit à identifier sans la moindre difficulté ni hésitation. Elle parut stupéfaite, avouant n'avoir jamais rencontré pareil don en plusieurs décennies de carrière. Ce fut avec joie qu'elle avait accepté de prendre Mona dans sa classe. Ainsi, chaque semaine, je l'accompagnais chez Mlle Merlet. C'était à chaque fois le même rituel, elle positionnait le tabouret à bonne distance du clavier, réglait sa hauteur, ajoutait un coussin ou deux et, les pieds placés sur le petit banc, la leçon pouvait alors commencer. Il fallait s'astreindre à cette séance d'installation sans laquelle il ne pouvait y avoir de bon travail possible. Puis, le corps bien droit, les épaules dégagées, les avant-bras et les poignets souples, les mains se plaçaient naturellement sur l'ivoire et l'ébène du Pleyel. Les doigts s'arrondissaient, comme s'ils tenaient une petite balle dans le creux de leur paume. On aurait dit que Mona savait déjà comment les tenir, comment enfoncer les touches pour en tirer des sons clairs, égaux et précis, liés et réguliers. Elle avait hâte de montrer à son professeur, hâte de tirer des sonorités de cet instrument et de faire corps avec lui. Elle possédait le sens inné de la musique.

– C'est incroyable, spectaculaire ! s'extasiait Mlle Merlet.

Les notes s'élevaient, de plus en plus rapides, les petits doigts s'envolaient, se précipitaient comme excités par des puces invisibles. Assise dans une bergère à la tapisserie élimée près du superbe piano demi-queue qui occupait tout le salon, j'écoutais les conseils et j'observais les gestes de la vieille demoiselle. J'admirais cette facilité avec laquelle Mona obéissait à ses consignes, anticipant même ses demandes. Le professeur la faisait répéter la main droite, puis la gauche et enfin les deux ensemble. La petite fille semblait étonnée de devoir se plier à ces exercices qu'elle jugeait trop simples et inutiles puisqu'elle parvenait au même résultat sans en passer par ces étapes. Mlle Merlet dut bousculer ses principes et adapter sa pédagogie à son cas. Chaque élève est différent, les uns possèdent une mémoire leur permettant de tout apprendre par cœur, les autres sont dotés d'une agilité et d'une souplesse qui les font se déplacer plus aisément. Tous ne sont pas égaux face à la concentration et à la rigueur que demande la pratique de la musique. Et puis il y a les difficultés inhérentes à toute discipline qui jonchent le parcours de l'étudiant, quel qu'il soit. Elles sont toujours présentes, guettant la moindre défaillance ou la petite distraction. Leçon après leçon, je prenais conscience de tout cela et pour avoir vu et entendu quelques autres enfants, pourtant plus âgés, je compris alors de quel don inestimable les bonnes fées, en se penchant au-dessus de son berceau, avaient doté ma petite-fille.

Je fermai les yeux et je pensai à Vladimir. Savait-il que sa fille, sitôt retrouvée, s'en était allée rejoindre le royaume des cieux ? S'étaient-ils revus auparavant ? Assurément, il ignorait qu'il était le grand-père de cette jeune pianiste en herbe à laquelle il avait légué le meilleur de lui-même : ses gènes artistiques. Gérard ne m'ayant jamais rien dit, j'en conclus qu'il n'était pas dans la confidence des retrouvailles de Natacha et de son père. Attendait-elle le moment propice, celui d'être mère à son tour pour présenter l'enfant à son grand-père ?

Quelques mois seulement après son premier cours, Mlle Merlet, qui préparait une audition, souhaita voir Mona y participer. Elle figurait comme la plus jeune et fut de tous ses disciples celle qui reçut le plus d'applaudissements. Son professeur lui avait enseigné quelques sonatines classiques qu'elle joua avec un brio surprenant plus d'un auditeur. On se demandait d'où venait ce petit prodige haut comme trois pommes ressemblant à une poupée de porcelaine dans sa jolie robe rose. Mais bientôt, Mlle Merlet me conseilla de l'envoyer chez un autre professeur qui serait plus apte à juger de son avenir pianistique. Elle lui avait fait préparer un programme avec quelques *Inventions* de Bach, une sonate de Mozart et quelques valses de Chopin dont la *Valse de l'adieu* et celle du *Petit Chien.* Elle n'avait que sept ans quand je l'accompagnais à Angoulême chez l'un de ses confrères avec lequel elle nous avait mises en relation. Chaque semaine désormais, nous prenions le train pour cette leçon avec ce maître que Mona impressionnait du haut de ses sept ans.

Quelques années s'écoulèrent ainsi, partagées entre la quiétude de la maison Boutelleau qui résonnait des échos du vieux Gaveau et l'école primaire où Mona poursuivait une scolarité comme tous les autres enfants de son âge. À cette seule différence qu'il lui fallait ajouter quotidiennement des heures de piano à son emploi du temps. Ces années auraient presque pu être merveilleuses si elle n'avait été une orpheline de mère et si les Boutelleau n'avaient pas sombré peu à peu dans une lente sénilité. Le docteur s'éteignit le premier, à quatre-vingts ans, le cœur usé, le corps fatigué de toutes les misères qui avaient jonché son parcours de médecin de campagne, notamment pendant la Grande Guerre. C'était là-bas, sur le front, qu'il avait vu ce qu'était la souffrance des hommes et qu'il avait aussi appris à l'apaiser en pansant leurs plaies. Il s'était épuisé pendant toutes ces années à faire la chasse aux maladies, à sauver des vies, disponible de jour comme de nuit, dehors par tous les temps, sans compter ses heures, toujours à l'écoute de chaque patient. Il avait lutté avec toute son énergie contre la Grande Faucheuse, ne voulant laisser seule sa femme. Mais il avait capitulé un beau matin d'automne, las de cette vie qui lui avait tant pris et pour laquelle il avait tout donné.

Mme Boutelleau ne lui survécut pas longtemps. La disparition de son mari lui était insupportable, ne l'ayant jamais quitté depuis leur mariage. Elle s'endormit un soir et profita de cette nuit-là pour aller le rejoindre, sans doute avait-elle répondu à son appel ? Ils ne seraient plus séparés, désormais réunis pour l'éternité.

Dans cette grande maison qui était devenue celle de Mona, je me retrouvais seule avec elle. Il fallait simplement attendre sa majorité pour qu'elle en jouisse à sa guise. Serait-elle une Parisienne comme l'avait été sa mère, bien que si brièvement ?

Vivrait-elle là dans le souvenir de ceux qui l'y avaient accueillie, près de sa grand-mère qui s'apprêtait elle aussi à basculer dans la vieillesse puisque je venais d'atteindre l'âge légal de la retraite ? J'ignorais ce qu'elle deviendrait mais je savais cependant une chose : la musique régenterait sa vie. C'était son oxygène, l'élément indispensable à son équilibre, je dirais même qu'elle en était l'élément vital. Elle n'était pourtant âgée que de neuf ans mais il était évident que son avenir passerait par elle et il fallait prendre des dispositions afin de lui donner les meilleures chances d'y parvenir.

En accord avec son père et son professeur d'Angoulême, nous avions décidé de partir vivre à Paris pour lui permettre d'y poursuivre ses études musicales avec les plus grands pédagogues et la faire entrer au Conservatoire. Nous étions en avril 1977. Elle devait d'abord achever son année scolaire à Barbezieux avant d'être inscrite à Paris pour la rentrée suivante. En attendant, Gérard avait décidé de louer son appartement et s'était mis à la recherche d'un plus grand. Deux pièces supplémentaires étaient nécessaires ainsi qu'une bonne isolation en vue de ne pas déranger le voisinage avec les exercices de piano. Il était prévu que nous emménagerions en septembre de cette année-là. Nous avions aussi contacté l'un des plus éminents professeurs du Conservatoire pour la préparer au concours d'entrée et avec lequel rendez-vous était pris.

J'avais abandonné mon appartement de Barbezieux après la mort de Natacha. Ne l'occupant plus guère depuis l'arrivée de ma petite-fille et sur l'insistance des Boutelleau, je m'étais installée dans l'une des chambres du premier étage. Ils préféraient me savoir plus proche d'eux, surtout les derniers temps où ma présence leur était devenue indispensable. Je n'avais presque pas de mobilier et peu d'objets personnels. J'avoue que cette grande maison, où je passais le plus clair de mes journées, avait toujours un peu été la mienne. Natacha tout autant que Mona s'y étaient elles aussi senties chez elles. Mais c'était surtout moi qui me l'étais appropriée pour avoir été celle qui avait abrité ces années de bonheur entre ma fille et ce couple qui nous avait accueillies et adoptées comme des membres de sa famille.

Il fallut pourtant tout abandonner, de nouveau quitter Denise, ma nièce Raymonde et son mari Paul, auxquels je soutirai la promesse de venir nous voir à Paris. J'étais moins sûre de revoir Denise si souvent. Elle continuait à travailler la propriété que ses gendres ne cessaient d'agrandir. Malgré l'âge de la retraite qui avait aussi sonné pour elle, elle tenait à aider ses filles en apportant sa contribution tant que sa santé le lui permettrait. Les vignes étaient sa vie. Nos petits moments de bavardage autour d'un café allaient me manquer. Denise avait toujours été ma plus fidèle amie, une confidente et une sœur.

Nous avions passé l'été dans la grande maison, profitant du jardin, du soleil et de son abondante végétation, des visites de Denise et de Raymonde. Gérard était venu nous aider à préparer les bagages. Après avoir recouvert les fauteuils, les canapés et les meubles de grands draps puis tiré les persiennes, je refermai derrière nous la lourde porte en chêne à double battant. Nous avons quitté Barbezieux, en emportant avec nous un peu de son « bonheur ». J'éprouvais un pincement au cœur, l'âme des Boutelleau errait toujours dans ce lieu et j'avais un peu l'impression de trahir leur mémoire en l'abandonnant. Mais l'avenir de ma petite-fille l'emportait sur la nostalgie du passé et j'avais le devoir de poursuivre mon rôle de mère de substitution.

Le poste de Gérard l'appelait à de nombreux déplacements en dehors de la capitale. Mona n'avait que neuf ans et, dans cette ville où elle n'avait encore jamais vécu, elle avait bien besoin d'un chaperon pour la conduire à l'école et à ses cours de musique, pour lui concocter ses repas et s'occuper de l'enfant qu'elle était encore. Nous avions autant besoin l'une de l'autre.

Une fois encore, mon destin changeait de cap et je m'installai dans une vie parisienne qui devait durer douze ans. Mes rêves finissaient par se réaliser mais j'avais dû mettre une bonne dose de patience !

XVII

Gérard avait déniché un appartement spacieux et aéré donnant sur l'avenue des Ternes dans le 17e arrondissement. C'était un lieu idéal, à seulement trois stations de métro de la rue de Madrid où était situé le prestigieux Conservatoire national supérieur de musique dont Mona ne tarda pas à devenir l'une des plus brillantes élèves. Et c'était également tout près de l'avenue Foch… Fatalité ou ironie du sort ? Le destin est parfois bien facétieux. Mon gendre avait loué son ancien appartement dont il était propriétaire. J'eus très vite l'intuition qu'il avait rencontré quelqu'un, ce qui était tout à fait naturel. À trente-cinq ans, veuf depuis près de dix ans, je pouvais très bien comprendre qu'il ait une nouvelle compagne. Néanmoins, il ne voulait pas perturber sa fille en lui imposant une belle-mère et continua sa double vie tout en consacrant du temps à Mona. Il savait qu'il pouvait se reposer sur moi pour assumer son éducation et les fonctions de mère.

Je retrouvai Paris pour la troisième fois et, cette fois-ci, sans qu'un drame vînt m'y arracher. À peine avions-nous posé nos valises et pris possession de l'appartement que Mona demanda à aller choisir son piano. Impossible de remettre au lendemain ! Son père avait déjà pris contact avec les différentes enseignes et ciblé le type d'instrument dont elle avait besoin. Mais c'était à elle de l'essayer et de décider celui qui lui conviendrait. Avenue de Wagram, Mona trouva celui avec lequel elle allait passer des milliers d'heures. C'était un Sauter droit très performant doté d'une mécanique Renner et d'un double échappement permettant une meilleure répétition de la note dans les passages rapides. Celui-ci possédait les atouts d'un piano à queue et une sonorité à la fois puissante et claire sans être métallique. Il avait la rondeur et la richesse des Pleyel d'antan mais sa facture allemande lui conférait une précision et une dynamique qui le hissaient au rang des hauts de gamme. Le vendeur fut impressionné par les essais de cette fillette de neuf ans qui savait ce qu'elle voulait.

– Celui-ci est trop terne dans les médiums, je préfère celui-là qui a plus d'éclat dans les aigus.

Son jugement était celui d'un mélomane éclairé, elle savait déceler chaque qualité ou défaut des instruments. Elle passait allégrement de Bach à Chopin, de Mozart à Beethoven avec une aisance fascinante digne d'un pianiste aguerri.

Le Conservatoire ne tarda pas à lui ouvrir ses portes toutes grandes. Elle fut admise à l'examen après une préparation de quelques mois faite par l'un des professeurs de cette illustre institution. Faisant figure d'exception avec son âge encore tendre, elle se frottait à des virtuoses de quinze ou seize ans. Je l'accompagnais partout, aux cours, aux auditions, aux répétitions, aux examens où je vibrais avec elle, vivant à travers elle cette passion de la musique qui la transcendait. Le travail qu'elle fournissait était énorme, acharné, mais jamais elle ne démentit les espoirs que nous avions mis en elle. Elle gravissait les échelons les uns après les autres avec une apparente facilité doublée d'une ténacité époustouflante. La concurrence était rude, la barre très haute mais elle était animée d'une volonté et d'une persévérance à toute épreuve. Étudiant la musique de chambre, le solfège, l'harmonie et la composition pour compléter sa formation, elle atteignit sans difficulté le troisième cycle. Puis elle fut lauréate du premier prix de piano qui ouvre la porte aux grandes scènes et aux prestigieux concours internationaux.

Je la suivais à tous les concerts et récitals auxquels elle était invitée pour écouter les plus prodigieux et illustres interprètes. Nous avions acquis une excellente chaîne stéréo, outil indispensable pour développer son sens critique et enrichir sa culture. Les trente-trois tours s'empilaient dans la bibliothèque du séjour. Je la laissais toujours décider sans jamais l'influencer. Un jour, elle revint de son cours avec, sous le bras, un enregistrement de Vladimir !

– Mon professeur m'a conseillé de l'écouter ! m'avait-elle annoncé.

Il fallait bien qu'un jour ou l'autre elle soit confrontée à lui. Son professeur au Conservatoire avait observé des similitudes entre son jeu et celui de Vladimir. À ce moment-là, elle devait avoir entre douze et treize ans. Dès que le saphir se posa sur le sillon, je fermai les yeux, sous l'emprise d'un déferlement d'émotions qui me fit abandonner la préparation de ma cuisine pour écouter avec attention. Mona avait remarqué mon trouble, elle aussi était transportée, subjuguée par cette sublime interprétation. Le piano du paquebot était là, presque palpable, je reconnus la fluidité du phrasé, cette sonorité chatoyante, cette richesse et cette justesse du timbre. C'était une réédition d'un enregistrement de 1946, qu'il avait réalisé précisément à son retour d'Extrême-Orient. Celui dont il m'avait parlé et pour lequel il était allé à Londres le jour où je m'étais rendue avenue Foch. Que de réminiscences me bousculèrent ! Mona aussi était bouleversée après ce programme de quarante minutes où un recueillement quasi religieux s'était instauré entre nous pour ne laisser place qu'à cette merveilleuse exécution.

– Je n'ai jamais rien entendu de plus beau et de plus proche de ce que je recherche. C'est inouï ! furent ses premières paroles, en rompant le silence.

Comment lui dire que le sang russe de Vladimir coulait aussi dans ses veines ? Prétendre que je ne m'y étais pas préparée serait faux mais je ne savais toujours pas comment aborder ce délicat sujet. Je ne répondis pas.

Nous nous étions précipitées chez le disquaire du quartier qui proposait un large choix de nouveautés mais aussi d'enregistrements plus anciens des firmes Deutsche Grammophon, Decca ou EMI qui distribuaient essentiellement de la musique classique. Le vendeur savait aussi conseiller les versions qu'il jugeait les plus remarquables.

– Comment ? nous avait-il dit en évoquant Vladimir. Vous n'avez jamais entendu ce magnifique pianiste, le plus grand incontestablement ?

D'après lui, qui se disait fin connaisseur, il était tout simplement inégalable. Il n'était pas le seul à le penser. En l'écoutant, on oubliait en effet que le piano possède des marteaux, selon l'expression de Debussy. Ce jour-là, nous sommes reparties avec quelques microsillons de Vladimir, y compris celui emprunté au professeur de Mona qui ne pouvait se résigner à le lui rendre. Je cédai à ses désirs en lui offrant ce qui n'était autre que son héritage. Comment aurais-je pu le lui refuser ?

Je veillais à ce qu'elle ne manquât de rien, je courais lui chercher la partition dont elle avait besoin, j'étais son aide de camp ! Je baignais, grâce à elle, dans cette musique que j'aimais tant et parfois je me revoyais soixante ans auparavant, ma main serrée dans celle d'Édouard, cachés derrière la fenêtre, à épier la fille du pharmacien qui peinait à monter ses gammes. Je n'avais jamais posé mes doigts sur un clavier autrement que pour en ôter la poussière, aussi quelle satisfaction était la mienne d'avoir comme petite-fille la plus jeune élève du Conservatoire de Paris et parmi les plus doués ! Ce bonheur-là effaçait toutes mes peines, mes frustrations et mes rancœurs d'autrefois, quand j'enviais ceux qui allaient prendre leur leçon chez la vieille demoiselle Chauvin.

La vie de Mona avait pris un autre tournant avec la découverte des disques de Vladimir dont elle avait désormais la collection complète. Fascinée par l'expressivité de ses sonorités et la richesse de son interprétation, tout en affinant sa propre personnalité, elle avait conscience qu'il était son maître comme tout artiste possède le sien. Il avait été une révélation. D'autres comptaient pour elle mais il avait une place privilégiée, et quelle place ! Ce n'était pas pour autant que je me décidais à aborder la délicate question de ses origines. Bien au contraire, plus Mona apprenait à connaître Vladimir à travers les sillons de vinyle, plus je me renfermais dans mon secret.

Bien sûr, elle me questionnait sur sa mère. C'était naturel et il m'était facile de lui parler de Natacha. Pourtant la plaie ne s'était jamais vraiment refermée et je ressentais toujours une vive douleur à évoquer l'enfant et la jeune femme qu'elle avait été. J'imaginais aisément à quel point il était terrible de ne jamais avoir connu sa propre mère, ou son propre père... Mona savait que j'avais été veuve peu avant la naissance de sa mère ce qui semblait lui suffire comme explication et dont elle se contenta. Si elle m'interrogeait parfois sur l'Indochine, je lui laissais comprendre que cette époque était liée à de mauvais souvenirs et j'éludais. Aussi n'insistait-elle pas. Mais il y avait la musique, d'où venait-elle ? Qui avait pu lui transmettre ? Mon goût pour cet art pouvait-il justifier le don et la passion qui lui avaient été insufflés ? Il fallait bien qu'elle se contente de cette explication. Pour le moment, en tout cas...

Et puis, un jour de printemps où les bourgeons explosaient dans les arbres du parc Monceau et que la douceur de l'air incitait à la flânerie, je fus prise d'une envie irrésistible d'aventurer mes pas du côté de l'avenue Foch. Je n'en avais jamais pris vraiment le temps mais je m'étais soudain sentie envahie par un accès de nostalgie qui me rappelait cette jeunesse éphémère à laquelle j'avais si peu goûté. J'empruntai l'avenue Mac-Mahon menant à l'Étoile et, de là, je descendis cette large avenue boisée, unique à Paris. Je remarquai les immeubles modernes, véritables cages de verre, de béton et d'acier qui détonnaient et dénaturaient ce quartier où le temps semblait s'être arrêté au second Empire. Ils avaient remplacé de somptueuses demeures édifiées au siècle dernier telles que le palais Rose qui était la réplique du Grand Trianon et qui avait été démoli quelques années auparavant. Je le déplorais, nous étions en train de vivre une véritable révolution culturelle. Le Centre Georges-Pompidou, que nous avions visité peu après son inauguration, était décrié par un grand nombre dont j'étais. Considéré comme monstrueux par les uns, il représentait un chef-d'œuvre pour les autres. Je restais perplexe devant le succès mondial d'une construction qui ressemblait à une usine ou à une raffinerie. Seul l'intérieur possédait un véritable intérêt pour la culture.

Je frissonnai en passant devant le numéro 33 dont on avait tant parlé dernièrement à propos de l'enlèvement du baron Empain. Et sans m'en rendre compte, j'arrivai devant la maison de Vladimir, mais l'occupait-il encore ? Avait-il cherché à savoir ce qu'était devenue sa fille ? Il avait forcément dû apprendre l'accident dont elle avait été victime, sa dernière fille ayant Natacha comme institutrice. Je cherchai à deviner ce qui se cachait derrière les fenêtres aux rideaux opaques. Le lieu n'avait pas changé. J'ignore ce qui me traversa l'esprit à cet instant précis. Je surpris mon doigt appuyer sur le bouton de cuivre dont la sonnette me fit sursauter en retentissant. Quelques secondes d'effarement suspendirent mon geste mais il était trop tard pour faire demi-tour. Je devais assumer mon audace. Je n'étais plus la jeune femme désespérée qui, trente-cinq ans auparavant, jouait sa dernière carte. Je n'avais plus à cacher mes rides et mes cheveux blancs qui, certes, trahissaient mon âge, mais Vladimir n'avait-il pas le même ? Je maîtrisai la situation bien que n'ayant pas une seule seconde prémédité ce que je venais de faire. Moins de une minute plus tard, une femme de chambre, un petit tablier blanc impeccablement noué autour de la taille, se présenta devant le portail. Je demandai à rencontrer le maître des lieux. Le nom que j'avais avancé lui fit froncer les sourcils. Il n'y avait personne ici qui portât ce nom-là. Le propriétaire actuel avait emménagé à cette adresse depuis une dizaine d'années, époque à laquelle elle avait été engagée à son service. Elle ne pouvait m'en dire davantage sur le précédent. Après lui avoir présenté mes excuses pour cette méprise, je rebroussai chemin, presque soulagée. Je repris la direction de la place des Ternes, l'esprit libéré. Avais-je l'intention d'avouer à Vladimir qu'il avait une petite-fille prête à assurer la relève ? L'idée me paraissait légitime. Le destin, si imprévisible, se chargerait bien tout seul de le lui faire savoir puisqu'il ne voulait pas de moi comme messagère !

Chaque année, nous passions les grandes vacances d'été dans la maison de Barbezieux. Nous louions un piano le temps de ces deux mois, le vieux Gaveau n'étant plus assez performant pour la technique que Mona avait acquise. Elle commençait à donner des concerts pour se faire les griffes et chaque été était l'occasion d'une mini-tournée dans les églises charentaises où elle recueillait partout un succès impressionnant. C'était l'occasion pour moi de profiter de la présence de mon amie Denise et de ma nièce Raymonde avant de repartir pour Paris dès les premiers jours de septembre. Dix ans passèrent ainsi. Mona était sur la bonne voie, sa carrière était toute tracée. Gérard lui avait laissé l'appartement qu'il avait acheté pour elle et avait repris son ancien, qu'il partageait secrètement avec sa compagne. Quant à moi, j'aspirais à la tranquillité et j'envisageais depuis quelque temps d'acquérir une petite maison dans ma Charente natale. Je la voulais près de celle de

Denise pour y finir mes jours loin de l'agitation parisienne. Mona avait maintenant vingt ans et était, elle aussi, appelée à des déplacements fréquents. Que ferais-je dans cette ville trop grande où je me retrouvais de plus en plus souvent seule ? Quant à elle, elle envisageait de vendre la maison de Barbezieux afin d'acheter un piano Steinway. Elle n'avait pas l'intention de venir, ne serait-ce que pour passer les vacances, dans cette vieille demeure d'un autre siècle qui sentait la poussière. Je ne pouvais pas lui en vouloir. J'espérais seulement qu'elle ne m'oublierait pas quand je serais redevenue charentaise. Mais à soixante-dix-huit ans, j'avais besoin de me remettre au vert, la pollution parisienne ne me réussissait pas. Je développais des allergies et des problèmes pulmonaires, ce qui m'incita à précipiter mon départ. Grâce à Denise, j'avais trouvé dans le village près de chez elle la petite maison qui me convenait pour y passer une vraie retraite paisible et profiter d'un repos bien mérité.

J'ai emménagé en cette année 1989, après douze ans d'une vie trépidante et certes fascinante mais qui, désormais, n'est plus de mon âge. Ma famille se résume à ma nièce Raymonde, mon frère et ma belle-sœur sont décédés et n'ont jamais tenté de renouer les liens après que mon père m'eut jetée dehors.

Le petit bourg de mille habitants possède tous les services de proximité et Denise, mon amie de toujours, est ma plus proche voisine. La maison que j'ai acquise a été restaurée avec soin et possède tout le confort nécessaire, je ne suis d'ailleurs pas exigeante. Un jardin où trône un majestueux tilleul centenaire m'offre le calme et la sérénité auxquels j'aspire. Le panorama qui s'offre à moi, avec sa vue imprenable, est digne de la plus ravissante aquarelle avec ses bosquets touffus, ses rangs de vignes bien alignés et ses tapis de verdure. Je m'éveille avec le ramage des oiseaux qui s'égaillent dans les haies, je me plais à écouter le silence en pensant de plus en plus souvent à mon enfance et à Édouard. J'ignorais encore ce qu'il était devenu mais les doux souvenirs de notre jeunesse venaient parfois raviver ma mémoire.

Denise, beaucoup plus experte que moi dans l'art du jardinage, vient me conseiller et me seconder dans mes plantations qui se limitent à quelques fleurs. C'est ainsi que je me suis installée dans une confortable et agréable routine en m'acheminant tranquillement vers mes quatre-vingts ans... et qu'Édouard est venu me surprendre par un beau matin d'avril, en réapparaissant comme par enchantement après soixante ans d'absence et de silence. Soixante ans d'une séparation que nous n'avions, ni l'un ni l'autre, décidée. Soixante années que nous avons souhaité effacer. Notre histoire, si brutalement interrompue, n'avait pas encore écrit le mot fin et ne demandait qu'à reprendre son cours...

Voilà comment, à presque quatre-vingts ans, mon existence vient de connaître un sursaut, un regain de bonheur que je n'attendais plus, auquel je n'osais plus croire. Ma vie a toujours hésité entre comédie et tragédie mais, avant d'écrire l'épilogue, me réserve encore quelques coups de théâtre...

XVIII

QUELLE SURPRISE EN OUVRANT CE MAGAZINE consacré au piano d'y découvrir un reportage sur ma petite-fille ! Elle ne m'avait rien dit, sans doute pour accroître mon étonnement. Telle une star, ce qu'elle est d'ailleurs, assise derrière son piano, en pleine interprétation, elle exprime le sentiment qui l'animait au moment où le flash du photographe l'a saisie. Un superbe bouquet de roses rouges, les fleurs préférées de Natacha, se reflète sur la laque noire du Steinway. Des partitions éparses jonchent le sol dans un savant désordre. Plusieurs portraits de Mona illustrent les différentes pages que je feuillette avidement. Elle apparaît souriante, amusée, pensive, concentrée, sérieuse. On la présente comme une étoile montante du piano, la digne héritière de… non, je n'ai pourtant pas mal lu… comme la digne héritière de Vladimir, la fille spirituelle de ce grand génie du piano. C'est ce même Vladimir qui l'invite à partager une soirée avec lui au Théâtre des Champs-Élysées ! Décidément, je vais de surprise en découverte… M'aurait-elle fait des cachotteries depuis ces derniers temps ?… Suivrait-elle sur ce terrain le chemin de sa mère ? Mona ne sait pourtant rien du lien qui l'attache à lui. Mais je commence à me poser de sérieuses questions et le doute m'envahit. Vladimir donnera un ultime récital dans ce temple sacré de la musique, c'est là qu'il souhaite faire ses adieux à la scène et à son public qui l'a adulé pendant des décennies. Et c'est avec Mona ! Avec ma petite-fille qu'il veut interpréter les concertos de Bach pour deux pianos. « La musique de Bach nous donne l'impression d'être présent au moment où Dieu créa le monde », m'avait-il confié une nuit, en citant Nietzsche. L'éblouissement ne s'est en effet jamais démenti à son écoute. Bach, ce génie universellement reconnu par les plus grands musiciens comme leur père à tous.

Mon Dieu ! Je suis abasourdie par tout ce que je découvre dans la presse. Vladimir et Mona réunis sur la même scène, dans la même œuvre, je ne parviens pas à y croire, je n'ose pas. Suis-je en train de rêver ? C'est pourtant une façon de montrer que sa relève est assurée, qu'il passe la main, en quelque sorte, et qu'il l'a choisie pour lui succéder. J'ignorais jusqu'à ce jour qu'ils s'étaient rencontrés… et cela ne date pas d'hier pour en être arrivés à préparer et à programmer ce concert !

Denise me surprend ainsi, complètement décomposée et bouleversée. Elle dépose son panier de fruits sur la table de la cuisine et vient s'installer près de moi sur le divan, intriguée par mon attitude. Je lui tends la revue, elle est la seule à connaître mon secret et pourra comprendre pourquoi je suis ainsi terrassée de stupéfaction.

– Lui as-tu parlé ? Sait-elle qu'il est son grand-père ?

– Non, elle l'ignore ou bien, si elle le sait, ce n'est pas moi qui le lui aurai appris. Maintenant je crois que l'heure est venue de tout lui révéler.

– C'est donc si difficile ? me demande Denise qui lit sur mon visage un certain effroi.

Le téléphone sonne et interrompt notre conversation. Il s'agit précisément de ma petite-fille qui veut savoir si j'ai bien reçu *Le Monde du piano* qu'elle m'a adressé dès sa parution dans les kiosques. Je suis encore toute chamboulée, d'ailleurs mon émotion est perceptible à travers ma voix toute chevrotante.

– Je suis en train de le lire et je ne suis pas encore au bout de mes découvertes…

– Non, grand-mère, tu n'es pas au bout parce que je veux absolument que tu sois là pour ce concert au Théâtre des Champs-Élysées.

Ma voix s'étrangle dans ma gorge. Je ne peux articuler aucun son.

– Je viendrai te chercher s'il le faut mais tu dois absolument être là, c'est très important pour moi, pour ma carrière, insiste-t-elle.

– Oui, je comprends… je te le promets.

– Oh ! merci, grand-mère. Tu me porteras chance !

– Quand est-ce ? Je n'ai pas encore lu le reportage jusqu'au bout. Tu me prends au dépourvu et c'est si merveilleux pour toi…

– C'est le 15 décembre. Ce concert sera une consécration pour moi, tu te rends compte ? Le plus prodigieux des pianistes qui me sollicite pour jouer avec lui dans l'une des plus belles salles du monde ! Tu comprends ce que ça représente ?

– Oui, je comprends ! Mais dis-moi, comment et quand l'as-tu rencontré ? Tu ne m'en as jamais parlé…

– Il était à La Roque-d'Anthéron où il est venu spécialement pour m'écouter, il avait déjà entendu parler de moi et c'est là qu'il m'a fait cette proposition que j'ai forcément tout de suite acceptée. Tu ne peux pas savoir comme je suis folle de joie ! Je voulais te faire la surprise !

De ce côté-là, c'est réussi. La surprise est de taille.

– Oh ! bien sûr que si, je peux comprendre… et… c'est tout… ce qu'il t'a dit ?

– Comment, c'est tout ? Mais c'est énorme ! s'indigne-t-elle.

– Bien sûr, c'est énorme. Pardonne-moi, ce n'est pas ce que je voulais dire…

C'est gigantesque, démesuré, grandiose, phénoménal ! Je lui accorde. Mais il y a un détail que j'aimerais connaître. Vladimir sait-il ce qu'elle semble encore ignorer ? Je ne me mêle plus de rien, j'attends que le temps et le destin agissent pour moi puisqu'ils ne s'en sortent pas si mal et que toutes mes tentatives se soldent par des échecs…

Mona raccroche, rassurée de m'avoir soutiré la promesse d'être présente pour ce concert qui me donne déjà le trac. Revoir Vladimir en chair et en os quarante-quatre ans après notre aventure sur le paquebot a de quoi me déstabiliser sinon me terroriser. Denise ne peut pas me contredire mais elle m'encourage à aller au bout.

– C'est vrai que dans le genre, tu as fait mieux avec Édouard ! Alors quarante-quatre ans, c'est peu à côté de soixante !

Nous éclatons toutes les deux d'un grand rire qui me fait un peu oublier ma panique de l'instant précédent. Je suis la championne des retrouvailles tardives ! Je suis forcée d'en convenir. Championne aussi en matière de fidélité, ne sommes-nous pas nous-mêmes les plus vieilles amies du monde ? Soixante-quinze ans d'une amitié sans faille, c'est aussi un vrai record.

– Que veux-tu ? L'heure des retrouvailles a sonné ! Il fallait bien que ça arrive un jour ! me lance Denise avec un clin d'œil.

J'ai quelques mois pour m'y préparer. En attendant, je dois m'apprêter, ce soir Édouard m'emmène dîner. Nous avons beaucoup de temps à rattraper tous les deux et il n'y a pas une minute à perdre…

Je serai très fière de lui montrer le reportage mais je ne lui dirai pas encore le lien qui unit Mona à ce célèbre virtuose. C'est inutile pour l'instant. Lui aussi pense que Natacha était la fille de Jean.

XIX

Édouard m'a escortée sur le quai de la gare d'Angoulême. Il a refusé de m'accompagner à Paris, préférant me laisser seule avec ma petite-fille et… avec son grand-père. Je crois qu'il avait compris bien avant que je ne consente à lui avouer qui était véritablement Vladimir. Il ne veut pas troubler ce grand événement de sa carrière qui va rassembler les critiques, toute la presse et la télévision. Une fête familiale. Je ne serai absente que trois ou quatre jours. Puis Mona à son tour viendra passer Noël en Charente comme elle me l'a promis. Moi aussi, j'ai tenu mon engagement malgré le courage qu'il m'en coûte !

Édouard a serré longtemps ma main dans la sienne jusqu'à ce que le sifflement du chef de gare annonce le départ imminent du train. Je l'appellerai dès mon arrivée. Je regrette de ne pas avoir réussi à le convaincre de m'accompagner et je me sens coupable de ne pas avoir davantage insisté. Il y a bientôt deux ans que j'ai quitté la capitale et je ne pensais plus y revenir. Pourtant, le piano, ce superbe Steinway, me manque terriblement, comme la présence de Mona même si le fil du téléphone nous relie souvent. J'ai beau écouter en boucle le premier disque qu'elle a enregistré, consacré à Chopin, ce n'est pas la même chose que quand je percevais le rythme de son souffle à l'unisson de celui de la musique, que je vibrais avec elle, partageant les mêmes émotions. Nous avons passé vingt et un ans ensemble. Vingt et un ans, l'âge de Natacha quand elle nous a quittés. Maintenant, Mona vole de ses propres ailes, elle marche dans les pas de ce grand homme qui est son grand-père. Je ne m'opposerai pas à leur rapprochement comme j'avais tenté de le faire avec Natacha. Le contexte n'est plus le même. Bien au contraire, il n'est que temps et Vladimir doit assumer enfin sa fonction de grand-père. Quant à moi, mon rôle s'achève alors que la carrière de Mona commence et je veux être là pour saluer ce moment unique qui va hisser ma petite-fille au rang des élus. Elle sera toujours près de moi dans mon cœur.

J'ai retrouvé l'appartement que j'ai à peine reconnu. Mona y a opéré quelques transformations qui l'ont rajeuni avec ces deux immenses canapés de cuir noir qui s'harmonisent avec le piano et contrastent avec le blanc des tentures et le bois clair des parquets. La décoration est sobre, épurée, avec des rayonnages remplis de livres et de disques, le buste en marbre blanc de Beethoven, chiné aux puces de Saint-Ouen, qui semble veiller sur elle comme un véritable gardien. Les deux grandes portes-fenêtres donnant sur l'avenue des Ternes apportent leur touche de lumière opale. Je suis épuisée et je m'effondre dans un fauteuil, j'ai perdu l'habitude de courir comme le font tous les Parisiens. Je reprends mon ancien mode de vie et ma chambre, devenue celle des amis musiciens de passage. Mona est radieuse, épanouie. Superbe. Une belle carrière s'ouvre à elle à laquelle s'ajoute le secret de ses origines. Un secret qui sera bientôt dévoilé et qui devrait contribuer à l'aider dans cette voie difficile et exigeante. La petite-fille du grand Vladimir, le pianiste le plus adulé de sa génération !

Je l'interroge sur lui, avec qui elle a travaillé ces derniers temps pour répéter les trois concertos pour deux pianos de

Bach qu'ils vont interpréter ensemble demain soir. Elle me raconte ces séances merveilleuses et uniques qui lui ont énormément appris. L'Ensemble orchestral de Paris les accompagnera. Mais encore ? Je constate qu'elle est à mille lieues d'imaginer l'impensable.

– Il est simple et accessible et m'a mise à l'aise tout de suite ! Pourtant j'étais si impressionnée d'être face à un tel géant ! C'est une légende vivante !

– Finalement, c'est un peu comme un père ou plutôt un... grand-père ! Est-il venu ici ?

N'ayons plus peur des mots... Autant la mettre sur la voie... qu'elle sache enfin que son sang coule dans ses veines, qu'elle est de sa lignée, de sa race, de celle des grands.

– Oui, il est venu il y a quelques jours ici. Il a longuement regardé le portrait de ma mère comme quelqu'un qui aurait évoqué quelque souvenir ou fait remonter des émotions et...

– Et... ?

– Il m'a seulement paru étrangement troublé, sans doute parce que je lui ai dit qu'elle était morte peu après ma naissance.

– Sans doute, comment rester insensible à un si grand malheur ?

– C'est difficile à expliquer, mais avec lui je me sens en confiance et on n'a pas besoin de s'expliquer pour savoir ce que l'un attend de l'autre ! Tu comprends ?

– Oh oui ! J'imagine ce que tu ressens...

Assurément, il ne lui avait rien dit. Cependant, tout laissait penser que lui avait compris qui était Mona. Il avait reconnu sa fille sur le portrait.

Les deux mille places, vendues dès l'ouverture des réservations, avaient été littéralement prises d'assaut. Les adieux à la scène d'un pianiste de sa renommée avaient créé une véritable ruée vers les guichets, malgré les prix élevés des billets. Les récitals de Vladimir partout dans le monde étaient attendus comme des événements fédérant un nombreux public.

Mona vient de partir au théâtre régler quelques détails avec l'accordeur au sujet des pianos. Je reste seule et je prends tranquillement un café en attendant son retour. On sonne à la porte. Je vais ouvrir et j'aperçois un coursier à moitié dissimulé derrière une énorme gerbe de roses rouges. « Déjà on lui offre des fleurs ! Qu'en sera-t-il après le concert ? » Le fleuriste s'assure de la bonne adresse et du bon destinataire avant de me remettre le bouquet. Mais en entendant mon nom, je marque un temps d'arrêt ! Je le remercie, bien qu'un peu déconcertée et en tentant de cacher le trouble provoqué par ce bouquet aussi somptueux qu'inattendu. Qui peut bien me faire livrer des fleurs et pour quel motif ? C'est alors que je repense aux quatre-vingts roses reçues le jour de mon anniversaire, en juillet dernier, et tout s'éclaire dans mon esprit un peu bousculé. D'une main fébrile, je détache l'enveloppe fixée au papier moiré et je déplie le billet qu'elle contient. Cette fois l'expéditeur a signé.

Ma très chère amie, me pardonnerez-vous ce long, trop long silence, ces années d'absence et d'errance coupables ? Pourquoi m'avoir caché ce joyau ? J'ai tout de suite reconnu notre petite-fille en cette jeune et si talentueuse pianiste. J'ai su dès la première minute où je l'ai entendue interpréter cette Ballade *de Chopin, sur les ondes de France Musique, et plus tard cette sonate* Appassionata *qui elle était. J'ai l'intention d'annoncer à la presse, à l'issue du concert, qui elle est véritablement, quel lien nous attache l'un à l'autre. Pourquoi taire plus longtemps la vérité ? Sachez, chère Eva, que je n'ai jamais oublié ce mois d'avril 1946, cette traversée sur le paquebot qui nous ramenait d'Indochine, et cette force nouvelle que vous avez su insuffler à mon jeu. Je ne saurais jamais assez vous remercier de m'avoir donné cette fille qui n'a malheureusement pas connu la sienne.*

Cette petite-fille qui est la nôtre, je vais à travers elle pouvoir continuer à vivre par-delà la mort.

Chère amie, recevez mes plus tendres affections.

Vladimir

Je lis et je relis plusieurs fois le billet qui me brûle les doigts. L'heure n'est plus à la rancœur mais au pardon. Des larmes coulent le long de mes joues malgré moi tant l'émotion me submerge. Je replie le mot et le glisse dans mon sac à main. Je dispose les roses dans un vase tout juste assez grand que je place sur la sellette. J'attends le retour de Mona en effaçant les traces laissées par mes pleurs et en cherchant une explication pour justifier la présence de ce bouquet. J'essaie de me constituer un air naturel. Un petit tour dans le cabinet de toilette et quelques touches de poudre me rendent un visage plus détendu.

Mon cœur se serre en entendant la porte s'ouvrir. Son regard se porte aussitôt sur la gerbe qui renvoie ses reflets carmin.

– Oh ! Comme elles sont belles ! Qui les a les envoyées ?

Mona se précipite pour humer leur parfum discret et caresser du doigt le velours de leurs pétales. C'est curieux cette attirance pour les roses rouges chez Mona et chez sa mère ainsi que chez Vladimir !

– Je trouvais qu'il manquait quelque chose pour égayer et, comme les roses étaient les fleurs préférées de ta mère, j'ai eu une pensée pour elle et je n'ai pas pu résister en les voyant chez le fleuriste.

Je ne m'en suis pas trop mal sortie. Mona a souhaité déjeuner tôt et se reposer cet après-midi avant le concert. Elle doit rejoindre Vladimir à 19 h 30 au théâtre pour une courte et ultime vérification des instruments. Quant à moi, je partirai avec Gérard et Pascale, sa compagne avec laquelle il a désormais officialisé son union.

Il est 20 heures, Gérard passe son bras sous le mien tandis que, de l'autre, il serre Pascale contre son épaule. Cette dernière, ravissante blonde vêtue d'un ensemble veste et pantalon noirs qu'elle porte avec beaucoup d'élégance, enseigne la philosophie. Nous avançons jusqu'au numéro 15 de l'avenue Montaigne. Les boutiques de luxe étalent leurs somptueuses vitrines, tous les grands couturiers y possèdent leur enseigne. Tout illuminé, le Théâtre des Champs-Élysées dissimule son énorme carcasse de béton sous les plaques de travertin des bas et hauts-reliefs de Bourdelle qui ornent la façade de style Art déco. Ce n'est pas la première fois que je pénètre dans ce temple sacré de la musique. Combien de fois y sommes-nous allées aux concerts du dimanche matin au cours de ces dernières années ? Mais ce soir, c'est un événement particulier que Mona me fait vivre. Nous avons une loge réservée dans cette sublime salle qui donne l'impression de se trouver à l'intérieur d'une sphère en raison de ses courbes arrondies et de sa coupole de verre en forme de fleur. Le cube réservé à la scène, avec ses parois en marbre, est surmonté de bas-reliefs du même sculpteur Bourdelle. Au premier plan, deux grands Steinway de concert se font face.

Je réprime difficilement des frissons nerveux qui me font tressaillir, malgré moi. Je m'impose une respiration profonde et régulière, tous les muscles tendus comme un arc tant je suis oppressée. Je n'ai pourtant rien à craindre, je n'ai pas à surmonter la tension qui est celle des artistes.

– Vous êtes ravissante ! me glisse discrètement Gérard.

J'ai opté pour une longue robe noire de mousseline, sobre et simple de coupe mais qui n'en est pas moins seyante et d'un chic certain.

– Tout va bien se passer, soyez sans crainte, me rassure mon gendre.

– Je sais qu'elle est à la hauteur de la situation.

J'ai parfaitement confiance en Mona. Je sais qu'elle se surpassera, elle est si heureuse de jouer ici et en compagnie de son maître. Je n'ai pas revu Vladimir depuis ce jour où le paquebot avait jeté l'ancre dans le port de Marseille. Il y a une éternité. J'appréhende l'instant où nos regards vont se croiser quarante-quatre ans après.

Le parterre se garnit peu à peu, les places des loges sont toutes occupées. Mon cœur bat à tout rompre. L'émotion est à son comble. Nous dominons la scène qui semble toute proche. Grâce à la conception de cette salle, l'acoustique y est exceptionnelle, très claire, unanimement reconnue comme l'une des meilleures ; les sons ne montent pas ni ne se perdent dans les coulisses. On entend tout, ce qui en fait une salle aussi formidable pour les auditeurs que redoutable pour les interprètes.

Le silence s'installe, pesant, imposant et saisissant. L'obscurité me protège et je peux laisser couler mes larmes en voyant entrer, sous des salves d'applaudissements, ma petite-fille, sa main dans celle de son grand-père. Puis, après un bref salut, ils se séparent pour rejoindre chacun son propre piano. Les musiciens de l'Ensemble orchestral de Paris prennent place à leur tour sur l'immense scène. Chacun se saisit de son instrument sous le regard impérieux et magistral du chef. Les premières notes du *Concerto BWV 1060* en *do* mineur s'élèvent, fidèles à la plus pure sobriété de Bach. Un lyrisme exaltant transparaît de ces pages merveilleuses qui transcendent la passion fougueuse des duettistes. Je me laisse aller et la musique, qui prend possession de mon corps, s'insinue par chaque pore de ma peau, coule dans mes veines, gonfle mes poumons, vibre et résonne en moi.

C'est bien à la création du monde que j'assiste à cet instant même. Les entrelacs du jeu en imitation se répondent, se poursuivent, se cherchent, semblant ne jamais se rattraper pour exploser dans un finale jubilatoire. Cette musique ressemble à ma vie, construite comme une fugue de Bach, où il faut attendre la fin pour voir s'unir toutes les voix et s'achever dans l'harmonie la plus parfaite. Quelle complicité musicale les lie ! Les larmes qui inondent mon visage sont des larmes de pur bonheur. Je sens la main de Pascale qui presse la mienne en signe de compassion.

Je suis l'une des premières à me lever après l'accord final qui déclenche des tonnerres d'acclamations des deux mille spectateurs. C'est alors que je croise le regard de Vladimir qui se tourne et s'attarde sur moi, semblant me dire : « J'ai joué pour toi comme sur le paquebot ! » Je lui souris. Il sait que j'ai compris son message, comme autrefois. Il sait aussi que je lui ai accordé mon pardon. Entre nous, la musique a toujours été plus forte que les mots, plus forte que le destin. N'est-elle pas le langage universel ? Le langage qui s'adresse à l'âme !

Les applaudissements finissent par s'estomper après plusieurs minutes où Vladimir et Mona saluent, toujours en se tenant par la main. Puis le vieux maître s'avance en bordure de la scène sous les regards admiratifs du public qui retient son souffle. Il est toujours aussi beau, il a gardé cette superbe et ce port magistral qui m'avaient tant fascinée jadis. L'âge lui a façonné un masque de cire où le temps n'a pas prise. Il n'a rien perdu du charme qui m'avait séduite, je dois le reconnaître. Je ferme les yeux mais je sens les siens qui me foudroient. Pourtant, à cet instant même, c'est à Édouard que je pense, Édouard qui me manque et que j'aimerais avoir près de moi. J'aurais aimé partager l'intensité de ce grand moment avec lui. Les mots de Vladimir s'embrouillent dans mon esprit. Je ne suis pas sûre d'avoir bien entendu les quelques phrases qu'il vient de prononcer. Des acclamations s'élèvent tout autour soulevant des murmures de stupéfaction. Je sens les visages de Pascale et de Gérard converger vers moi. Je conviens que la surprise est de taille. Ainsi le secret de la naissance de la mère de Mona est levé !

Dès demain, je partirai retrouver Édouard. Loin de lui, je me sens perdue. Je n'aspire qu'à vivre dans la paix de mon havre charentais.

Imprimé en Espagne
Édition 01
Dépôt légal : avril 2025
ISBN : 978-2-8129-4080-4
ISSN : 1627-6779